www.tredition.de

AF197474

Hans-Peter Schmidt-Treptow

Erzwungene Liebe

Verlag & Druck: tredition GmbH, Halenreie 40-44, 22359 Hamburg

ISBN
Paperback: 978-3-7497-6180-7
Hardcover: 978-3-7497-6181-4
e-Book: 978-3-7497-6182-1

Umschlaggestaltung: Carolin Runge

Dies ist eine fiktive Geschichte. Ähnlichkeiten mit real existierenden Personen und Gegebenheiten sind rein zufällig und nicht beabsichtigt.

...für J.

Inhalt

1. Schwarzer Sonntag

Sonntagnachmittag, wieder so ein Tag, den man am besten auf sich beruhen lässt, dachte Oliver, als er auf dem Balkon seiner Wohnung saß und den herrlichen Panoramablick über die Stadt genoss. Damals als er die Wohnung mietete schien ihm die Aussicht der einzige Vorzug zu sein, den die Behausung bot. Oli hasste diese Sonntage, an denen sich nichts ereignete, er selbst nicht aus dem Quark kam, wie er sagte. Dabei war gerade dieses Wochenende sehr ereignisreich verlaufen, allerdings im negativen Sinne. Seit Monaten oder Jahren lagen sich seine Eltern in den Haaren. Ständig stritten sie um irgendwelche Kleinigkeiten, die zur Katastrophe ausarteten. Mehr als einmal erlebte er, dass seine Mutter oder sein Vater kurzfristig aus der gemeinsamen Wohnung auszogen, um nach ein paar Tagen wieder einzuziehen. Anscheinend brauchten beide dieses ständige sich aneinander Reiben. Obwohl Oliver immer wieder versuchte sich dem Zwist zu entziehen, gelang ihm das nie vollständig, da er es mit seinen neununddreißig Lenzen noch nicht wirklich geschafft hatte sich von seiner Familie zu lösen. Dass nun gerade seine Mutter Elfriede den entscheidenden Schritt gewagt hatte und definitiv ihren Mann verließ traf den Sohn hart. Olis Vater war für ein paar Tage mit unbekanntem Ziel verreist, was auch zu Olivers Unruhe beitrug. Wenn auch innerlich aufgewühlt half er seiner Mutter gestern beim Auszug und Einzug in ihre erste eigene Wohnung. Jetzt, fast am Ende des Wochenendes, lief alles noch einmal wie ein alter Film vor ihm ab. Er starrte ins Weite und plötzlich rannen Tränen über sein Gesicht. „Warum rege ich mich immer noch so auf und was fällt den beiden ein mir so etwas anzutun!", sagte er leise vor sich hin. Eine unendliche dunkle Wolke machte sich über seinem Gemüt breit. Es half alles nichts, er hatte sich mit den Gegebenheiten abzufinden. Wer Oli näher kannte, wusste, dass er auch gern mal litt oder leiden wollte. Eine Zeitlang ließ er sich jetzt in dieses Gefühl fallen, bis er erschöpft auf der Liege einschlief.

Es waren aber nur ein paar Minuten, die er eingenickt war. Eben erwacht war er voll da und sprang auf. Wie von der Tarantel gestochen packte er wahllos Handtücher und Badesachen in eine Plastiktüte, griff nach einem Buch, das er schon mehrfach gelesen hatte und verließ mit fliegenden Fahnen seine Wohnung. Unten auf dem Parkplatz kam er wieder zu sich und überlegte, was mit dem Restsonntag noch anzufangen sei. Er stieg in seinen alten Renault, warf die Tüte auf den Rücksitz und fuhr los. Für einen Maisonntag war es relativ kühl. Nach einer halbstündigen Fahrt stellte er fest, dass er sich bereits weit außerhalb der Stadt befand. Er näherte sich einem See und suchte eine Zuwegung ans Ufer. Sein Auto parkte er auf einem Feldweg und setzte sich Richtung Wasser in Bewegung. Auch wenn sich die Restsonne inzwischen ganz verabschiedet hatte ließ sich Oli nicht beirren und ging weiter geradeaus. Selbst das Wetter war ihm egal. Er wollte einfach Abtauchen, sich eine Auszeit nehmen, nichts sehen, nichts hören, einfach nur seinen *Brentano* lesen. Direkt am Teich herrschte eine himmlische Ruhe. Nur ganz vereinzelt lagen ein paar mehr oder weniger oder gar nicht bekleidete Sonnenanbeter am Strand, die ihn aber nicht störten. Er fand einen schönen Liegeplatz zwischen zwei Findlingen und breitete seine mitgebrachte

Decke aus auf der er sich kurz darauf nackt ausbreitete. Oliver griff nach seinem Buch, schlug es auf und las unkonzentriert immer wieder den gleichen Satz bis es ihm zu bunt wurde und er es zuschlug. Danach überfiel ihn eine leichte Müdigkeit und er schlief ein.

Als er wieder zu sich kam, stellte er fest, dass es merklich kühler geworden war, trotzdem wollte er sich diesem Refugium zwischen den großen Steinen und dem Rauschen der kleinen Wellen nicht entziehen. Er döste einfach vor sich hin mit einem Blick ins große Nichts. „Komisch, dieses Gefühl hat mich doch heute schon einmal eingeholt!", sinnierte er. Einige Meter, aber in guter Sichtweite, lag ein junger Mann, der Oliver bisher nicht aufgefallen war. „Noch einer, der mit seinem Sonntag nichts anzufangen weiß!", dachte er, schenkte ihm aber keine weitere Aufmerksamkeit. Eher uninteressiert blätterte er wieder in seinem Buch und las wieder den Satz den er vor einer Stunde schon mehrfach überflogen hatte. Ein leichtes Nieseln setzte ein. Oli zog sich an, packte seine Sachen und ging zurück zu seinem Auto, um den Heimweg anzutreten. Auf halber Stecke bemerkte er Schritte hinter sich. Oliver drehte sich um und sah den Typen mit Fahrrad vom Strand in ganz kurzer Entfernung hinter sich. Noch ehe er sich versah grinste ihn dieser an und fragte: „Kann man sich hier irgendwo treffen?" Oli schaute ihn leicht irritiert an und meinte: „Wie, ich verstehe nicht so ganz, ich …!" Er brach mitten im Satz ab. „Wer bist du denn!", hörte er sich fragen, gleichzeitig dachte er wie er seinen verblödeten Gesichtsausdruck wieder loswerden würde. All das schien den Typen nicht zu stören denn er lächelte Oliver auf eine unverschämte Art an. „Ich heiße Niklas und du?", gab der Fremde preis. „Oliver!", platzte es aus ihm heraus. Dann herrschte Stille. Nach einigen Sekunden nahm dieser Niklas die Fäden wieder auf, es kam zu einer unverfänglichen Unterhaltung. „Bist du das erste Mal hier, woher kommst du, was machst du" „Blablabla Laber Rhabarber!", schoss es Oli durch den Kopf. Von einem Moment zum anderen hörte sich Oliver fragen, ob man nicht noch einen Kaffee trinken solle. Niklas gefiel der Vorschlag und er teilte seinem Gegenüber mit, dass er ganz in der Nähe wohnen würde, allerdings nicht allein und er deshalb keine Möglichkeit bei ihm zu Hause sehen würde. Oli sprang über seinen Schatten indem er vorschlug, dass er ebenfalls nicht so weit weg leben würde und man ja die plötzlich wieder aufkommende Abendsonne auf seinem Balkon genießen könne. „Dann bringe ich schnell mein Fahrrad zu mir und hole mein Auto in zehn Minuten bin ich wieder hier, wartest du auf mich?", fragte der Typ eine Spur vorsichtiger als zu Beginn des Gespräches. Oliver blieb stumm. Niklas radelte davon. Mit einem merkwürdigen Gefühl in der Magengegend ging Oliver zu seinem Renault. Er setzte sich hinein und dachte: „Spinner, kommt sowieso nicht, aber zehn Minuten kann ich ja warten, versäume ja nichts!"

Niklas war inzwischen daheim angekommen, stellte sein Fahrrad hinters Haus, schloss die Haustür auf und griff nach seinem Autoschlüssel, der auf der Kommode lag. „Was passiert hier eigentlich gerade? Kenne den doch gar nicht, gleich in seine Wohnung … hm … vielleicht ist der abartig veranlagt, fesselt mich und dann …!", fuhr es ihm durch den

Kopf. Er warf aber alle Bedenken über den Haufen, schmiss sich in seinen pinkfarbenen Fiat Uno und fuhr Richtung Feldweg. Wie verabredet wartete Oliver dort. Als er Niklas' Auto erblickte lachte er: „Das Teil passt zu dir, fahr einfach hinter mir her, wir sehen uns dann bei mir!" Auf der Rückfahrt behielt er Niklas' Fiat über den Rückspiegel im Auge. „Was will ich eigentlich von dem?", dachte Oli und hatte in diesem Moment nicht wirklich den leisesten Verdacht, was diese Aktion jetzt solle. Auf dem Parkplatz vor seinem Haus angekommen sprang er aus seinem Auto und lief zu Niklas. Seine Stimme überschlug sich fast als er ihn bat noch einen Augenblick zu warten bevor er im zweiten Stock bei Lauenstein klingeln solle. Niklas verstand dieses Verhalten nicht so ganz war aber einverstanden. Oliver rannte los, siedend heiß fiel ihm ein, wie seine Bude aussah. Er wollte noch notdürftig aufräumen, doch als er seine Wohnung betrat klingelte es schon. „Mist, na egal, dann sieht es ebenso aus wie es aussieht!" Kurz darauf stand Niklas im Korridor seiner Wohnung.

„Eine seltsame Ansammlung alter Möbel!", durchfuhr es Niklas als er das große Wohnzimmer betrat. Kurz darauf war er fasziniert über den herrlichen Ausblick vom Balkon über die Stadt. Unterdessen hatte Oliver umständlich auf einem alten Jugendstilstuhl Platz genommen, der wackelte. Besonders gern mochte er die Teile nicht, aber sie waren von seinen Großeltern ererbt und aus einer Tradition heraus konnte er sich nicht von ihnen trennen. Er war nervös und gleichzeitig erstaunt, wie souverän Niklas umherging und alles betrachtete. Oli war nicht sicher, was jetzt passieren sollte und schwieg. Auch von Niklas kam kein Wort. Er hatte es sich inzwischen auf dem Balkon gemütlich gemacht und streckte sich. Oliver trat heraus und durchbrach die Stille mit einem ironischen: „Coffee, Tea or me?" Niklas sah ihm jetzt mit seinen stahlblauen Augen direkt ins Gesicht. Beide waren sich so zugewandt, dass einer des anderen Atem spüren konnte. Dann verbrannte sie der Augenblick.

Der spätere Abend tauchte das Schlafzimmer in sattes Blau. Noch ziemlich benommen erwachte Oliver und beobachtete Niklas beim Schlafen. „Wie ein Kind!", dachte er. Wieder musste Oli an den Film *Julia du bist zauberhaft* denken, der seit Jahren zu seinen erklärten Lieblingsstreifen zählte. Eine alternde Schauspielerin verliebt sich Hals über Kopf in einen attraktiven jungen Mann, beginnt eine Affäre und kehrt letztlich doch in den heimischen Ehehafen zurück. Obwohl der Film überhaupt nichts mit Olis augenblicklicher Lage zu tun hatte gefiel ihm der Gedanke. Er ertappte sich immer wieder dabei, manchmal taten das auch andere, dass sich Oliver gern über Zitate, Filme oder Bücher definierte. Ganz vorsichtig kuschelte sich Oli an Niklas und spürte wieder seinen Atem. Niklas schlug die Augen auf und schaute ihn verklärt an. Es lag nichts Fremdes zwischen ihnen. „Du bist mir gleich aufgefallen, als du dich auf eine Decke gelegt hast!", sagte er lächelnd. „So, du mir gar nicht!", entgegnete Oli. In diesem Moment fielen Niklas Olivers Hände auf, die ihm ausnehmend gut gefielen. Niklas griff nach ihnen und ließ sie über seinen Körper gleiten. „Was machst du da!", fragte Oli eine Spur zu forsch. „Ich spüre die schönsten Hände, die mich jemals berührt haben!", schwelgte Niklas und klang dabei wie aus einer völlig anderen Welt. Er entzog ihm seine Hände und fuhr Niklas durchs Haar. „Weißt du, dass diese Finger heilende Wirkung haben, zumindest Kräfte!", gab Oliver etwas an. Niklas stutzte. „Dann leg sie bitte hier auf mein Herz!", bat er. Oli verstand nicht genau, was damit gemeint war, tat es aber und streichelt seine Herzgegend unterhalb der Brust. Kurz darauf erfuhr Oliver die Leidensgeschichte von Niklas in groben Zügen. Seine Eroberung stand kurz vor einer schweren Herzoperation, die in wenigen Wochen geplant war. Oli hörte zu, wirklich betroffen war er aber nicht, er war viel zu sehr damit beschäftigt, den Augenblick zu genießen. Niklas redete ohne Punkt und ohne Komma. „Komisch!", dachte Oliver immer wieder, „ich habe doch gar nichts gefragt und er erzählt mir sein ganzes Leben!" So erfuhr er von zwei jüngeren Schwestern, die noch in Leipzig bei seinen Eltern lebten, von der Tischlerei des Vaters, einer ängstlichen Mutter und vieles mehr. Lauter Dinge aus der Vergangenheit. Oliver fiel aber auf, dass Niklas über die Gegenwart gar nicht sprach. Auch wenn von diesen Informationen nicht viel übrig blieb an diesem Abend so machte sich bei Oliver ein Gefühl breit, das ihm fremd war und jetzt noch nicht begreifen konnte.

Als Niklas zufällig zur Uhr sah sprang er mit einem Satz aus dem Bett. „Oh Gott schon zehn, mein Freund ist in München und kann bereits angerufen haben, habe dann Probleme meine Abwesenheit zu erklären!" In Oliver kam ein erster leiser Verdacht auf, aber um auf die Äußerung einzugehen war es jetzt zu spät. Er hatte den Eindruck, dass dieser Niklas in absoluten Zwängen lebt, aber auch das wollte er jetzt nicht vertiefen. Als Niklas wenig später aus dem Bad kam drückte Oli ihm seine Visitenkarte in die Hand und sagte vorsichtig: „Deine Kontaktdaten wirst du mir ja wohl nicht geben können!" Niklas zögerte einen Augenblick sagte aber nichts, sondern küsste Oliver. An der Wohnungstür erhielt Oli eine flüchtige Umarmung und der Gast verabschiedete sich mit den Worten: „Ich melde mich mal …!" Dann war er verschwunden. Oliver rannte ins Schlafzimmer und riss das Fenster auf. Er wollte keinen schalen Nachgeschmack spüren, wollte die letzten Stunden einfach herauswehen lassen. Nach einer ausgiebigen Dusche rief er seinen Freund Alex Pohn an, der seit Jahren als sein Privatpsychologe agierte. Ausführlich erzählte ihm Oli von den Erlebnissen des Abends. Alex maß den Informationen noch keine große Bedeutung bei freute sich aber für Oliver. Wenig später fand sich Oliver, eine Zigarette rauchend auf dem Balkon wieder. Er fühlte sich von Lavendel umhäkelt, was nichts mit den Pflanzen in den Kästen zu tun hatte.

2. Die Suche beginnt

„Montagmorgen, wieder eine neue Woche, wieder der Job in der Redaktion, was mag es an aufregenden Dingen geben, über die es sich zu schreiben lohnt?", sinnierte Oliver bei seinem Morgenkaffee. Gegen neun Uhr verließ er wie üblich seine Wohnung und war guter Dinge, was ihm aber nicht auffiel.

Beim gemeinsamen zweiten Frühstück mit seiner Kollegin Beate Rabe kam man auf das vergangene Wochenende zu sprechen. Beate hatte in allem was sie tat etwas Entwaffnendes. Die Endvierzigerin war seit Jahren von einem Alkoholiker geschieden und lebte mit ihrer fast erwachsenen Tochter allein. Sie war zu laut, zu schrill, aber sie war eine grundehrliche Haut und das liebte Oliver an ihr. „Herr Lauenstein, mir ist gestern wieder was passiert!", gluckste sie, „habe mich mit einem Typen in Harzburg verabredet, den ich über eine Kontaktanzeige kennen gelernt habe!" „Und wie war's?" Die Kollegin musste lachen und verschluckte sich fast an ihrem Brötchen. „Ach wir haben Kaffee getrunken und uns nett unterhalten, alles ganz harmlos bis auf ...!" Oliver horchte auf: „Bis auf .... Was?" „Na ja, äh plötzlich streckte er den Kopf über den Tisch zwinkerte mir zu und meinte, dass er im Bett ganz toll wäre!", fuhr Beate etwas leiser fort, dabei strich sie eine graue Haarsträhne aus ihrem Gesicht. Oli und seine Kollegin sahen sich an und brachen in schallendes Gelächter aus. „Wie war Ihr Sonntag?", fragte Frau Rabe. Oli wurde ganz still und bekam einen leicht verklären Gesichtsausdruck. „Irgendetwas an Ihnen ist verändert, positiv!", schob Beate nach. Oliver schmunzelte, ließ seine Gesprächspartnerin aber im Regen stehen. Seine Gedanken schweiften zurück zum gestrigen Abend.

Wie er schon ahnte, passierte an diesem Montag nichts von Bedeutung im Büro. Der Tag schlich einfach so dahin. Gegen neunzehn Uhr war Oli wieder zu Hause. Außer einem mittelmäßigen Fernsehprogramm erwartete ihn an diesem Abend nichts. Als er seine Wohnungstür aufschloss spürte er eine Atmosphäre, als seien die Räume niklasausgepolstert. Lustlos warf er sich aufs Sofa und schaltete sich durch die Fernsehprogramme, hörte Stimmen, nahm Bilder wahr, bekam aber trotzdem nichts mit. Seine Gedanken und ein merkwürdig neues Gefühl waren bei ihm – bei Niklas! „Jetzt reiß dich mal zusammen, du weißt, dass er Niklas heißt, stahlblaue Augen hat, demnächst eine Herzoperation ansteht, er mit seinem Freund lebt, aber eigentlich weißt du nichts!", hämmerte er sich ein. Es half nichts. Niklas war in seinen Gedanken verankert und auf dem besten Weg sein Herz zu erobern. Oli machte den Fernseher aus und griff zum Telefonbuch, um nach irgendwelchen Niklasen zu suchen. „Idiot!", sagte er zu sich selbst und schmiss das Buch in die Ecke. Er hielt es in seinen vier Wänden nicht mehr aus und ging hinunter auf den Hof, dort setzte er sich in sein Auto und fuhr hinaus zum See. Am Ufer genoss er den Sonnenuntergang und träumte vor sich hin. Trotz der milden Abendstimmung fröstelte es ihn. Er ging zurück zum Auto und fuhr nach Harlingerode. Langsam durchfuhr er den Ort und hielt Ausschau nach einem pinkfarbenen Fiat. Nach einer Stunde hatte er genug von der Sucherei und fuhr frustriert nach Goslar zurück.

Als er die Wohnungstür im Claustorwall aufschloss verspürte Oli ein unsägliches Verlangen sofort Alex anzurufen, um ihm die wahre Geschichte von gestern zu erzählen, schonungslos. Wie so oft zeigte Alex wieder viel Verständnis und hört interessiert zu. Schließlich hatte sich in Liebesdingen seit fünf Jahren nichts von Belang mehr abgespielt in Olivers Leben. Damals hatte er eine mehrjährige Affäre, wie er es heute bezeichnete mit einem Opernsänger und verglich jede neue Bekanntschaft oder Eroberung mit diesem Charles. Manchmal sagte er den Typen sogar direkt, dass sie an Charles Becker niemals heranreichen werden. Oli wusste, dass sein Verhalten unmöglich war, war aber unfähig sich der Aura des Künstlers wirklich zu entziehen. „Was Oliver da erzählt, oh oh, es muss ihn ziemlich erwischt haben!", dachte Alex immer wieder während er sich Olis Redeschwall nicht entziehen konnte. Zwar sprach Oliver ziemlich sachlich, aber Alex spürte, dass in seinem Freund eine Feuersbrunst brodelte.

Das lange Gespräch hatte Oli ein wenig aufgebaut. Merkwürdige Gedanken gingen ihm durch den Kopf: „Wie weit ist eigentlich gestern entfernt, warum denke ich nicht mehr an meine Eltern, warum machen sich positive Gedanken breit?" Es war bereits nach Mitternacht als er sich auf den Balkon begab und die nächtliche Stille aufsog. Der Blick schweifte ins Dunkle, Bilder taten sich auf, die ihn glücklich machten. Auch wenn er heute gar nichts erreicht hatte, genoss er den Erfolg. Sein plötzlicher Blick zur Uhr ließ ihn aufschrecken. Es war bereits halb zwei und ihm war klar, wie er sich beim Aufstehen fühlen würde. Ohne sich die Zähne zu putzen und auszuziehen fiel er ins Bett und sank trunken vor Erschöpfung und Glück in den Schlaf.

Viel ereignete sich in den nächsten Tagen wirklich nicht. Tag zwei, Tag drei, Tag vier ... und Niklas hatte sich nicht gemeldet. Es fiel Oliver schwer, sich auf seine Arbeit zu konzentrieren. Gerade jetzt, da er an einem Fortsetzungsartikel über die Veruntreuung von Spendengeldern einer Wohltätigkeitsorganisation recherchieren musste. Die Fakten dazu waren klar, aber sie fußten auf Gerüchten und Unterstellungen. Ein Detektiv hätte wahrscheinlich die notwendige Aufklärung leisten können, was aber hatte seine Redaktion schon für Möglichkeiten Dinge aufzudecken. Dass Oli selbst bald detektivisches Geschick an den Tag legen sollte, war ihm noch nicht klar. Der Beruf des Journalisten war wirklich mal sein Traum gewesen, doch in den Wogen des Alltags musste er mehr und mehr erkennen, dass ihm in einer Stadt wie Goslar wohl nie der ganz große Wurf gelingen konnte. Er telefonierte Stunden, um Einzelheiten zu erfahren über die Schweinereien, aber alle Informanten gaben sich bedeckt. In dieser piefigen Gegend hackt eine Krähe der anderen kein Auge aus. Auch ein Kaffee mit Beate Rabe brachte nicht die Erleuchtung. Gegen fünf meldete sich Olaf Mertens, ein alter Freund aus Köln, am Telefon. Olaf hatte einige Zeit in Goslar gelebt, war verheiratet mit Martina und hatte zwei Kinder. Alles lief bestens bis er die Liebe zum eigenen Geschlecht entdeckte und ausleben wollte. Jetzt lebte er bereits seit acht Jahren mit Dieter in der Rheinmetropole. Der Kontakt zu den Wurzeln riss aber nie ab. Seine Exfrau wohnte immer noch in Goslar. Nicht selten kam es vor, dass er, Martina und Oliver sich am Wochenende zum Essen trafen. Martina hatte damals großartig reagiert, als ihr Olaf seine Neigungen gestand. Obwohl es für beide nicht einfach war, trennten sie sich sehr fair und nahmen sich vor, niemals den Kontakt zu verlieren. Bis heute sprach Olaf immer noch über „meine Frau" und Martina über „meinen Mann". Olaf spürte Olis fahriges Verhalten sofort und fragte ganz direkt: „Was ist los, Alter?" Oliver druckste herum war aber dann doch bereit eine Kurzfassung der Ereignisse kund zu tun. „Und jetzt weißt du also nur, dass du nichts weißt!", stellte die Stimme aus Köln ironisch fest. „Stimmt, ist aber nicht besonders komisch!", konterte Oli. „Hast du es schon mal mit einer Anzeige in einschlägiger Presse versucht unter der Rubrik *Verloren/Gefunden!*", erkundigte sich Olaf. „Nein, aber du bringst mich auf eine Idee, hast du einen Tipp, welches Blatt ich nehmen soll?" „Versuch es im *Gay-Klatsch*, das Ding taugt zwar redaktionell gar nichts wird aber viel gelesen, da es überall gratis ausliegt!", informierte ihn der Freund. „Du dann sei mir jetzt nicht böse, aber das würde ich gern heute noch erledigen, soviel ich weiß, sitzt die Redaktion in Düsseldorf!", wand er sich halb fragend halb bestätigend an Olaf. „Ja, Moment, ich habe hier irgendwo die Nummer!" Oli vernahm ein Rascheln von Papier. „Notier mal, Null Zwei Eins Eins für Düsseldorf und dann Neun Neun Drei Sieben Fünf Drei Sechs!", diktierte Olaf. „Tausend Dank, ich umarme dich, werde dort gleich anrufen und fragen, wie es mit so einem Inserat läuft, halte dich auf dem Laufenden, tschüss!", rief er euphorisch in die Muschel. Sofort griff er abermals zum Hörer und wählte die Nummer. Oliver schien etwas überrascht, dass ihn der Typ am anderen Ende duzte, aber das war ihm egal. Er trug sein Anliegen vor. „Hm, du kannst natürlich auch deine Telefonnummer angeben, aber sei dir sicher, es werden einige Spinner anrufen!", beriet ihn der Anzeigenverkäufer kompetent. Oli war alles Recht! Nach Erledigung der Anzeige zückte er sein

Scheckbuch und schrieb einen Scheck über achtundzwanzig Mark aus, adressierte den Umschlag und begann eine Annonce zu formulieren. Das gelang ganz schnell ‚*Erinnerst du dich an den Sonntagnachmittag im Mai am See – Nähe Harlingerode – Du sprachst mich an – Du lebst nicht allein – Kennwort Journalist – bald anstehende OP – Bitte melde dich – vermisse dich'* – Oli. Er war sich absolut sicher, dass Niklas den Text wiedererkennen musste. Samt Brief verließ er schnell das Büro, um zur Hauptpost zu fahren.

„Vielleicht hat er ja heute angerufen, hoffentlich hat mein Anrufbeantworter nicht wieder verrückt gespielt". Diese und ähnliche Gedanken ereilten Oliver, als er sich auf dem Heimweg befand. Seit heute Morgen herrschte ein ziemlich grausiges Wetter, es regnete in Strömen. Als er seine Wohnung betrat rannte er sofort zum Telefon und sah, dass drei Anrufer ihr Glück versucht hatten. Erwartungsfroh drückte er die Abhörtaste: „Hallo, hier ist deine Mutter. Ich habe seit über einer Woche nichts von dir gehört, melde dich bitte umgehend!". Oli löschte den Anruf und hörte weiter. Alex wollte lediglich wissen, ob sich etwas ergeben hatte. Anruf Nummer drei folgte von Bettina, die heute mal keine Kopfschmerzen zu haben zu schien und mit ihm Essen gehen wollte. „Uff, alles nicht, das was ich will!", seufzte er laut. Er hatte keine Lust auch nur ein Telefonat zu erwidern. Plötzlich schoss ihm der Gedanke durch den Kopf, dass Niklas seine Visitenkarte verloren haben könnte. Geschwind verließ er die Wohnung und suchte erfolglos im strömenden Regen auf dem Parkplatz vorm Haus nach der Karte. Obwohl Oliver bis auf die Knochen durchgeweicht war setzt er sich ins Auto und fuhr zum „Niklassee", wie er den Teich inzwischen bezeichnete. Im benachbarten Harlingerode wollte er noch einmal systematisch alle Straßen abfahren und nach dem pinken Fiat suchen. Im Schritttempo fuhr er durch den Ort. In einer Neubaugegend fielen ihm entsetzlich viele Garagen auf. „Scheiße, wenn der Fiat jetzt in einer dieser Schuppen steht, finde ich ihn nie!", dachte er voller Angst. Nach einer Stunde gab er die Suche auf. Sein Auto war bereits einigen Passanten aufgefallen, die ihn argwöhnisch beobachteten. Das entging Oli, trotz Suchstress nicht. „Die denken bestimmt, ich plane eine Einbruchserie!", grinste er vor sich hin. Er hatte keine Lust nach Hause zu fahren, nach Trubel und Geselligkeit war ihm aber auch nicht, was blieb also – der See! Wieder parkte er seinen Wagen auf dem Feldweg. Der Regen hatte inzwischen aufgehört und Oliver atmete die gereinigte Sommerluft tief ein und aus. „Ach, so müsste man sich die Seele durchpusten lassen!", dachte er. Er ging weiter und sah ein paar mittelgroße Steine. „Die würden sich auf meinem Balkon gut machen!", fuhr es ihm durch den Kopf. Er lief zurück zu seinem Renault und suchte nach alten Plastiktüten. Damit ausgestattet ging er zurück und sammelte ein paar schöne Exemplare der Steine ein. Dann setzte er sich wieder auf einen der Findlinge und schaute aufs Wasser. Die jetzt doch noch aufkommende Abendsonne zog einen blutroten Streifen über das jetzt klare Blau des Himmels und spiegelte sich auf der Oberfläche des Sees. „Vielleicht ein Zeichen!", lächelte er beim Beobachten dieses Naturschauspiels. Er griff nach der Tüte mit den Steinen und ging zurück. Als er in seiner Wohnung ankam legte der die Steine in die Badewanne und duschte sie sauber, anschließend dekorierte er seinem Balkon damit. Obwohl der Freisitz noch recht nass war setzt er sich und rauchte eine Zigarette. Er schaute immer wieder auf die neue Zier, die ihm gefiel. Überraschend verspürte er Hunger. „Jetzt noch den Pizzabringdienst anrufen schadet Geldbörse und Hüften": schnell verwarf er diesen Gedanken wieder. Alex musste noch angerufen werden. Gedacht – getan! Oli erreichte, wie üblich, nur den Anrufbeantworter und war dabei sein Sprüchlein zu hinterlassen, als der Freund in die Nachricht eingriff. „Wie geht es dir?" „Beschissen!", entgegnete Oli. „Also wieder nichts Neues, keine Meldung, gar nichts!", bohrte der Freund weiter. Langsam fing er an, sich ernsthaft Gedanken, um Oliver zu machen. Oli berichtete von seinen letzten Bemühungen Niklas zu finden und Alex hörte geduldig zu. Rat wusste er aber nicht. Im Gegenteil, er war fast der Überzeugung, dass Oliver und Niklas sich nicht wiedersehen. Es wäre aber unklug gewesen, das seinem Freund gegenüber zu äußern. Der Psychologe wusste, dass Oliver in den vergangenen Tagen mit einer Reihe von Leuten gesprochen hatte und sein Leid klagte, immer mit der vagen Hoffnung, jemand würde diesen Niklas kennen. Alexander war aber der Einzige, der Oli bestärkte weiterzumachen. Das Gespräch endete wie immer mit den Worten „Also dann, bis gleich!"

Oliver hatte gerade den Hörer aufgelegt und wollte ins Bad als das Telefon erneut schellte. Eigentlich war sein Bedarf an diesem Tag mit Telefongesprächen gedeckt, da aber Niklas nicht aus seinem Kopf ging trieb es ihn erneut zum Apparat. „Liebster Oliver, hier ist Elsa, versuche dich seit Stunden zu erreichen, aber du führst Dauergespräche!", blaffte ihn eine wohlbekannte Stimme an. Oli verdrehte die Augen: „Was willst du!", ranzte er Elsa an. „Warum so unfreundlich!", zischte sie zurück. „Es ist kurz vor zwölf, ich hatte einen anstrengenden Tag, muss jetzt ins Bett!" Am anderen Ende der Leitung wurde es plötzlich ganz still, Oli dachte schon sie hätte aufgelegt. Er war seit Jahren mit ihr bekannt. Sie interpretierte das als Freundschaft. Elsa Boulanger war eine in die Jahre gekommene Künstlerin, deren Markenzeichen es war nichts zu können. Die Diseuse hielt sich aber selbst für unglaublich begabt und behauptet stets, dass ihre Kunst ja nun wirklich von Können käme. Böse Zungen behaupteten auch, sie treibe nicht nur auf den Regionalbühnen in der Umgebung ihr Unwesen, sondern nachts auch auf Parkplätzen in einem alten schäbigen Wohnmobil. Was auch immer sich dort hinter dreckigen Gardinen abspielen mochte, ekelte Oli an. Elsa ergriff wieder das Wort: „Ich habe so ein entsetzliches Jucken im unteren Bereich, du weißt schon, die Gegend worüber man nicht gern spricht!" „Warum tust du es dann?" „Kannst du mir einen Arzt empfehlen?" „Ein Frauenarzt kommt ja wohl kaum in Frage!", meinte Oliver barsch. „Warum?" „Du blöde Kuh, schau mal deinen Unterkörper an, was du da hast!", spöttelte er und musste grinsen. Elsa war keine Frau, hatte aber irgendwann ihr Dasein als Mann aufgegeben und trat ausschließlich als Frau in Erscheinung, ob eine vollständige Wandlung je stattgefunden hatte, wusste keiner, der sie kannte. „Wird schon nicht so schlimm sein, geh zu deinem Hausarzt, gute Nacht!", mit diesen Worten legte Oli den Hörer auf.

Die folgenden Tage schlichen dahin. Wo immer es ging ließ Oliver durchblicken, dass er auf der Suche nach Niklas sei. Niemand kannte ihn, niemand hatte ihn jemals gesehen. Langsam kam in ihm der Verdacht auf, einer Phantomvorstellung erlegen zu sein und zweifelte gelegentlich an seinem Verstand. Als er einen Artikel über ortsansässige Zahnärzte schrieb fiel es ihm wie Schuppen von den Augen. „Hatte Niklas nicht gesagt, dass er in Göttingen eine Weiterbildung zum Zahntechniker macht und dorthin jeden Tag mit der Bahn pendelt!", fiel ihm ein. Oli ließ den ersten gemeinsamen Abend noch einmal haarklein Revue passieren. Plötzlich erinnerte er sich, dass Niklas selbst eine Abfahrtszeit jeden Morgen genannt hatte. Tags darauf stand er bereits gegen sechs Uhr auf. Ohne sich zu duschen und zu rasieren fuhr er zum Bahnhof. Die Vielzahl der Reisenden auf dem Bahnsteig erschreckte ihn und er sah seine Hoffnung Niklas im Gewühl zu finden schwinden. Er erblickte Menschen, die er ewig nicht gesehen hatte und die grüßten, eine ehemalige Kollegin wollte ihn sogar in ein Gespräch verwickeln. Alles hätte er jetzt brauchen können, nur bitte keine Unterhaltung. Er sah zur Uhr und stellte fest, dass der Zug in fünf Minuten einfuhr. Nervös schaute er sich um ohne einen klaren Gedanken zu fassen. Nirgends sah er seinen Auserwählten. Quietschend hielt der Regionalexpress am Bahnsteig. „Zu spät!", seufzte Oliver laut. „Nein, heute ist sie sehr pünktlich!", lachte ihn ein junges Mädchen an. Oliver antwortete lediglich mit einem Achselzucken. Sollte er jetzt einfach in den Zug steigen und Abteil für Abteil absuchen? Ihm kam eine viel bessere Idee. Schnellen Schrittes verließ er den Bahnhof und eilte zu seinem Auto. Als er einstieg begann er bitterlich zu weinen. „Was kann ich noch tun, er hat doch meine Karte und meldet sich nicht, war ich doch nur ein Abenteuer für ihn?", heulte er laut vor sich hin. Eine ältere Dame klopfte besorgt an die Scheibe und wollte wissen, ob sie etwas für ihn tun könne. „Nein, geht schon wieder, alles okay!", log er sie an. Dass sich eine Wildfremde plötzlich nach seinem Seelenheil erkundigte machte etwas Mut. Er startete seinen Renault und begann auf dem Parkplatz nach dem pinkfarbenen Fiat zu suchen, musste aber bald feststellen, dass auch dieser Versuch erfolglos blieb.

Entmutigt von den Ereignissen betrat er kurz darauf seine Wohnung und versuchte aus den Resten des Kühlschranks ein Frühstück zu zaubern. Während der Kaffee durch die Maschine lief stand er unter der Dusche und versuchte seine Gedanken zu ordnen. „Jetzt mal ruhig Blut, versuch dich heute auf das Wesentliche zu konzentrieren!", beruhigte er sich selbst. Die blöde Spendenaffäre fiel ihm wieder ein. Gestern hatte sich ein Rechtsanwalt bei ihm gemeldet, der heute entscheidende Fakten liefern wollte. „Bestimmt auch wieder so ein Spinner, der sich wichtigtut, erlebt man leider viel zu oft!" Auch wenn Oliver nicht gut drauf war, versuchte er die redaktionelle Arbeit gewissenhaft zu erledigen. Die aufmunternde Art seiner Kollegin Beate Rabe trug auch dazu bei. Heute hatten sie sich zum Mittagessen verabredet. Er mochte Beate sehr gern und obwohl sie keine Freundschaft verband waren sie sich sehr vertraut. Sie war ein paar Jahre verheiratet gewesen, hatte eine Tochter Bastiane, die in Tübingen Medizin studierte. Darauf war die Kollegin unheimlich stolz, andererseits lag ihr die Schmarotzerin, wie Beate sie oft bezeichnete, unglaublich mit ihren Ansprüchen finanziell auf der Tasche. Ihre Ehe war vor Jahren an der Sauferei ihres Mannes gescheitert und irgendwann zerbrochen. Mit Anfang dreißig startete sie noch einmal durch und krempelte ihr ganzes Leben um. Zu lange hatte sie ihr Leben an den Kleiderhaken Mann gehängt und dann musste sie selbständig werden. Sie besuchte Seminare und die unterschiedlichsten Selbsthilfegruppen. Durch Zufall fand sie einen Job in der Redaktion. Damit besann sie sich auf ihre Wurzeln. Beate hatte damals wegen ihrer Ehe und der Tochter das Germanistikstudium abgebrochen und lebte reihenhausbegraben jahrelang ein gemütliches Leben, bis ihr Mann sich vollständig dem Suff hingab. Jetzt schien ihr die Tätigkeit als Journalistin Erfüllung gebracht zu haben. Sie vermittelte den Eindruck, sich gefunden zu haben.

Oliver saß schon einige Zeit bei seinem Lieblingsitaliener am Marktplatz und las desinteressiert die Speisekarte rauf und runter. Endlich erschien Beate Rabe abgehetzt und stürmte auf ihn zu. „Ich sehe wieder aus wie Scheiße auf Reis!", prustete sie heraus. Dass das nicht stimmte, war ihr genauso klar wie Oli. Eine Art fishing for compliments, was sie wirklich nicht nötig hatte. Für ihre mindestens fünfundvierzig sah sie passabel aus. Dass es ihm nicht sonderlich gut ging fiel ihr schon beim Betreten des Restaurants auf: „Ihnen geht es schlecht, was ist los!", fragte sie unumwunden. Oli fühlte sich ertappt und meinte: „Lassen Sie uns etwas bestellen, hoffe ich behalte es bei mir. Nachdem Natale die Bestellung aufgenommen hatte fing Oliver an zu reden. Er erzählte in aller Ausführlichkeit die Geschichte der letzten Tage, ließ aber Beate im Unklaren, um wen es sich handelte. Frau Rabe hörte interessiert zu. Plötzlich platzte es aus ihm heraus: „Und damit sie kein falsches Bild bekommen, es handelt sich übrigens um keine Frau, sondern um einen Mann, der mich völlig aus dem Konzept wirft!" Dann verstummte er und erschrak über seine Äußerung. Beate zeigte sich unbeeindruckt und lächelte. Ihr war seit langem klar, dass Oliver nicht auf Frauen stand. Aber sie sah nie eine Veranlassung ihn darauf anzusprechen, weil sie ihn einfach mochte. Im weiteren Gesprächsverlauf stellte sich heraus, dass Frau Rabe natürlich auch keinen Niklas kannte, Oli hatte auch nicht ernsthaft damit gerechnet. Die Mittagspause verlief nach diesem Outing sehr entspannt und verging wie im Flug. Beates Satz: „Man sieht sich immer zweimal im Leben" empfand Oliver als wohltuend. Wie zwei Verschworene schlenderten sie im Anschluss in die Redaktion zurück.

Den Rest des Tages verbrachte der Journalist am Schreibtisch. Das Gespräch mit dem Rechtsanwalt hatte sich als wertvoll erwiesen. Er hatte zwar noch Zeit für den Artikel doch seine Ungeduld stand ihm mal wieder im Weg. Gegen sechzehn Uhr rief Moritz Küster aus Berlin an. Er und Oli waren seit der Studienzeit befreundet. Moritz wirkte seit Monaten als freier Journalist für Boulevardblätter und verdiente ein schweinemäßiges Geld hatte aber kaum Möglichkeiten es auszugeben. „Arbeit, Arbeit, Arbeit, alles hat seinen Preis!", stöhnte er oft. Auch ihm fiel auf, dass Olivers Stimme traurig klang und er fragte ihn nach dem Warum. In einer Kurzform erzählte ihm Oli alles. „Kein Problem, den finden wir!", versicherte der Berliner. „Ich habe eine CD-Rom mit sämtlichen Telefonnummern Deutschlands, die Sortierung kann auch nach Vornamen und einen bestimmten Ort erfolgen!" Oliver verstand nichts. „Ich drucke alles heute Abend aus und dann hast du alle Niklase in und um Goslar, die Post geht noch heute raus an dich!" „Aha, ich glaube, ich weiß jetzt was du meinst!", meinte Oli etwas zögerlich, war aber glücklich über die Hilfe von Moritz. Von einer Minute zur anderen hellte sich seine Stimmung auf. Er bedankte sich überschwänglich und versicherte jederzeit gern zu Gegenleistungen bereit zu sein.

Das Gespräch war beendet und Ortrud Saubermann postierte sich vor ihn, um Oliver über irgendwelche Regularien aufzuklären, die er wohl missachtet hatte. Jetzt war sie wieder voll und ganz Frau Oberlehrerin und in ihrem Element. „Wenn hier alle so arbeiten würden wie die Saubermann, würde keiner etwas schaffen!", dachte er. Ortrud war Ende dreißig und hielt sich selbst für den Nabel der Welt. Eigentlich arbeitete sie halbtags, jedenfalls war sie halbtags anwesend. Natürlich war sie glücklich mit ihrem Zahnarzt Hans-Werner verheiratet. Seine Weisheiten gab sie gern im Büro weiter. Er erklärte ihr wohl permanent, was richtig und falsch im Leben und in der Gesellschaft ist. Dass Ortrud das manchmal zu viel wurde spürten die Kollegen deutlich. Zu allem was gesagt wurde nahm die Gouvernante, wie Oli sie oft bezeichnete, Stellung. Der erhobene Zeigefinger war nie zu übersehen bei ihren Ausführungen. Besonders kurzweilig wurde es, wenn die Saubermann Privattelefonate führte, was mehrfach täglich geschah. Amüsiert hörte Oli manchmal zu sowie heute Vormittag: „Meine liebe Emmi, wir haben ja so lange nichts gehört voneinander und müssen uns unbedingt sehen. Hans-Werner hat sich auch schon nach deinem werten Befinden erkundigt. Gestern haben wir ein Hauskonzert veranstaltet und haben so schön geflötet!" Interessant wurde es auch, wenn derlei Gespräche beendet waren und Ortrud ziemlich entnervt wirkte. Aber man wahrte eben Etikette, schließlich gehörte man ja zu den oberen Hunderttausend der Stadt.

Gegen sieben verließ er das Büro und begab sich auf den Heimweg. Mit seinen Gedanken, dass auch heute wieder nichts passieren sollte, sollte er leider Recht behalten.

3. Der Wochenendworkshop

Das Wochenende stand vor der Tür, Zeit zum Grübeln und Suchen war aber nicht gegeben. Nachdem Oliver vor ein paar Wochen eine Livesendung beim örtlichen Radiosender über den *Eurovision Song Contest* moderiert hatte, bekniete ihn der Intendant Heinz Haase unbedingt ein Sprecherseminar zu belegen. Ständig hatte ihn Haase angerufen und erzählt, was für ein positives Echo die Übertragung ausgelöst hatte. Natürlich fühlte sich Oli geschmeichelt, wusste er doch, dass seine Stimme gut ankam. Jetzt hatte er sich durchgerungen die Schulung zu absolvieren. Was hatte er damals alles getan um sein Baby, wie er das Projekt nannte, zu realisieren. Zusammen mit Alex hatte er alle europäischen Fernsehsender angeschrieben und um Promo-Material gebeten, damit er die Lieder in seiner Sendung vorstellen konnte, was ja gleichzeitig Werbung für das jeweilige Land war. Oliver war seit mehr als zwanzig Jahren ein glühender Fan dieses Wettbewerbs, der jeweils in irgendeiner Metropole Europas stattfand. Er war selbst dreimal für seine Zeitung einige Tage vor Ort, um Proben und Pressekonferenzen beizuwohnen. Aus Zeit- und Kostengründen konnte er in diesem Jahr nicht nach Birmingham reisen, wo das Festival ausgerichtet wurde. Trotzdem wollte er das Ereignis nicht einfach an sich vorbeirauschen lassen ohne, wenn auch indirekt, involviert zu sein. Kurzerhand bot er dem Sender ein Konzept an, ohne den Hauch einer Ahnung, was das an zusätzlicher Arbeit bedeutete. Da ihm die technischen und sprecherischen Erfahrungen fehlten, wurde ihm Mister Elephant, ein stadtbekannter Moderator, zur Seite gestellt, dem Olis Konzept gefiel. Dass die bekannte Sängerin Gardy

Moos sich für ein Telefoninterview zur Verfügung stellte, freute Oliver besonders. Er war seit ein paar Jahren mit ihr befreundet und wusste somit worauf er sich einließ. Nächtelang saß er an seinem Computer, las Pressemitteilungen, übersetzte ausländische Liedtexte und schrieb einen Sendeablauf. Zeitweise hatte er den Eindruck nicht mehr zu wissen, was sein Hauptberuf war. Aber die Mühe hatte sich gelohnt. Selbst Gardy rief begeistert an, als sie die CD der Sendung gehört hatte und gratulierte. Nun war also Sprechen lernen angesagt.

Am Freitagabend betrat Oliver das Funkhaus. Er schien allein auf weiter Flur zu sein. Selbst der Pförtner hatte keine Ahnung, wo das Seminar durchgeführt werden sollte. Oli irrte durch das Gebäude, fand irgendwo im ersten Stock einen Vortragsraum in dem sich eine Gruppe gelangweilt wirkender Leute versammelt hatte. Er ging hinein, doch niemand nahm Notiz von ihm. Der Sprecher in spe setzte sich etwas abseits der Gruppe und wartete, was passieren würde. Nach einer Viertelstunde stieß ein Öko mäßig aussehender Typ auf die Gruppe der sich als Claas Hansen vorstellte und der Seminarleiter war. „Was erwartet ihr!", warf er den Wartenden zu. „Merkwürdige Begrüßung!", sagte Oliver laut. „So!", konterte der Leiter, „dann mach es doch besser!" Oli grinste verschämt und merkte ein Eigentor geschossen zu haben. Langsam bewegte er sich nach vorn zum Pult, um sich vorzustellen, dabei versuchte er sich bewusst lässig zu geben. Jeder Therapeut hätte ihm in diesem Moment eine abwehrende Haltung bestätigt. Mit leicht erhobener Stimme begann er: „Mein Name ist Oliver Lauenstein, ich arbeite seit einigen Jahren bei der hiesigen Zeitung als

Redakteur. Vor ein paar Wochen habe ich hier im Funkhaus eine Sendung mit Mister Elephant moderiert und erste Erfahrungen gesammelt, die mich motiviert haben, dieses Seminar zu belegen. Alles Weitere ergibt sich in den nächsten zwei Tagen!" Claas war zufrieden mit der Kurzrede und warf Oli ein Lächeln zu. Nach und nach stellten sich die anderen Teilnehmer vor. Olis Interesse weckte niemand. Eine aufgebretzelte Tunte fühlte sich für den Job als Rundfunksprecher berufen. „Wie der intoniert, da wissen die Hörer doch nicht, ob ein Mann oder eine Frau spricht!", dachte Oliver. Plötzlich horchte Oliver auf. Eine Isabell stand vorn und erzählte von längeren Aufenthalten in Zürich und Tel Aviv, wo sie als Tänzerin gearbeitet hatte. Jetzt lebe sie wieder hier, eine Freundin habe ihr geraten, aufgrund ihrer weichen Stimme, eine Sprecherkarriere zu versuchen. Sie selbst schien von dem Projekt noch nicht ganz überzeugt zu sein, hinterließ aber, neben den ganzen Niemanden, einen positiven Eindruck. Ganz zum Schluss stellte sich noch eine neunundvierzigjährige, leicht untersetzte Gisela vor. Sie gab an mit Leib und Seele Hausfrau zu sein und war von der Idee besessen den Menschen, via Radio, gute Literatur näher zu bringen. „Die Mutter Beimer von Goslar!", spöttelte Oliver leise für sich, „begraben in ihrem Reihenhaus, Heimchen am Herd, Kinder außer Haus und jetzt will sie Halbwissenschaften vermitteln." Nun ergriff Claas Hansen wieder das Wort. Zunächst einmal musste der Umgang mit den Aufnahmegräten für Interviews erörtert werden. Ziemlich umständlich beschrieb er die Tasten und Knöpfe und ihre Funktionen in einer Geschwindigkeit, der Oli kaum folgen konnte. Gisela wurde schon jetzt etwas flügellahm und schaute verwundert in die Runde. „Nun lasst uns erste

Sprechproben aufnehmen, damit ihr euch mit eurer eigenen Stimme vertraut macht!", wies der Leiter an. Niemand traute sich so recht. Isabell und Oli standen auf und er griff nach dem MD-Gerät, drückte die Aufnahmetaste und hielt ihr das Mikrofon vors Gesicht. Oliver ertappte sich dabei, wie er anfing Isabell auszufragen. Ihr wurde das persönliche Interesse schnell klar und blitzschnell drehte sie den Spieß um. Es entstanden zwei unsinnige, aber amüsante Interviews, was zu diesem Zeitpunkt noch gar nicht beabsichtigt war. Obwohl Oli mit einer Unlust in den Abend eingestiegen war, verlief dieser doch kurzweilig. Für einige Stunden bekam er sogar Abstand zu Niklas.

Gegen zweiundzwanzig Uhr war Tag Eins beendet. Im Auto gingen ihm die letzten Stunden immer wieder durch den Kopf und er musste ab und zu laut lachen. Vor seiner Wohnungstür fiel ihm plötzlich das Telefongespräch mit Moritz ein. Sofort stürzte er zum Briefkasten. Tatsächlich sein Freund hatte Wort gehalten. Oli zog einen dicken Umschlag aus dem Fach und riss diesen bereits im Fahrstuhl auf. Oben angekommen traf ihn fast der Schlag. Neunundzwanzig Seiten mit Niklasen in Goslar und Umgebung. „Jetzt ist Nachtschicht angesagt!", seufzte er glücklich. Zeile für Zeile durchforstete er die Papiere, es kamen nur ganz bestimmte Straßen in Frage, wo Niklas wohnen konnte. Im Geist fing Oliver an zu rechnen: „Damals brauchte Niklas nur etwa fünf Minuten, um nach Hause zu fahren und sein Auto zu holen, das war klar und sicher. Den Ort Harlingerode habe ich mehrmals langsam durchfahren, drei Minuten mit dem Auto zurück zum Feldweg, kommt hin!" Er griff zum Adressbuch der Stadt und der Eingemeindungen und schrieb sämtliche in Frage kommenden Straßen des Ortes heraus. Nun konnte die eigentliche Arbeit beginnen. „Du achtest jetzt nur auf die Adressen!", schärfte er sich ein. Fieberhaft begann die Suche. Gegen Mitternacht musste er feststellen, dass gerade mal drei Personen in die nähere Auswahl kamen, die eventuell Niklas sein könnten. Jetzt war es zu spät noch einmal loszufahren, in der Dunkelheit hätte keine Chance bestanden das pinkfarbene Auto zu finden. „Und wenn es dort auch wieder tausend Garagen gibt?", seufzte er.

Obwohl er an diesem Samstag erst um zehn Uhr beim Sender sein musste stand er bereits um halb sieben auf, schließlich waren noch drei Adressen abzuklappern. Als er bei der ersten Anschrift angekommen war, musste er feststellen, dass es sich um ein Einfamilienhaus handelte. Eine junge Frau kam gerade aus der Haustür, die im Briefkasten nach der Zeitung suchte. „Fehlanzeige!", dachte Oli. Immerhin gab es keine Garage in der ein Fiat stehen konnte. Er fuhr zum nächsten Objekt. Hier stellte er fest, dass es sich um eine vornehme Wohnanlage handelte. Einen Niklas Müller konnte er auf den vielen Klingelschildern und Briefkästen auch nicht ausmachen aber auch kein Pinkauto auf dem dazugehörigen Parkplatz. Trotzdem kam ihm der Zufall zur Hilfe. Die gerade vorbeikommende Zeitungsfrau wurde sofort angesprochen, ob sie wisse, wo man hier Herrn Niklas Müller finden würde, er soll doch hier wohnen. „Hat er auch, allerdings nur kurz!", meinte sie barsch, „der Mann ist kurz nach dem Einzug verstorben, na ja einen alten Baum verpflanzt man eben nicht!" Dann ging sie grußlos weiter. „Ein alter Mann, der Niklas heißt, was es alles gibt!", dachte

Oliver. Er bestieg wieder seinen Renault und fuhr zur dritten Adresse. Dort angekommen stand er vor einem Mehrfamilienhaus mit entsetzlich vielen Garagen. Ein Blick auf das Schild mit den Messingknopfklingeln bestätigte die Telefonteilnehmerliste von Moritz. N. Dorner stand da in schwarzen Buchstaben. Oli zitterte und fragte sich selbst: „Ist er es jetzt oder nicht?" Seine Knie wurden weich. Sollte er am Ziel seiner Wünsche sein? Obwohl keine Zeit für weitere Recherchen war beschloss Oli sich ins Auto zu setzen und zu warten, auf was wusste er aber nicht. Auf der Klingeltafel hatte er abgezählt, welche Wohnung ungefähr die von N. Dorner sein könnte. Zweiter Stock links kam dabei heraus. Oliver stieg wieder aus und ging auf die andere Seite des Hauses, um den entsprechenden Balkon ausfindig zu machen. In einiger Entfernung postierte er sich, um abzuwarten, was sich dort vielleicht gleich ereignen würde. Es dauerte nur ein paar Minuten als ein kleiner Blondschopf auf dem Freisitz auftauchte. „Gestorben!", platzte es aus Oli, „der hat doch kein Kind und ist verheiratet, ausgeschlossen!" Wieder fing er an zu heulen und konnte sich nicht beruhigen. „Warum verläuft alles im Sande, es gibt ihn doch, ich bin doch nicht blöd!", jammerte er vor sich hin. Es dauerte ein paar Minuten bis er in der Lage war, die Heimfahrt anzutreten. Sicherheitshalber fuhr er noch einmal im Schritttempo durch den Ort, aber der Tag schien schon am frühen Morgen gelaufen zu sein.

Ehe er sich aufmachte Tag Zwei des Seminars zu besuchen rief er Alex an und erzählte dem AB von seinen Misserfolgen. Er bat um Rückruf, vergaß aber, dass sein Tag mit dem Lehrgang ausgefüllt war und er gar nicht zu Hause sein konnte. Oliver hatte ein flaues Gefühl im Magen. Irgendwann meldete sich sein Pflichtgefühl und er setzte sich in Richtung Sender in Bewegung. Als er eine Stunde zu spät dort auftauchte hatte die Gruppe schon mit ihren Aktivitäten begonnen. Er murmelte etwas von: „Entschuldigung!", wurde aber von den Teilnehmern kaum beachtet. Er sah sich um und stellte fest, dass Gisela fehlte. „Also doch richtig vermutet reihenhausbegraben bleibt eben reihenhausbegraben!", amüsierte er sich ein wenig. Alle wirkten sehr emsig, man besprach gerade die am Ende des Wochenendes zu produzierende Sendung mit ihren Beiträgen. Natürlich sollte viel Musik darin enthalten sein, dazwischen waren vier lokale Reportagen geplant, die von jeweils zwei Leuten recherchiert und produziert werden sollten. Oliver fand in Isabell eine Partnerin, die das Thema „Kulturlandschaft Goslar" interessierte. Nochmals wurden dann die Aufnahmegeräte erklärt und dann ging es paarweise in die Innenstadt, um mit Passanten zu den Themen Kurzinterviews zu führen.

Isabell und Oliver gingen Richtung Fußgängerzone ohne die konkrete Vorstellung, was sie eigentlich machen wollen. Sie entschieden sich für einen Cappuccino im „Café Muckefuck". Obwohl der Vormittag recht warm war fror Oliver, was Isabell auffiel. „Ist etwas nicht okay mit dir?", fragte sie vorsichtig. Er hatte keine Lust über sich zu sprechen und log etwas von aufkommender Grippe und Kopfschmerzen. „Geht mich ja auch nichts an!", dachte sie. „Lass uns zur Sache kommen, was wollen wir nun eigentlich machen?", warf Isabell in den Raum. Oliver musste sich richtig zusammenreißen, um sich zu konzentrieren. „Ich habe mir vorgestellt, dass wir eine Umfrage starten inwieweit die Bürger mit dem Kulturangebot in der Stadt zufrieden sind und was verbesserungsbedürftig ist, dazwischen geben wir Veranstaltungstipps und bauen ein wenig Statistik ein." „Nicht übel, aber woher bekommen wir das Zahlenmaterial?" Oli fuhr fort: „Wir gehen mal rüber in die Touristikinformation und fragen, welche Events sich gut verkaufen und wo die Ränge leer bleiben, anschließend befragen wir die Leute nach ihren Vorstellungen und Wünschen." Beide schienen sich einig zu sein. Oli zahlte die Rechnung und sie machten sich auf zum Marktplatz. Auf dem Weg dahin zweifelte Oli an sich selbst und ob es für ihn das Richtige ist, Leute in der Innenstadt nach ihren Wünschen zu fragen. Die Unlust stand ihm im Gesicht geschrieben. Als sie vor dem Büro standen, mussten sie feststellen, dass der Laden bereits geschlossen hatte. „Scheiße, was nun?", schrie Oli unwirsch. „Wir machen es einfach umgedreht!", entgegnete Isabell. Er willigte ein und schmiss das MD-Gerät an. Oliver machte den Anfang und sprach ein älteres Ehepaar an, das gerade auf der Terrasse des „Kaiserworths" saß und Kaffee trank. „Mach dich bloß vom Acker!", schnauzte ihn der Alte an, als er seine Frage zu formulieren begann. Oli starrte den Mann mit offenem Mund an und war nicht fähig weiter zu sprechen. „Unverschämt uns hier beim Kaffee zu stören!", schrie der Greis. Oli wandte sich fragenden Blickes an Isabell, die mit den Achseln zuckte. „Reg dich ab!", pöbelte der Interviewer zurück und ging zum Brunnen mitten auf dem Platz. Dort stand eine blonde, nordisch aussehende Frau, die er ansprach. Mit einem süßen dänischen Dialekt machte sie ihm aber klar hier nur zu Besuch zu sein, aber sie fände alles sehr hübsch. Oli liebte es, wenn Dänen Deutsch sprachen und

musste aufpassen, nicht auch sofort die Sprachweise nach-
zumachen. Das letzte Mal war ihm das vor Wochen nach einem Jazzkonzert im „Odeon" passiert. Er interviewte vor
dem Gastspiel Jette Ingwersen, die in ganz Europa eine
Größe ihres Genres ist und eben Dänin! Mit Grauen erinnerte sich Oli, keine Peinlichkeit ausgelassen zu haben. Isabell bekam langsam den Eindruck, dass ihr Partner die falsche Fragestellung bei den Leuten anwendete. Sie nahm ihm
das Mikrofon aus der Hand und postierte sich vor einem
jungen Paar, das sich bereitwillig interviewen ließ. „Du hast
bestimmt die bessere Ausstrahlung heute!", lobte Oliver den
Erfolg von Isabell. Innerhalb einer Stunde hatten sie ein paar
gute Statements gesammelt. Relativ zufrieden gingen beide
ins Funkhaus zurück.

Das Stimmungsbarometer der Gruppe reichte von euphorisch bis niedergeschlagen. Die Tunte hatte riesige Erfolge
zu verzeichnen mit ihrer Umfrage über alternative Medizin.
Zwar lag heute Morgen kein konkretes Konzept vor, aber als
Oli die Umfrage hörte, revidierte er seine Meinung über den
Typen. „Spargel in aller Munde" hieß ein weiteres Thema,
dessen sich zwei Studentinnen angenommen hatten. Nach
einer nicht enden wollenden Diskussion, welche Beiträge o-
der Teile daraus nun verwendet werden sollen, war der
zweite Tag beendet. Als er nach Hause fuhr, stellte er verwundert fest, dass die Stadt fast menschenleer war. „Kein
Wunder, Samstag später Nachmittag, passt zu meiner Stimmung. Was soll ich mit dem Rest des Tages anfangen?", sinnierte er. Als er seine Wohnung betrat und seinen Anrufbeantworter abgehört hatte freute er sich, dass Alex bereits
dreimal angerufen hatte. Durch die Wirren der letzten Tage

hatte er vergessen den Freund auf sein Seminar hinzuweisen. Er griff zum Hörer, wählte die Nummer und erreichte Alex direkt. „Endlich meldest du dich, ich habe mir schon Gedanken gemacht!" Dabei erschrak er selbst ein wenig, er wollte Oliver nicht wieder maßregeln oder in eine bestimmte Kerbe hauen. Nach dem morgendlichen tiefdepressiven Anruf hatte Alex einen anderen Oliver am Telefon erwartet und war angenehm überrascht. Ganz sachlich erzählte Oli von seinem Tagesablauf. „Solltest du ausbauen!", bestärkte der Angerufene seinen Freund. „Keine Silbe von Niklas!", dachte Alex, „gut so!" Oliver wechselte das Thema: „Was liegt heute Abend an bei dir?" „Nichts, Glotze anmachen und schauen!" „Würde gern vorbeikommen, ist das okay so gegen neun?", fragte Oli vorsichtig. „Ach, sehr schön, würde mich freuen!", antwortete der Psychologe ehrlich. Auch Oliver war froh, den Abend nicht allein zu verbringen. Da ihn jetzt eine Müdigkeit überkam ließ er sich auf sein Ledersofa fallen und schlief tief und fest ein.

Das schrille Läuten seines Telefons weckte ihn um sieben. Benommen griff er zum Hörer. „Liebster Oli, hier ist Elsa!" Er war nicht bereit für Palaver dieser Art und brummte: „Was gibt's?" Dabei gähnte er und wurde bereits bei der letzten Silbe seiner Frage von Elsa abgewürgt: „Ich erzählte dir doch kürzlich von meinen gesundheitlichen Problemen, stell dir vor, sagt doch der Arzt zu mir, dass ich es mit der Hygiene nicht so genau nähme, na dem habe ich vielleicht den Marsch geblasen. So etwas ist mir ja überhaupt noch nicht passiert, mich quasi als Schlampe zu bezeichnen! Schließlich wechsele ich zweimal die Woche meine Wäsche!" Oliver verkniff sich ein lautes Lachen, was dazu führte, dass er einen Hustenanfall bekam. Elsa störte das gar nicht und sie holte erneut aus: „Du erinnerst dich doch, dass ich im November letzten Jahres in Thailand war!" Er vernahm nur Fragmente: Thailand, Wäsche und meinte eher fragend: „Ja?" „Jedenfalls wurden da Fotos von mir gemacht. Ich mit Papageien auf der Schulter und eines dieser Viecher schiss mir doch glatt in den Ausschnitt. Jedenfalls schrie ich den Arzt an, er solle solche infamen Unterstellungen lassen und mich endlich auf Chlamydien untersuchen!" „Chlamydien!", hörte Oliver sich laut fragen, „du blöde Kuh, so eine Krankheit befällt doch eigentlich eher Frauen!" Er war selbst verwundert über sein medizinisches Wissen. „Und du bist nicht wirklich eine Frau, auch wenn du das in den letzten Jahren mehr und mehr vergessen hast!", schob er nach. Das war zu viel! Wütend schrie Elsa ihn an: „Keine Frau, ich bin sogar eine Dame du Arschloch!" Dann knallte die Künstlerin den Hörer auf. „Gott sei Dank!", stöhnte Oliver laut. Er setzte sich auf und hatte nach dem Gespräch das unbedingte Gefühl zu duschen.

Um einundzwanzig Uhr traf Oliver bei Alex ein. Im Fernsehen lief wieder einmal eine dieser deutschen Schlagernächte aus Bremen. „Herrlich, schön was zum Ablästern!", freute er sich. Alex' Begeisterung hielt sich in Grenzen. Seine Passion war eher das französische Chanson oder deutsche Liedermacher, trotzdem freute er sich auf den gemeinsamen Abend. Alles, was im Schlagerbereich Rang und Namen hat und vor allem hatte bot diese Show heute Abend. „In zwanzig Jahren wird man auch Elsa Boulanger dort erleben können!", spöttelte Oli. „Glaubst du, die kann doch nichts!", entgegnete Alex trocken. In diesem Moment kreischte Annemarie Blumental, im Hexenoutfit, ihren Hit von neunzehnhundertfünfundsiebzig „Du gehörst zu mir" über den Bildschirm. „Ach wie Recht du hast, Annemarie!", ließ sich Oliver entlocken und bekam einen verklärten Gesichtsausdruck. Alex tat so, als hätte er die Äußerung überhört. Oliver schien ihm gerade etwas aufgeräumt zu sein und er wollte die Stimmung nicht durch einen Kommentar kippen lassen. Die erste Flasche Prosecco war schnell geleert. „Noch eine?", fragte der Gastgeber. „Okay, aber zu spät sollte es heute nicht werden, ich muss ja morgen wieder zum Wochenendworkshop und hätte dort gern einen klaren Kopf." Inzwischen flimmerte die ehemalige DDR-Größe Dolores Bionda über den Bildschirm. „Oh, die ist auch da!", stellte Alex erstaunt fest. „Diese Schlampe!", wetterte Oli, „zu Zeiten des Eisernen Vorhangs mag sie kultiviert gewesen sein, heute tut sie so, als hätte es die Jahre vor dem Mauerfall nicht gegeben. Wie hat die das bloß geschafft hier Fuß zu fassen!" „Wird mit dem richtigen Produzenten in die Kiste gestiegen sein!", ironisierte Alex. Die Stimmung zwischen den beiden Freunden schaukelte sich etwas nach oben. Nach der zweiten Flasche war auch das Schlagerspektakel vorbei. Wie so oft bei diesen Shows gab es die große Schlussszene mit gegenseitigen Küsschen links und rechts vom Moderator. Den mimte der farbige José Valeras aus Peru, der vor Jahrzehnten gut war, und erfolgreich Schlager sang. Heute zehrte er von den damaligen Erfolgen in zu engen Glitzersakkos.

Kurz darauf standen Oliver und Alex vor dem großen CD-Regal. Oli bat, dass Alex wieder einmal Jette Ingwersen auflegen solle, die immer wie eine dänische Landtrine mit toller

Stimme wirkte. „Hat sie doch auch!", fuhr Alex dem lästernden Oli leicht ärgerlich ins Wort. „Ach ja, stimmt. Elmar Schreck hält sie für die beste Sängerin Europas!", versuchte er die Situation zu glätten. Trotz Häme oder gerade deshalb mochte Oliver die Lieder der Dänin, zumal er sie kannte und mit ihr gesprochen hatte. Außerdem war er in der Lage ihre Gestik und Mimik bis ins Detail zu kopieren. Bei fast jeder Party passierte ihm das, wenn Musik der Skandinavierin zu hören war. Oli hatte dann alle Lacher auf seiner Seite. Er war jetzt gerade dabei wieder auf Jette zu machen als Alex sich an sein Keyboard stellte und seiner Fantasie freien Lauf ließ. „Wir sollten wirklich mal etwas gemeinsam in dieser Richtung machen!", warf er ein während er klimperte. „Ja, ja, du ich und die Boulanger als Trio Infernal!", kicherte Oli schon leicht beschwipst. „Warum nicht, andere sind auch nicht besser und erfolgreich!", ließ sich der Keyboardspieler nicht von seiner Idee abbringen. „Heute singe ich hier gar nichts mehr, es ist bereits nach Mitternacht, rufst du mir bitte ein Taxi?" Kurz darauf klingelte es an der Tür, der Wagen mit Fahrer stand für die Heimfahrt bereit. Auf der Rückfahrt im Fond des Autos dachte Oliver: „Toll, so einen Menschen zu haben, so einen Freund, der jede Spinnerei mitmacht oder sie geduldig über sich ergehen lässt." Wenig später hielt der Wagen vor seinem Haus. Als er seine Wohnung betrat und auf den Anrufbeantworter sah, der keine neuen Nachrichten anzeigte, hatte ihn die Wirklichkeit wieder eingeholt.

Der Sonntagmorgen begann früher als gewöhnlich. Leicht verkatert stand Oli um acht Uhr auf. Nachdem er geduscht hatte wollte er sich ein Frühstück bereiten, musste aber feststellen, dass er gestern zwar viel getan hatte, aber eingekauft

hatte er nicht. „Dann muss eben ein Kaffee genügen!",
dachte er. Aus dem Radio hörte er die Lottozahlen vom
Samstag und freute sich ein wenig, dass er wenigstens den
Einsatz gewonnen hatte. Er nahm das als gutes Zeichen für
den Tag. Nach einem kurzen Blick ins Sonntagsblättchen,
das überwiegend aus Anzeigen bestand, stellte er fest, dass
er wieder zu spät war. Um neun Uhr wollten sich die Teilnehmer des Seminars treffen. Es war bereits acht Uhr fünfundvierzig. Er griff zum Telefon und bestellte sich ein Taxi,
das ihn zu Alex und seinem Auto bringen sollte.

Gegen kurz vor halb zehn traf er auf eine relativ verschla-
fene Gruppe im Sender. Der einzig wirkliche wache Anwe-
sende war Claas. Ständig summte er: „Ich gehör zu dir." Oliver mutmaßte richtig, dass auch der Leiter die Schlagernacht
gesehen haben muss und frotzelte ihn an: „Na, scheint dir ja
gefallen zu haben die Blumental, übrigens heißt der Song *Du
gehörst zu mir* ." „Ja, war klasse, all die Leute mal wieder in
einer Show zu sehen, ich wusste gar nicht, dass die alle noch
leben!", konterte Claas Hansen zurück. Als der Seminarleiter sich umsah, stellte er fest, dass doch noch ein Teilnehmer
fehlte. Oliver bemerkte das auch und hätte fast herausge-
prahlt: „Die Volltunte hat wohl ihre Morgentoilette noch
nicht beendet!" Er konnte sich aber gerade noch bremsen.
Heute sollten sich alle die gesammelten Statements anhören
und auswerten. In drei Wochen, so war es jedenfalls geplant,
sollten die Zweierteams ihre Konzepte selbständig umge-
setzt haben und präsentieren. Oli und Isabell zogen sich am
späten Vormittag wieder ins *Café Muckefuck* zurück, um ihren Schlachtplan zu besprechen. „Die anderen haben wirklich gute Beiträge geliefert!", stellte sie leicht geknickt fest.

„Das kriegen wir auch noch hin!", ermutigte Oli sie, „schließlich bleiben uns noch drei Wochen etwas Vernünftiges zu produzieren!" Da beide an diesem Vormittag nicht gerade mit Kreativität überschüttet wurden und die dritte Tasse Kaffee auch nicht wirklich Erleuchtungen brachte beschlossen sie zum Sender zurückzugehen. Dort im Schulungsraum angekommen kamen Oliver die Teilnehmer wie große Kinder vor. Aufgeregt schnatterten sie durcheinander und präsentierten Claas ihre Arbeiten nach dem Motto „Guck mal Herr Lehrer, habe ich das nicht toll gemacht". Oli ödete das Verhalten der anderen an, ließ sich aber nichts anmerken. Jetzt wurden die Rollen verteilt. „Wer möchte die Sendung moderieren?", warf der Leiter in die Runde. „Ich natürlich!", meldete sich ein junger Rechtsanwalt, der Oliver noch gar nicht groß aufgefallen war. Beim Rest der Gruppe herrschte vornehme Zurückhaltung. „Wirklich sonst keiner von euch?", fragte Claas. Zaghaft meldete sich Isabell und tat ihre Bereitschaft kund. „Dann stimmen wir kurz ab, wer von euch beiden vor das Mikrofon soll!", schlug der Leiter vor. Gesagt – getan! Die Wahl fiel eindeutig auf Isabell. Hartwig, der Rechtsanwalt agierte als Co-Moderator. Zögerlich nahm sie den Sprecherjob an und hatte jetzt ein zweites Problem. Oliver und sie hatten noch keinen fertigen Beitrag und sie musste sich auf ihren Sprechpart vorbereiten. Erste Probelesungen wurden veranstaltet, die die Wahl Isabells bestätigten. Oli erkannte neidlos an, dass die Tänzerin Talent hatte zu moderieren. Die Aufnahmen liefen glatt über die Bühne. Zum Ende des Seminars hatte Claas Hansen ein gutes Gefühl, dass in drei Wochen eine fantastische Sendung zustande kommt.

Auf dem Weg nach Hause fiel Oliver ein, dass er seinem Vater noch einen Besuch schuldete und fuhr zur Dr.-Nieper-Straße. Nach dem Auszug von Elfriede lebte er jetzt allein. Als Oli die Wohnung betrat traf ihn fast der Schlag. Natürlich hatte er die halb ausgeräumte Bleibe noch in Erinnerung vom Umzugstag seiner Mutter, aber jetzt kam sie ihm zwar bewohnt und doch vollkommen verwaist vor. Josef Lauenstein machte einen ungepflegten Eindruck und roch schlecht. „Hallo Oliver wie geht es dir!", fragte der Alte beiläufig. „Geht so, komme gerade vom Seminar im Radiosender und bin k.o.!", entgegnete der Sohn, der seinem Vater den wahren Grund seiner Stimmung nicht erklären mochte. „Hast du was von deiner Mutter gehört?", erkundigte sich Josef nicht ohne Hintergedanken. „Ich hatte die ganze Woche keine Zeit mit jemandem zu reden, geschweige denn mir eure Streitereien anzuhören!", fuhr er Josef an. Genau genommen hatte Oliver nicht einen einzigen Gedanken in den letzten Tagen an seine Eltern verschwendet. Ihm kam das alles wahnsinnig weit weg vor: der Auszug seiner Mutter, die Zwistigkeiten der Eltern und das beginnende Verwahrlosen seines Vaters, seine Gedanken kreisten einzig und allein um Niklas. Oliver musste sich zwingen geduldig zu bleiben und hörte aus Höflichkeit zu, was sein Vater erzählte. Aber er hörte es nur, hätte ihn später jemand gefragt, worüber sie gesprochen hätten, hätte er die Achseln zucken müssen. Nach einer halben Stunde war der Spuk vorbei und er fuhr nach Hause.

„Ich hasse diese Pflichtbesuche, sie geben weder mir noch ihm etwas, es muss sich etwas ändern!", fluchte Oli kurz darauf im Auto. Dabei war er auch auf sich selbst wütend, was ihm in manchen Momenten bewusst wurde. Aber das Verhältnis zwischen seinem Vater und ihm war seit Jahren gestört und keiner der beiden machte wirklich den ersten Schritt aufeinander zuzugehen. Als er seine Wohnung betrat fiel sein Blick, wie immer, auf das Telefon. Im Laufe des Tages hatten sich einige Anrufe angesammelt. Mit voller Konzentration hörte er die Nachrichten ab. Von den rund zehn Gesprächen waren allerdings sechs Nieten, Leute, die sich nicht trauten oder zu faul waren Mitteilungen zu hinterlassen. Zunächst rief Oli seine Mutter zurück und gab sich damit die volle elterliche Dröhnung an diesem Sonntagabend. „Endlich meldet sich mein Herr Sohn!", fauchte sie ihn an, „ich warte seit Tagen auf deinen Anruf. Hast du etwas von deinem Vater gehört?" Oliver musste grinsen, wie eins zu eins doch die Gespräche der Alten waren, als hätten sie sich abgesprochen. „Ich war gerade bei ihm, vielleicht solltet ihr mehr miteinander kommunizieren, dann erübrigen sich solche Fragen!", antwortete Oli patzig. Das Gespräch dümpelte so dahin. „Wann kommst du endlich mal vorbei!", keifte Elfriede plötzlich in den Hörer, „habe heute extra eine Portion mehr gekocht, da ich dachte, dass du zum Essen kommst!" „Du wusstest doch, dass ich an diesem Wochenende ein Seminar habe!", blaffte er zurück und hatte in diesem Moment das dringende Bedürfnis den Hörer aufzulegen. „Ich muss mich jetzt etwas hinlegen und melde mich wieder!", beendete er das Telefonat. Oliver ging in die Küche und goss einen Rest Soave in ein Glas mit dem er sich auf den Balkon zurückzog. Wieder bekam er diesen durchsichtigen Blick und ließ die Ereignisse des Wochenendes Revue passieren. Gedanken und Bilder, die in den letzten Tagen immer wieder durch seinen Kopf gegangen waren, holten ihn auch jetzt wieder ein. „Ich habe doch kein Phantom erlebt, spinne doch nicht!", sagte er laut vor sich hin und hämmerte mit den Fäusten gegen seine Schläfen. Er lehnte sich zurück und überlegte, wie er in den nächsten Tagen seinem Ziel näherkommen sollte. Immer wieder ereilten ihn Zweifel. „Ich weiß, dass ich diesen Niklas finden werde! Warum sollte Alex nicht Recht behalten, er hat schon so oft Recht gehabt mit seinen Prognosen!", sagte er leise und wurde etwas zuversichtlicher. Danach schlief er ein auf seinem Balkonstuhl. Er erwachte durch das Klingeln des Telefons mit leichten Kopf- und Nackenschmerzen. „Na, wie war dein Seminar noch?", fragte Alex freundlich. „Schön, dass du anrufst, war eingeschlafen, wie spät ist es eigentlich?", kam noch etwas benommen seine Reaktion. „Kurz nach zehn, aber du gehst wohl jetzt besser ins Bett, lass uns morgen sprechen!", empfahl der Freund. Das Gespräch war zu Ende, draußen und in der Wohnung war es stockdunkel, vorsichtig bahnte sich Oli einen Weg ins Bad. Das grelle Licht der Neonröhre blendete ihn, er sah sein Spiegelbild und dachte: „Zum Kotzen, einfach zum Kotzen zurzeit – alles!" Nach dem Zähneputzen warf er sich auf sein Bett und fand keinen Schlaf.

4. Neue Hoffnungen

Der Montagmorgen fing gut an. Oliver erwachte vor dem Klingeln des Weckers bereits um sechs Uhr. Fast fröhlich sprang er aus dem Bett und ging ins Badezimmer. Unter der Dusche, die er liebte am Morgen, breitete er gedanklich seinen ganzen Tag vor sich aus. Viel war heute nicht angesagt. Die Spendenaffäre stand nach wie vor auf dem Programm und sollte in den nächsten Tagen abgeschlossen werden. Da die Recherchen bisher wenig ergeben hatten, war auch Olis Interesse daran gen Null gesunken, darüber hinaus hatte er den Eindruck in der Redaktion wenig Rückendeckung in der Angelegenheit zu bekommen. Was sollte also dabei herauskommen, ein vorsichtig formulierter Artikel in dem der Präsident der karitativen Vereinigung nicht angetastet werden durfte. Das alles war nicht Lauensteins Ding. Immer wieder stellte er in den letzten Monaten seinen Beruf in Frage und das hing eindeutig nicht mit Niklas zusammen.

Gegen neun kam er ins Büro. Redaktionell war das Wochenende ruhig verlaufen. Keine Skandale, Verkehrsunfälle oder andere Katastrophen, die sich in und um Goslar ereignet hatten, sollten die nächste Ausgabe füllen. Er setzte sich an seinen Schreibtisch und widmete sich dem leidigen Artikel. Beate Rabe schneite kurz herein und teilte ihm mit, dass sich die Sache mit dem Typen in Köln nun endgültig zerschlagen hätte. Sie war froh, dass die ständige Fahrerei zwischen Goslar und der Rheinmetropole nun ein Ende hatte. Auch die Vorstellung am Freitagabend ein falsches Wort fallen zu lassen, die dann unter Umständen die Stimmung des ganzen

Wochenendes kippen lässt, befreite sie. „Bindungsängste, meine Liebe, Sie haben Bindungsängste, bei Frauen ihres Alters ganz normal!", entgegnete er nur knapp als sie ihre Ausführungen abgeschlossen hatte. Beate sah ihn irritiert an, sagte aber nichts. Er hatte diese Liebschaft der Kollegin gar nicht mehr auf dem Schirm. Oli beendete die Unterhaltung und widmete sich wieder seinem Artikel. Die Kollegin verließ wortlos den Raum.

Kurz vor der Mittagspause rief Volker an. „Hallo Oliver, Heidrun und ich würden dich morgen Abend gern zum Essen einladen, hast du Zeit und Lust zu kommen?" „Hm, eigentlich bin ich zurzeit dicht mit Terminen!", zögerte der Redakteur, „aber ich rufe dich heute Nachmittag noch mal an, dann kann ich es überschauen!" Er wollte jetzt so schnell wie möglich mit seinem Artikel fertig werden und bürstete den Bekannten regelrecht ab. Während er seinen Text formulierte stutzte er plötzlich: „Was habe ich eben gesagt?" Dabei ging es ihm überhaupt nicht um die morgige Einladung. Brandheiß fiel ihm ein, dass Volker im Straßenverkehrsamt arbeitet und ihm kam eine Idee. „Die haben doch alle Kennzeichen gespeichert und die Halter der Autos!", sinnierte er. Er sprang auf und rannte nach draußen, die warme Maisonne tat gut. Oliver trottete zur Kaiserpfalz und wollte auf einer der Bänke verweilen und nachdenken. In ihm keimte der Verdacht auf, dass Niklas jetzt in greifbare Nähe rückte. Leider waren auf der abschüssigen Grünfläche vor dem Wahrzeichen der Stadt alle Bänke besetzt, also breitete er seine Jacke aus und legte sich ins Gras. Oliver schloss die Augen und überlegte: „Jetzt reiß mal all deine Sinne zusammen. Wie lautete das Autokennzeichen des pinkfarbenen Fiats?" Er schloss die Augen und zog die Stirn kraus. Im Geiste sah er sich an dem besagten Abend in seinem Auto sitzen und in den Rückspiegel schauen. „Konzentriere dich!", ermahnte er sich laut. Plötzlich sah er Niklas' Wagen deutlich vor sich und war sich sicher, dass das Kennzeichen GS-AG-686 lautete. Wie von der Tarantel gestochen sprang er auf und rannte in die Redaktion zurück. Noch außer Atem rief er Volker an: „Hallo hier ist Oliver, tut mir leid, aber ich stecke bis über den Kopf in Arbeit, würde aber für morgen Abend gern zusagen." „Toll, wir freuen uns, komm bitte gegen acht!", erwiderte Volker und wollte das Gespräch beenden. „Halt, warte!", schrie Oli in die Muschel. „Ja, was denn noch?" Olivers Stimme senkte sich wieder in eine normale Tonlage. „Du mir ist heute Morgen was Blödes passiert. Ich habe meinen Wagen auf dem Bahnhofsparkplatz abgestellt, um mir Zigaretten zu kaufen. Als ich zurückkam sah ich einen Fiat wegfahren, der meine alte Klapperkiste streifte. Das Kennzeichen lautet GS-AG-686!", log er Volker an. „Bist du zur Polizei gegangen?" „Nein, die Zeit war zu knapp. Ist ja auch nicht viel passiert!", entgegnete Oliver. „Und warum erzählst du mir das!", wollte Volker wissen. „Na ja, wäre es vielleicht möglich, dass du mir den Halter des Fahrzeugs nennst, würde gern selbst mit ihm sprechen und mich ohne Polizei mit ihm einigen!", formulierte der Redakteur umständlich. „Du eigentlich darf ich das nicht, aber ich schaue mal, was ich machen kann!", versicherte der Beamte. „Aber nur, wenn es wirklich keine Mühe macht!", schob Oliver nach. „Lass das mal meine Sorge sein. Wenn ich was in Erfahrung gebracht habe rufe ich dich an!" Oli lehnte sich glücklich zurück und starrte aus dem Fenster. Danach ging er zu Beate Rabe, um ihr die Neuigkeiten zu erzählen. Sie klatschte mal wieder in die Hände und rief beglückt: „Ich hab's doch gewusst!" Zurück in seinem Büro schrieb sich sein Text fast wie von selbst.

Gegen fünfzehn Uhr meldete sich Volker Bernstein erneut und teilte Oliver mit, dass die Halterin des Fahrzeuges Martina Berger heißt und, dass es sich um einen roten Golf handeln würde, sie wohnt Astfelder Straße sechsundfünfzig. „Aber von mir hast du die Information nicht!", schärfte ihm der Bekannte eindringlich ein. Mit irritiertem Blick nahm Oli die Botschaft auf und verstand gar nichts. Es war, als hätte ihm jemand ins Gesicht geschlagen. Er war gerade noch in der Lage sich zu bedanken und meinte: „Okay, wir sehen uns morgen Abend bei euch, tschüss!" Der erneute gescheiterte Versuch Niklas zu finden trieb Oliver Tränen ins Gesicht. Der gerade vorbeikommende Bürobote bemerkte Olivers Stimmung und fragte, ob er etwas für ihn tun könne. „Nein, mir ist nur etwas ins Auge geflogen!", gab er als Antwort. Oli war sonnenklar, dass er die eben gehörte Adresse nicht kontrollieren musste. Er hatte sich mit dem Kennzeichen vertan und jetzt war auch diese Chance zerplatzt wie eine Seifenblase. Ein weiterer Versuch Volker zu bitten war ausgeschlossen. Es blieb also nichts weiter übrig als auf den großen Zufall zu hoffen. So leicht wie ihm die Arbeit noch vor einigen Minuten fiel so schwer war sie jetzt. Der Rest des Nachmittages schleppte sich dahin. Da er sowieso nichts Sinnvolles mehr zustande brachte verließ er früher als gewöhnlich die Redaktion und fuhr zum Niklas-See. Er parkte an der alten Stelle und ging zum Ufer. Wieder setzte er sich auf den Stein und weinte in die Abendsonne. Um kurz nach acht war diese im See versunken. „Meine Träume und Hoffnungen auch!", grübelte Oliver. Bedrückt fuhr er, wieder im Schritttempo, durch den Ort nach Hause.

Gegen neun betrat er seine Wohnung. Ihm fiel ein, dass er noch einige Rückrufe zu erledigen hatte. Als erstes rief er Dörthe an. „Hallo, hier ist Oliver du hattest gestern angerufen, ist etwas passiert?" „Na, du bist gut. Habe seit Wochen nichts von dir gehört, kann deine Frage nur zurückgeben!", empörte sie sich ein wenig, „was ist los?" Oli wusste, dass er ihr kein X vor dem U vormachen konnte, dafür kannten sich beide zu lange und zu gut. Sie hatten schon so viel gemeinsam durchgestanden. In Liebesdingen war ihr genauso wenig Glück beschieden wie ihm. Vor über zehn Jahren hatte sie sich Hals über Kopf in einen Kollegen von Oli verknallt. Es wurde damals nicht lange gefackelt. Herbert zog bei seinen Eltern aus und bei Dörthe ein. Verlobung, Hochzeit, Planung von Kindern, alles wurde haarklein geplant und abgearbeitet, lediglich der Nachwuchs stellte sich nicht ein. Ein Jahr nach der Hochzeit trat dann Heidi in Herberts Leben, ein eher unscheinbares Wesen, das aber genau wusste, was es wollte – Herbert! Stille Wasser sind bekanntlich tief. Jedenfalls wickelte sie seinen Kollegen mit Haut und Haaren ein. Die Trennung von Dörthe und ihm war unausweichlich und lief damals unschön ab. Heute ist er mit der Unscheinbaren verheiratet und sie haben zwei Kinder. „Mir geht es so la la!", und damit sagte Oliver die Wahrheit. „Mach mir nichts vor. So wie du dich anhörst bist du richtig scheiße drauf!", zickte die Freundin zurück. Erneut brach Oli an diesem Tag in Tränen aus. „Hey, das war nicht so gemeint!", versuchte das andere Ende der Leitung ihn zu beruhigen.

Dann herrschte zwei drei Minuten Schweigen zwischen ihnen. Oliver schluckte und setzte das Gespräch fort. In allen Einzelheiten schilderte er die Details der letzten Tage. „Uff!", stöhnte Dörthe laut nach dem langen Monolog, „Wie du weißt gehe ich jeden Mittwoch zum Yoga. Dort kenne ich einen Typen, der ebenfalls eine Weiterbildungsmaßnahme in Göttingen als Zahntechniker macht. Vielleicht kennt er diesen Niklas, ich werde ihn fragen!" Ein neuer Hoffnungsstrahl streifte Oliver. „Siehst du eine Aussicht auf Erfolg?", fragte er zögerlich. „Man darf nichts unversucht lassen, ich rufe dich übermorgen an, dann weiß ich mehr!", versicherte sie. Dann war das Telefonat beendet. „Wieder zwei Tage ausharren, aber vielleicht führt Beharrlichkeit zum Erfolg!", machte er sich selbst Mut. Trotz Hoffnungsschimmer fühlte er sich kraftlos und es war unmöglich jetzt weitere Gespräche zu führen. Er sank in sich zusammen. Wieder riss ihn das Läuten des Telefons aus seiner Lethargie. Mit der vagen Hoffnung, es könnte Niklas sein griff er zum Hörer und sagte schroff: „Lauenstein!" „Klaus Murme, Stuttgart hallo Oliver!" „Ach du Scheiße, die Nervensäge. Hätte ich es bloß klingeln lassen!", durchfuhr es Oli. Murme war Chefredakteur bei einer großen Frauenzeitschrift und mit Gott und der Welt im Promibereich bekannt. Eigentlich wollte von den Prominenten niemand etwas mit ihm zu tun haben, das wusste die ganze Branche, aber er schaffte es immer wieder, sich in den Mittelpunkt zu spielen. Aus unerfindlichen Gründen hatte er aber bei dem Münchner Filmproduzenten Ulf Monogramm einen Stein im Brett. Die sinkende Popularität Monogramms polierte Murme immer wieder durch Artikel in seinem Blatt auf. Es folgte ein zehnminütiges Blablabla und reine Selbstdarstellung. Nur rein rhetorisch fragte

Klaus Oliver nach seinem Befinden wartete die Antwort aber gar nicht ab. Mit den Worten er müsse noch unbedingt Ulf in München anrufen beendete er das Gespräch. Oli war total geschafft, selbst die obligatorische Unterhaltung mit Alex war nicht mehr möglich. Er putzte sich die Zähne und ging ins Bett.

Die folgenden Tage verliefen gleichbleibend ruhig. Mal mehr mal weniger diktierten Trauer, Sehnsucht und manchmal sogar Hass seinen Alltag. Oliver hatte keine Pläne mehr, wie er Niklas finden sollte. Wie ein Wahnsinniger vergrub er sich in Arbeit, schob Überstunden, um nicht in seinen eigenen vier Wänden zu verkümmern. Freizeitaktivitäten interessierten ihn nicht. Linda und Peter, seine Nachbarn, hatten ihn dazu verdonnert mit ihnen ein Barockfeuerwerk in Herrenhausen zu besuchen. Missmutig sagte er zu, obwohl er Angst hatte, dass gerade an diesem Abend Niklas anruft und nur den Anrufbeantworter erreicht, auf den er nicht sprechen würde. Oli schlug mit der Faust auf seinen Schreibtisch und rief laut: „Blödsinn!". Eigentümlicherweise lief er jobmäßig zu Höchstleistungen auf, bekam Lobeshymnen für irgendwelche schwachsinnigen Artikel, die er verfasst hatte. Sein Chef, Magnus Schiller, hatte ihm bereits angedeutet innerhalb des nächsten Jahres sein offizieller Vertreter zu werden. Zu jedem anderen Zeitpunkt wäre er glücklich über dieses Angebot gewesen. Jetzt saß er Schiller gegenüber und konnte sich nicht freuen. „Herr Lauenstein, mit Ihnen ist doch etwas nicht in Ordnung, wollen Sie mir nicht sagen, was Sie bedrückt!", forderte ihn der Chefredakteur auf. Oliver erfand ein paar Magenprobleme und versicherte, dass sonst alles in bester Ordnung sei. „Na gut, Sie können jederzeit zu mir kommen!", versicherte Schiller und wollte ihm nochmals die Möglichkeit geben sich zu öffnen. Oliver aber blickte nur durch ihn hindurch.

5. Wochenende am Timmendorfer Strand

Für das bevorstehende Wochenende hatte Oliver einen Kurztrip zu seiner Cousine Caroline an den Timmendorfer Strand geplant. Das Einzige, was sie verwandtschaftlich verband war eine gemeinsame Urgroßmutter, die weder er noch Caroline gekannt hatten. Bis zu ihrem zwanzigsten Lebensjahr kannten sich beide nur aus den Erzählungen ihrer Eltern. Und doch hatten sie ein ähnliches Schicksal hinter sich. Wie Caroline hatte auch Oliver mehrere Schulen mit unterschiedlichem Erfolg besucht und dann irgendwann mit Ach und Krach das Abitur bestanden. "Trotzdem ist aus uns was geworden!", meinte Caro häufig. Nachdem sie mit mäßigem Erfolg das Einjährige zustande gebracht hatte, jobbte sie bundesweit in Reisebüros, lernte einen Piloten kennen, der der Richtige zu sein schien. „Einen armen Schlucker kann Caroline gar nicht heiraten, die betritt doch keinen Laden, der größer als zwanzig Quadratmeter ist!", äußerte sich Olis Vater damals herablassend, als er von den Heiratsabsichten hörte. Wenn es auch zunächst nie den Eindruck erweckte, liebte die Cousine den Luxus und das angenehme Leben. Vor einigen Jahren aber hatte sich der Pilot verabschiedet und ließ Frau und zwei Kinder einfach hinter sich. Ihr blieb nichts anderes übrig als endlich selbständig zu werden. Sie hielt sich mit Minijobs und Zuwendungen ihrer Eltern über Wasser. Trotzdem ging es ihr nicht schlecht, obwohl ein dauerhaftes Leben in dem mondänen Seebad seinen Preis hatte. Auch darüber machte sich Josef Lauenstein merkwürdige Gedanken. Oliver mochte Caroline sehr, sie war eine angenehme Gesprächspartnerin, konnte zuhören und Klugheiten von sich geben. Besonders liebte er ihren

Pragmatismus im Haushalt. Für ihre knapp vierzig sah sie fantastisch aus. Ungern erinnerte er sich an die Zeit als die Ehe in die Brüche ging. Oft heulte sie stundenlang am Telefon und fand alles sinnlos. Auch wenn Oliver manchmal genervt war, hörte er geduldig zu und riet ihr letztlich einen Schlussstrich unter diese Angelegenheit zu ziehen.

Am Samstag feierte Marie-Christine, die jüngste Tochter von Caro, ihren siebten Geburtstag. Da Oliver Pate war, ließ er es sich nicht nehmen nach Timmendorf zu fahren. Dort an der Ostsee fühlte er sich immer wohl und auf eine unbeschreibliche Art zu Hause. „Vielleicht bringt der Ausflug ja etwas Abstand!", dachte er als er Freitagnachmittag ins Auto stieg und Richtung Norden fuhr. Ohne größere Staus auf der Autobahn erreichte er sein Ziel gegen zwanzig Uhr. Wie jedes Mal fuhr er erst einmal direkt zum Strand. Da der Abend nicht sonderlich mild war, fand er sich dort fast allein wieder. Er setzte sich in den Sand und schaute aufs Wasser. „Schön, diese Ruhe! Ach, wenn ich das doch mit Niklas erleben könnte!", sinnierte er. Er kam von dem Gedanken einfach nicht los, riss sich dann aber zusammen und ging zu seinem Renault zurück.

Die Kinder schliefen bereits als Oliver eintraf. Caroline hatte es sich mit einem Glas Sekt auf der Couch gemütlich gemacht und schaute einen Krimi. Als sie Olis Wagen vor dem Haus vorfahren hörte sprang sie auf und lief ihm entgegen. „Du bist ja schon da, diese Pünktlichkeit kennt man sonst gar nicht von dir!", freute sie sich und umarmte ihren Cousin. Oliver verstand die Anspielung nicht so recht und meinte fast entschuldigend: „Ja, ich war noch kurz am Strand und wollte nachdenken, nach der langen Autofahrt. „Komm rein, ich habe einen Crémant offen, wir trinken erst mal einen Schluck zur Begrüßung!", forderte ihn Caroline auf. Widerstand wäre zwecklos gewesen und so spöttelte er: „In jeden ordentlichen Kühlschrank gehören mindestens zwei Flaschen eines edlen Tropfens!" Obligatorische Begrüßungsfloskeln wurden ausgetauscht, die Oli ein wenig anstrengten. Am Telefon konnten beide wunderbar miteinander reden und zuhören, in der direkten Begegnung hatten sie zunächst immer Schwierigkeiten damit, was aber nach einer Anlaufzeit schnell verflog. Caroline, die gerade bei *Cynthia's*, einer Nobelboutique auf der Promenade, jobbte wirkte ein wenig erschöpft vom Tag, was Oliver auffiel und sich nach ihrem Befinden erkundigte. „Heute war der Tag relativ verregnet, da kommen die Touris in Scharen in den Laden. Die meisten kaufen aber nichts, sondern erkundigen sich nach irgendwelchen Örtlichkeiten oder fragen, ob sie das Klo benutzen dürften!", erklärte sie lachend. Der Abend und das Gespräch zwischen beiden plänkelte so dahin. Erst gähnte Oli noch verhalten, ab zehn Uhr aber ganz offensichtlich. Um elf stand er demonstrativ auf und torkelte ins Gästezimmer. „Ein Glas können wir aber noch!", rief ihm Caroline entrüstet hinterher. Oli drehte sich noch einmal um, lächelte und sagte: „Gute Nacht!"

Als er am Samstagmorgen erst gegen halb zehn zum Frühstück erschien herrschte schon ein hektisches Treiben im Wohnzimmer. Marie-Christines Augen leuchteten als Oliver ihr sein Geschenk übergab, eine Barbiepuppe mit einer Kollektion von Abendkleidern. Der Gratulant war selbst entzückt über die Freude der Kleinen. „Kinder können eben wahre Dankbarkeit ausdrücken!", warf er nachdenklich in den Raum mit einem Blick auf seine Cousine. Dann brach ein Donnerwetter aus. Johanna, die zwei Jahre ältere Tochter, konnte und wollte einfach nicht verstehen, dass heute nicht ihr Ehrentag war. Ständig vergriff sie sich an den Geschenken ihrer Schwester, was beim Geburtstagskind zu lautstarken Protesten und Tränen führte. Caro schien genervt und überfordert griff dann aber doch massiv ins Geschehen ein. Für einen Moment dachte Oliver, dass ihr gleich die Hand ausrutscht. Dann griff sie sich Johanna und verschwand mit ihr ins Schlafzimmer. Es dauerte einige Minuten bis beide wieder auf der Bildfläche erschienen, dann war der Haussegen wieder geradegerückt. Oliver verspürte das dringende Bedürfnis allein sein zu wollen, mehr und mehr war ihm plötzlich nach Meer. „Ist etwas?", fragte Caro leicht gereizt. Er war nicht bereit ausführlich seine Gedanken preiszugeben. „Ich fahre mal ans Wasser, dauert nicht lange!", gab er einsilbig von sich. Fast unauffällig verließ er das Haus und fuhr zum Strand. Das Wetter war ähnlich wie gestern, trotzdem zog er seine Schuhe aus und stapfte durch den Sand. Das Meer hatte höchstens vierzehn Grad, er empfand die Kühle aber als wohltuend, die seinen Kopf frei werden ließ. „Mit dem Ausspannen wird es wohl heute bei der häuslichen Hektik nichts!", stöhnte er. Er zog seine Füße aus dem Wasser und legte sich in den Sand. „Wie damals am Niklassee!", dachte er traurig. Während er sich seinen Gedanken hingab, riss plötzlich der Himmel auf und die Sonnenstrahlen blendeten ihn. Es dauerte einen Moment bis er sich an das diffuse Licht gewöhnt hatte, dann erkannte er ein herrliches Blau über sich. Oliver sprang auf und rief: „Das ist ein Zeichen!" Aber wie oft hatte er das in den letzten Wochen schon gedacht und gemerkt, dass es letztlich doch nur Wunschdenken war. Er setzte sich wieder auf den Boden und döste auf die silbrige Oberfläche der Ostsee. Oli war glücklich über das Farbenspiel des Lichts mit den Wellen und entrückte der Welt. Zufällig schweifte sein Blick zur Uhr und er erschrak: „Scheiße, schon so spät, die werden bestimmt sauer sein, dass ich erst jetzt komme!" Lust sich aus dieser Atmosphäre zu lösen hatte er nicht, trat aber den Rückweg an.

Der Hauseingang war jetzt mit bunten Luftballons geschmückt und im Inneren hörte man Kindertoben. Caroline kam ihm mit säuerlicher Mine entgegen: „Ich dachte, du wolltest mich bei dieser Rasselbande unterstützen, stattdessen bist du stundenlang verschwunden. Oliver, was ist los mit dir?" „Es tut mir leid, ich habe einfach die Zeit vergessen!", versuchte er seine Cousine zu besänftigen. Die Antwort leuchtete ihr zwar nicht ein, aber sie hatte keine Zeit sich jetzt in eine Diskussion mit ihm verwickeln zu lassen. Im Esszimmer tobten ungefähr zehn Mädchen umher. Die Kaffeetafel sah aus wie ein Schlachtfeld. Plötzlich kniff eines der Kinder Oliver in den Hintern. „Aua!", schrie er und sah dabei die laut lachende Übeltäterin an. Er konnte ihr nicht böse sein. „Spielst du mit uns?", fragte sie keck. „Was habt ihr denn vor?", erwiderte er und äffte dabei den Tonfall dieser Jessica nach. „Malen raten!", entgegnete sie. Oliver verstand nicht, was geplant war und schaute zu Caroline, die eine Rolle Tapete auf dem Fußboden ausbreitete. „Hilf mir doch mal bitte, das Ding rollt sich immer wieder ein!" Kurz darauf lagen beide auf dem Parkett im Kreise der zehn Mädchen und malten Tiere, Häuser und andere Dinge, die gegenseitig erraten werden sollten. Danach folgten Topfschlagen, Sackhüpfen und andere Spiele, die den Kids Kurzweil brachten. Gegen sieben war der Spuk vorbei. Nach und nach leerte sich das Haus. Marie-Christine und Johanna lagen völlig erschlagen in ihren Betten und schliefen. Oli und Caro streckten alle Viere von sich und entspannten auf dem Sofa. Eigentlich hatten sie vor noch in den *Nautic Club* zu gehen auf einen Absacker, in der Lage dazu waren sie aber nicht mehr.

Am Sonntagmittag brach Oliver zur Heimfahrt auf. Er hatte sich vorgenommen noch einen Abstecher zu Maja in Lübeck zu machen. Auf der Autobahn machte sich Oli laut Vorwürfe: „Ich bin doch ein Idiot! Warum habe ich Caro keinen klaren Wein eingeschenkt, was meine Situation und Verfassung betreffen, eigentlich war der Besuch fürn Arsch!" Kurz vor Bad Schwartau begann er wieder einmal auf Autokennzeichen zu achten, die ein N im Kennzeichen trugen. „Wenn du innerhalb der nächsten fünf Minuten mindestens zehn Fahrzeuge mit einem N siehst, wird alles gut!", dachte er und schöpfte neue Hoffnung. Die zehn Autos hatte er schnell beisammen.

Zwanzig Minuten später bog er in der Hansestadt in die Fleischhauerstraße ein. „Hier muss es doch irgendwo gewesen sein!", dachte Oliver und erspähte kurz darauf die Hausnummer sieben wo Maja wohnte. Leider war weit und breit kein Parkplatz zu ergattern. Genervt fuhr er umher und suchte, was gefühlte zwei Stunden dauerte. Ungeduldig klingelte er bei der Freundin. „Schön, dass du da bist, ich habe eben Kaffee gekocht, komm rein!", begrüßte sie ihn mit einer Umarmung. „Du siehst mitgenommen aus!", stellte Maja fest. Oli liebte gerade diese Eigenschaft an ihr, die Dinge beim Namen zu nennen und war froh sich an diesem Nachmittag nicht mehr verstellen zu müssen. In einem nicht enden wollenden Monolog ergoss er sich. Maja hörte interessiert zu. „Man trifft sich immer zweimal im Leben. Das ist zwar nur ein Spruch, aber er stimmt, habe das oft erlebt. Ihr werdet euch wiedersehen, du brauchst nur noch Geduld. Es gibt tausend Gründe, warum dieser Niklas nichts von sich hören lässt!", tröstete ihn die Freundin. „Lass uns das Thema wechseln!", brach Oliver sie ab. „Was tut sich jobmäßig bei dir, hast du etwas in Aussicht?" „Vergiss es, ich habe keinen Bock mich in Kostümchen zu zwängen und acht Stunden in öden Büros zu sitzen, um mir Eheprobleme von Halbtagsfrauen anzuhören!", ereiferte sich Maja, „dafür habe ich meine Promotion in Psychologie nicht mit summa cum laude abgeschlossen!" Oliver lachte auf, weil ihm zu dem Thema Halbtagsfrauen Ortrud einfiel. „Was gibt es da zu lachen!", herrschte ihn seine Gesprächspartnerin an. „Nichts, dachte gerade an eine mögliche Patientin in meiner Redaktion, tut mir leid!", entschuldigte sich Oliver. Leider verging die Zeit wie im Fluge. Es tat gut, sich aussprechen zu können, trotzdem musste er gegen siebzehn Uhr aufbrechen. Er hatte das ganze Wochenende unterschwellig das Gefühl zu Hause etwas zu versäumen.

Als er gegen neun Uhr seine Wohnung betrat stellte er fest, dass er vergessen hatte, den Anrufbeantworter einzuschalten. „Scheiße!", schrie er laut, „wenn Niklas jetzt angerufen hat!" Wütend ging er ins Bad und putzte sich die Zähne, danach warf er sich aufs Bett und fand wieder mal keinen Schlaf.

6. Endlich am Ziel?

Nach einer weiteren Woche der erfolglosen Suche zweifelte Oliver mehr und mehr an sich und war dabei, sich von seinem Traum zu verabschieden. Lustlos blätterte er im Adressbuch der Stadt, da er für einen Artikel recherchieren musste. Plötzlich fiel es ihm wie Schuppen von den Augen: „Warum bin ich da nicht schon längst draufgekommen?" Er begann zu zittern und bekam Gänsehaut. Mühevoll quälte er sich durch den Nachmittag und konnte den Feierabend kaum abwarten. Gegen achtzehn Uhr verließ er fluchtartig samt Adressbuch die Redaktion und fuhr nach Hause. Dort angekommen knallte er seine Tasche in die Ecke und wühlte in den Unterlagen auf seinem Schreibtisch. Endlich fand er die seinerzeit zusammengestellte Liste der Straßen von Harlingerode. Selbst das Display des Anrufbeantworters, das Null anzeigte, ließ ihn kalt. Oli war besessen Niklas jetzt ausfindig zu machen. Viele seiner Freunde stellten seit Wochen eine Veränderung an ihm fest, noch nie erschien er so konfus und kopflos. Einige waren natürlich eingeweiht, trösteten ihn, machten ihm Mut, andere ermahnten ihn, dass alles als fixe Idee ganz schnell wieder zu verwerfen, da er sonst daran zerbrechen würde. Egal, Oliver war wieder aktiv, aktiver als jemals zuvor in den vergangenen Tagen. „Gut, jetzt bloß nicht den Kopf verlieren, Ruhe bewahren. Der Ort hat zwar eine Menge Straßen, aber die sind alle nach Hausnummern und deren Bewohnern geordnet!", sagte er laut und mahnend vor sich hin. Sämtliche Nachnamen mussten ignoriert werden. Einzig und allein der Vorname Niklas möglichst in Verbindung mit einer weiteren männlichen Person kam in Frage. Obwohl Oli eigentlich körperlich erschöpft war zwang er sich zu einem Höchstmaß an Konzentration: Amselweg, Asternweg, Blumenweg, Cordesstraße, las der Suchende sehr aufmerksam, fand aber keinen Niklas, der dort wohnte. Beim Buchstaben H überkam ihn schon wieder diese Unsicherheit, trotzdem ließ er sich nicht beirren. „Da!", schoss es ihm durch den Kopf. „Jürgenstraße Eins, hurra, ich habe ihn!", schrie er auf. Etwas ungläubig markierte Oliver die Namen Oswald Brummer und Niklas Stolzer. „Jetzt bloß nicht leichtsinnig werden, das kann Zufall sein, ich muss mich noch bis zum Zeisigweg durcharbeiten, um wirklich ganz sicher zu sein!", beschwor er sich. Es fiel ihm schwer die Seiten bis zum Ende durchzuschauen, aber nach einer weiteren Stunde war die Arbeit geschafft und führte zu einem eindeutigen Ergebnis. Hastig schaute er zur Uhr, die halb zehn anzeigte. Ohne lange zu überlegen griff er nach seinem Autoschlüssel und verließ eiligst seine Wohnung. Nichts konnte ihn aufhalten jetzt nach Harlingerode in die Jürgenstraße Eins zu fahren. Als würde ihn der Teufel treiben raste er durch die Stadt Richtung Niklas. Kurz nach zehn fuhr er im Schritttempo durch die von ihm ermittelte Straße. Eigentlich hätte er in seinem Zustand gar nicht mehr fahren dürfen, so betrunken war er vor Glück. Vor der Hausnummer Eins hielt er kurz an, das Gebäude war hell erleuchtet auch die geschmackvoll und teuer angelegte Gartenanlage. „Als ob man mich erwarten würde!", fuhr es ihm durch den Kopf. Oliver stellte den Motor ab und stieg aus. Bewusst leise verschloss er sein Fahrzeug und ging ebenfalls kaum hörbar auf das Anwesen zu. Schemenhaft erkannte er den Schatten einer männlichen Person hinter den zugezogenen Vorhängen. Als sein Blick plötzlich auf den Carport fiel und er darin den besagten Fiat entdeckte, schlug sein Herz bis zum Hals. Er blickte auf das Kennzeichen und erkannte deutlich GS-GA-868. „Ich Idiot, kann mir nicht mal die Zahlenfolge merken!", stellte er kopfschüttelnd fest. Neben dem Pinkmobil parkte ein fetter Daimler, der wahrscheinlich diesem Oswald Brummer gehörte. Oli war so nervös, dass er gar nicht merkte, dass er das Grundstück bereits betreten hatte. „Ach du Scheiße, wenn die eine Alarmanlage haben!", fiel ihm blitzschnell ein. So schnell er konnte rannte er davon und sprang kurz darauf in sein Auto. Um keinen weiteren Verdacht aufkommen zu lassen fuhr er langsam davon. Ein nicht zu beschreibendes Glücksgefühl durchzog seinen Körper. Er hätte stundenlang durch die laue Sommernacht fahren können, um die durch das offene Fenster hereinströmende Luft zu genießen. Nach einigen Minuten des Fahrens beschloss er, dass Alex noch informiert werden musste. Zielstrebig und fast wieder ganz bei sich fuhr er nach Hause. Als er seine Wohnungstür aufschloss hörte er das Telefon klingeln. Sofort stürzte Oliver sich auf den Apparat. „Hallo, hier ist Alex!", weiter kam der Anrufer gar nicht denn Oli fiel ihm sofort ins Wort und schrie: „Ich habe ihn gefunden!" „Wen?", fragte der Psychologe irritiert, denn auch er hatte die Hoffnung fast aufgegeben, dass sein Freund Niklas jemals finden könnte. „Niklas?", fragte er ungläubig. „Ja, du Blödmann, wen denn sonst!", herrschte Oliver ihn an. Ein nicht enden wollendes Gespräch begann. Oli erzählte in allen Einzelheiten was an diesem Abend passiert war. Bis auf ein „hm" oder „ach" entgegnete Alex fast gar nichts. Zum einen war es unmöglich Olivers Redeschwall zu bremsen zum anderen begann der Anrufer sich Gedanken zu machen, was Oli jetzt noch alles anstellen würde, um seinen Traum wahrwerden zu lassen. Endlich kam Oliver zum

Ende. Alex fragte ihn, was er jetzt unternehmen wolle, um einen direkten Kontakt herzustellen. Danach verstummte das Gespräch. Nach zirka drei Minuten fragte Alex vorsichtig: „Bist du noch da?" „Ja!", seufzte Oli, „was schlägst du vor?" „Hast du schon ins Telefonbuch geschaut!", wollte Alex wissen. „Ich habe es gerade nicht zur Hand, schaust du mal bitte!" Oliver vernahm ein Herumkramen am anderen Ende der Leitung. „Ein Niklas Stolzer ist in Harlingerode nicht eingetragen, aber hier steht dieser Oswald Brummer in der Jürgenstraße Eins, die Nummer lautet Null Fünf Drei Zwo Zwo Drei Zwo Vier Vier!", informierte Alex Oliver. „Ich kann da nicht einfach anrufen!", erwiderte Oli zaghaft. „Nee, das geht wirklich nicht, ich denke mir etwas aus, wie wir weitermachen werden, schlaf jetzt erst mal, gute Nacht!", Alex beendete das Gespräch ungewöhnlich abrupt Nicht mal das fiel Oliver wirklich auf. Er ging ins Bad, putzte sich die Zähne und fiel anschließend ins Bett, um sich seinen Träumen und Plänen hinzugeben.

7. Und nun?

Immer noch völlig beseelt stand Oliver am nächsten Morgen gegen acht Uhr auf. Plötzlich war die Lebenslust wieder da, die er so lange vermisst hatte. Die letzten Wochen hatten viel Kraft gekostet, die ihn aber auch die Monotonie seines Alltags vergessen ließ. In den vergangenen Jahren ereilte ihn in schöner Regelmäßigkeit der Gedanke etwas verändern zu müssen, nur was, das wusste er nicht. Das hatte auch überhaupt nichts mit der Begegnung am See zu tun, jedenfalls meinte er das. In diesem Moment war ihm das aber alles egal, es zählte jetzt nur noch Niklas! Mit Appetit machte er sich über sein Frühstück her und verließ kurz darauf pfeifend die Wohnung, um zur Arbeit zu fahren. Die grimmigen Montagsgesichter konnten seiner Laune keinen Abbruch tun. Er sortierte gerade die Faxe des Wochenendes als Beate auf ihn zusteuerte: „Na, wie war Ihr Wochenende?" hörte er sie mit einem leicht mitleidigen Ton fragen. Oliver erwiderte ihre Frage mit einem strahlenden Lächeln, was bei der Kollegin zu einem euphorischen in die Hände klatschen führte. „Sie haben ihn gefunden!", mutmaßte Beate und fiel Oli fast um den Hals. Mit einer leicht abweisenden Handbewegung erzählte er, dass er nun weiß wo Niklas wohnt. Obwohl es die Arbeitssituation nicht zuließ setzte sich Beate an seinen Schreibtisch, steckte sich eine Zigarette an und wollte nun alles genau wissen. Oliver ließ das vergangene Wochenende noch einmal wie einen Film vor ihr ablaufen und berichtete detailgenau. „Bravo, ich habe es ja gewusst!", klatschte Beate erneut in die Hände und dieses Mal konnte sich Oli der Umarmung nicht erwehren. Wenn die Rabe jemanden umarmte, meinte sie es auch so, da war sie ganz ehrlich.

„Aber wie soll es jetzt weitergehen?", erkundigte sie sich besorgt. Olis Mine verfinstere sich ein wenig. Sogleich entwarf Beate einen Plan: „Sie müssen herausfinden was dieser Brummer beruflich macht und dann zu einer Zeit anrufen wo er unmöglich zu Hause sein kann. Niklas sagte doch, dass er eine Schule in Göttingen besucht, wo wahrscheinlich überwiegend vormittags unterrichtet wird!" Oli war fasziniert von der Kombinationsgabe seiner Kollegin. „Sie sind so toll, so weit habe ich noch gar nicht gedacht!", entgegnete er begeistert. „Sehen Sie, dafür haben Sie ja mich!", sagte sie lächelnd, stand auf und verschwand. Kurz darauf klingelte das Telefon. „Hallo, hier ist Dörte, Du Oli, ich kann Dir in Bezug auf Deinen Mister X leider nichts Erfreuliches mitteilen!", meinte die Anruferin mit leisem Tonfall. „Tut auch gar nicht mehr Not!" „Wieso, hast Du Deinen Traumprinzen gefunden?" Zum dritten Mal erzählte er nun die Geschichte des vergangenen Wochenendes und verabschiedete sich mit den Worten: „Mach Dir also keine Sorgen, dass dein Turnpartner ihn nicht kennt!". Nachdem auch diese Unterhaltung beendet war machte er sich über seinen Schreibtisch her. Leider war von den Faxbergen wenig zu verwenden. „Was passiert auch schon in einer Kleinstadt an einem ganz normalen Wochenende!", dachte er. Für den Nachmittag stand noch das Interview mit dem Direktor der gerade umgestalteten Universalbank auf dem Programm, was ihm recht war, danach wollte er einen ruhigen Abend zu Hause verbringen.

Doch ziemlich geschafft vom Tag schloss Oliver gegen neunzehn Uhr seine Wohnungstür auf. Das Gespräch mit dem Direktor der Bank war unbefriedigend verlaufen, er ließ sich nicht in die Karten schauen und füllte die Zeit mit althergebrachten Statements. „Ein richtiger fetter Bankarsch!", dachte er oft während er seine Fragen formulierte. Oli hatte Mühe seine Wut ab und zu im Zaum zu halten, er hasste es, wenn Leute viel redeten aber wenig sagten. Aber er hatte es überstanden. Die milde Abendsonne fiel auf seinen Balkon und er bekam spontan Lust dort zu verweilen. Als er sich mit einem Glas Pinot Grigio auf einen Stuhl fallen ließ fing er an Pläne zu machen, wie er am besten mit Niklas in Kontakt treten könnte. Seine Gedanken wurden klarer und klarer, verflüchtigten sich dann aber doch wieder im Nebulösen. Die Stille wurde durch das Klingeln des Telefons unterbrochen. Eigentlich hatte er keine Lust auf weitere Gespräche griff aber doch zum Hörer in der Hoffnung, es könnte Niklas sein. „Hallo, Alex hier, wie geht es Dir ist etwas passiert?" „Nein, es sei denn, Du hast eine Lösung wegen der Kontaktaufnahme zu Niklas!", erwiderte Oli leicht genervt. „Nee, hatte auch keine Zeit mir Gedanken zu machen, Jürgen ist heute gekommen und wir sind den ganzen Nachmittag in der Stadt rumgelaufen!", entgegnete Alex und ärgerte sich über Olivers Tonfall. Jürgen, beziehungsweise Dr. Jürgen Haby, war Alex' Freund und Zahnarzt in Hamburg. Bis vor ein paar Jahren war auch er in Goslar ansässig, aber die damalige Seehofer-Reform entzog der Praxis, in der er arbeitete, die Grundlage, was Jürgen seinen Job kostete. Kurzerhand ging er in die Hansestadt und wurde dort Teilhaber einer Gemeinschaftspraxis. Nach anfänglichen Durststrecken stand er nun finanziell auf sicheren Beinen und lebte das auch aus, was ihn aber nicht unsympathisch machte. Trotz des Erfolges wirkte er bodenständig.

Wenn man ihn so sah in seinen abgewetzten Jeans und ausgeleierten T-Shirts wäre man nie auf die Idee gekommen, dass er gut situiert sei. Hätte Jürgen in Goslar gelebt und Alex in Hamburg, hätte wahrscheinlich der Zahnarzt den Part des Privatpsychologen bei Oli übernommen. Beide waren sich sehr ähnlich, was die Wahl ihrer Klamotten noch unterstrich. Oliver dachte oft, dass die beiden austauschbar sind, was aber so nicht stimmte. „Sei mir bitte nicht böse, aber ich muss nachdenken wie ich es anstelle mit Niklas in Kontakt zu treten!", entschuldigte sich Oli und legte auf.

Er schmiss sich auf die Couch und schaltete den Fernseher ein, sah Bilder vernahm aber sonst nichts. Plötzlich schoss ihm ein Gedanke durch den Kopf: „Warum eigentlich nicht jetzt?". Er sprang auf, griff zum Telefon und wählte die Nummer von Oswald Brummer. Es schien ihm als kenne er die Nummer seit Jahren auswendig. Es tutete endlos, einmal, zweimal, dreimal, viermal plötzlich vernahm Oliver am anderen Ende der Leitung ein lang gezogenes „Jaaaaaaaaa". Vor Schreck knallte er den Hörer auf die Gabel. „War das jetzt Niklas oder dieser Brummer!", fragte er sich und zitterte am ganzen Körper. Er versuchte sich zu erinnern an die Stimme, die er eben vernommen hatte, war aber eines klaren Gedankens nicht mächtig. „Ich glaube nicht, irgendwie zu hart, zu alt, Niklas' Stimme ist doch viel weicher, ich würde sie unter tausenden erkennen!", sagte er sich immer wieder. Einen erneuten Anrufversuch heute Abend hätte Oliver nicht durchgestanden. Wäre auch zu gefährlich gewesen, der Alte, wie Oli Brummer inzwischen nannte, ist bestimmt zu Hause und schöpft nur unnötig Ver-

dacht. Er ließ sich wieder aufs Sofa fallen und die Fernsehbilder rauschten an ihm vorbei. Da, Oliver zuckte zusammen, klingelte es erneut. Zaghaft griff er zum Hörer, das
Herz schlug ihm bis zum Hals. „Wenn er jetzt meine Nummer irgendwie gesehen hat ...:"geisterte es durch seinen
Kopf. „Wir sind es noch mal!", vernahm er Jürgens Stimme
und wurde sofort ruhiger. „Das Wichtigste haben wir vorhin vergessen Dir zu erzählen!" Oli war plötzlich ganz Ohr.
„Du kennst diesen Brummer übrigens, überleg mal!" Oliver
war der Name gänzlich unbekannt, er kannte keinen
Oswald Brummer, da war er sich ganz sicher. Jürgen fuhr
fort: „Ich hatte vor zirka zwei Jahren ein Gespräch mit einem
Herrn Brummer von der Regionalbank AG, er ist dort Leiter
und hat mir bei der Praxisübernahme geholfen!" „Ich bin
doch ein Idiot, der taucht in schöner Regelmäßigkeit in unserer Zeitung auf, gibt Statements und Wirtschaftsprogno-
sen ab und ist nur mediengeil!", schrie Oliver ins Telefon.
Etwas ruhiger vervollständigte er seine Ausführungen:
„Wir sind uns ein paar Mal begegnet bei irgendwelchen of-
fiziellen Anlässen, manchmal ist man doch wie vernagelt.
Ich mag ihn nicht, er erinnert mich an diesen Schauspieler,
wie heißt der doch gleich?" „Herbert Schrock!", fiel Jürgen
ihm ins Wort und musste lachen. „Und jetzt?", fragte Oliver.
„Mach was daraus, Du hast doch detektivisches Geschick,
das hast du in den letzten Wochen eingehend bewiesen, viel
Glück!", ermunterte ihn der Zahnarzt.

„Jetzt bin ich so schlau wie vorher!", dachte Oliver frustriert
über die soeben erhaltenen Informationen nach, ließ sich
aber nicht entmutigen und kombinierte: „Wenn er Direktor

oder Leiter dieser Bank ist, hat er mit Sicherheit Abendtermine zu irgendwelchen Essen, bei denen er sich dick und rund frisst außerdem taucht er regelmäßig in unserem Blatt auf wenn es um Gesellschaftliches und Themen aus der Wirtschaft geht, folglich weiß ich wann Niklas allein zu Hause sein dürfte." So schlecht schien ihm seine eigene Situation plötzlich gar nicht mehr zu sein. Wieder glitt er auf die Couch und vernahm die Fernsehbilder. Kurz darauf machte sich ein Gedanke in seinem Kopf breit, er sprang auf, griff zu seinem Autoschlüssel und fuhr zu seinem Vater.

Ein paar Minuten später klingelte er bei Josef Lauenstein. „Hallo Papa, hast du schon geschlafen?", fragte er, ohne sich wirklich Gedanken darüber zu machen. „Nur vor dem Fernseher!", entgegnete der Vater noch leicht benommen. „Tut mir leid, dass ich so spät noch störe, aber ich hatte vergessen, dass mein Auto morgen in die Werkstatt muss und ich einen Termin in Braunschweig habe. Kannst du mir deinen überlassen!", log er den Alten an. „Kein Problem, hier sind Schlüssel und Papiere, aber morgen Abend bitte unaufgefordert zurück!", wies ihn Papa zurecht. Um den Schein zu wahren und aus Gründen der Höflichkeit ließ sich Oli noch auf ein paar Minuten Gespräch mit ihm ein, obwohl ihm sein Vorhaben unter den Nägeln brannte. Danach verließ er die Wohnung und steuerte den Wagen seines Vaters vor der Haustür an mit dem er heimwärts fuhr. Dort angekommen bestellte er ein Taxi und ließ sich erneut zu seinem Vater fahren, um nun seinen R4 abzuholen. Wieder in seiner Wohnung angekommen stellte er seinen Wecker auf die unchristliche Zeit von halb sechs ein und ging ins Bett.

Vor dem Klingeln des Weckers erwachte Oliver um zwanzig nach fünf und war guter Dinge. Er war merkwürdig frisch und fühlte sich rundum fit. Er sprang unter die Dusche und bestieg kurz darauf das Auto seines Vaters mit dem er nach Harlingerode in die Jürgenstraße fuhr. Dort angekommen postierte er das Fahrzeug in der Nähe des Hauses Nummer Eins. Er schaute zu Uhr, die sechs Uhr fünfzehn anzeigte. „Jetzt muss er jeden Moment kommen, wenn er seinen Zug nach Göttingen pünktlich kriegen will!", dachte er noch und sah schon den pinkfarbenen Fiat auf sich zukommen. Erschrocken duckte sich Oliver als Niklas direkt an seinem Auto vorbeifuhr. Noch gar nicht wirklich vom Schreck erholt begann die Verfolgungsfahrt, er hängte sich an das Fahrzeug vor ihm. Plötzlich stoppte der Fiat auf offener Straße, wendete und setzte zur Rückfahrt an. Oli war zu Tode erschrocken: „Scheiße, er hat mich erkannt, bloß weg!" Panisch trat er aufs Gaspedal und raste davon. An der nächsten Straßenecke hätte er fast einen Fußgänger überrollt. Im Rückspiegel sah er einen älteren Mann, der wild gestikulierte und ihm einen Vogel zeigte. Oli drosselte die Geschwindigkeit und kehrte kurz darauf in seine Wohnung zurück. Nach einem ersten Kaffee fing er sich wieder und beruhigte sich mit dem Gedanken: „Okay, er hat mich gesehen, geh davon aus, er wird sich jetzt melden bei mir, ganz sicher, schon heute Abend!" Der Tag nahm seinen Verlauf, von Niklas allerdings war weit und breit kein Lebenszeichen gekommen.

In den darauffolgenden Tagen diktierten Nervosität und Unkonzentriertheit Olis Gedanken. Mehrmals täglich wählte er Brummers Nummer, erreichte aber niemanden.

Am Dienstag der kommenden Woche hörte er zufällig einen Titel im Radio der hieß *Mittwoch ist er fällig.* Oliver musste grinsen und beschloss sofort Mittwoch seinen Plan umzusetzen, denn das konnte nur ein Zeichen sein, da war er sich absolut sicher. Da er an diesem Mittwoch seinen Wochenenddienst abgleiten musste passte das Lied wunderbar in O-lis Konzept. „Nur noch einen Tag Geduld, dann ist alles gut!", bestärkte er sich immer wieder, obwohl ihm ein wenig unwohl war bei dem Gedanken Niklas plötzlich am Telefon zu haben. Vielleicht haben ja doch alle Recht, die die Sache als One-Night-Stand bezeichnet haben, vielleicht ist das Gespräch nach dreißig Sekunden gelaufen. „Egal, ich muss es tun, auch wenn damit alles beendet ist!", schwor sich Oliver. Obwohl der Juniabend sehr warm war, fröstelte es ihn bei dem Gedanken.

8. Niklas traut sich nicht

Am Dienstagabend fuhr ein pinkfarbener Fiat langsam den Claustorwall herunter. Niklas hatte gerade die Einkäufe erledigt. „Hier wohnt Oliver!", fuhr es ihm durch den Kopf. Er hielt an und parkte sein Fahrzeug direkt vor Olis Haus, blieb aber im Auto sitzen. „Was hält mich eigentlich ab zu klingeln und ihn einfach nur zu fragen, wie es ihm geht?", dachte er und ließ den damals genossenen Abend noch einmal Revue passieren. Er schaute zur Uhr und erschrak: „Mist schon zehn nach acht, Dicki ist bestimmt schon zu Hause und wird mich fragen, wo ich wieder gewesen bin, das wird mir jetzt zu stressig!" Er startete den Motor und fuhr davon.

9. Tipps von Margarete

Das schrille Klingeln des Telefons weckte Oli am Mittwochmorgen. Obwohl es bereits elf Uhr war fühlte er sich verkatert und unausgeschlafen. Ihn jetzt zu wecken empfand er fast als Unverschämtheit. Mürrisch griff er jedoch zum Hörer. „Hallo, hier ist Maggie, wie geht es dir!", vernahm er verschlafen. Er kannte die Stimme seit einigen Monaten recht gut, es handelte sich um Margarete Trebe aus Bottrop, die ihm durch seine Freundschaft zu der Sängerin Gardy Moos zugelaufen war. Dass sie sich Maggie nannte passte so gar nicht zu der Endfünfzigjährigen. Sie Gretel zu nennen hätte Oliver weitaus angemessener gefunden. Sie war ein eingefleischter Fan der Sängerin, ständig bereit alles für sie zu tun, was sie auch tat. Schön war sie sicherlich nie, jedenfalls lag das außerhalb der Vorstellungskraft von Oliver. Gardy hatte ihm Maggie nach einem Konzert vorgestellt. Auf seine Frage, wie lange sie denn schon Fan der Künstlerin sei reagierte die Bottroperin entrüstet und teilte Oli unmissverständlich mit, dass sie und Gardy seit über dreißig Jahren befreundet seien. „Kaum vorstellbar!", zischte Oliver damals etwas zu laut in den Raum, wobei ihn Gardy grinsend ansah. Bei der kleinsten Aufregung, vor allem wenn es um das Showbiz ging, bekam Maggie rote Flecken im Gesicht und wahrscheinlich auch am ganzen Körper. Oli wurde jedes Mal übel bei der Vorstellung. Sie und Oli hatten in Liebesdingen in der letzten Zeit ein ähnliches Los. In den vergangenen Wochen hatte sie, wahrscheinlich zum ersten Mal in ihrem Leben, eine Affäre mit ihrem Schwager begonnen, die sie so geheim hielt, dass wohl halb Bottrop inzwischen davon wusste. Sie muss das zum ersten Mal erlebt haben, denn sie sprach in einer schonungslosen Offenheit darüber, dass es manchmal schon peinlich war. In seiner Vorstellung zählte Gretel eher zu den alten Jungfern, bei denen es schon raschelt, wenn sich das Objekt der Begierde nur näherte. In Gesprächen mit ihm und auch mit Gardy fiel auf, dass sie ihren Ruhrpottdialekt ständig zu unterdrücken versuchte, mit wenig Erfolg. Nachdem Oliver sie dreimal angegähnt hatte, fand er endlich Worte ihren Redeschwall, der aus lauter Fragen nach seinem Befinden bestand, zu unterbrechen, um zu antworten. Auch Maggie hatte Oliver in den letzten Wochen von seiner Suche und den damit verbundenen Erfolgen berichtet. Merkwürdigerweise war sie bei diesem Thema eine sehr interessierte Zuhörerin. Nachdem Oli über sein heutiges Vorhaben gesprochen hatte und sie auf den neuesten Stand gebracht hatte riet sie fast mahnend: „Ruf nicht an, schreib ihm lieber einen Brief, in jeder, auch noch so schlechten Beziehung, wird das Postgeheimnis gewahrt, jedenfalls fast immer! Mir ist sonnenklar, dass du Kontakt aufnehmen willst und musst, aber stell dir vor, du hast ihn tatsächlich am Apparat und er kann nicht sprechen, weil er nicht allein ist, was dann?" Oliver leuchteten Margaretes Argumente nicht ein, er blieb fest entschlossen heute anzurufen. „Ich kann nicht länger warten, ein Brief würde noch ein paar Tage Zeit in Anspruch nehmen, das halte ich nicht mehr aus!", fuhr Oli sie an. Die Anruferin merkte, dass sie gegen die Wand redete und versuchte das Thema zu wechseln. „Hast du die Liste mit Gardys nächsten Terminen für ihre Auftritte?" „Ja, hat mir ihre Sekretärin gefaxt, ich sende sie dir in den nächsten Tagen, der Termin Anfang Juli in Willingen mit und für die Fans ist fix, du kommst doch auch, oder?" Maggie war fast ein bisschen entrüstet über die Frage: „Natürlich bin ich dort, ist doch wichtig, dass sich die Fans endlich mal direkt kennen lernen und Gardy sich etwas Zeit für sie nimmt." Oliver konnte ihren Enthusiasmus nicht wirklich mit ihr teilen. Natürlich mochte er die Musik von Gardy Moos und ihre menschlichen Züge schätzte er auch, aber mit seinen inzwischen neununddreißig Lenzen lag ihm teenagerhaftes Fanverhalten überhaupt nicht. „Ich habe mir etwas ganz Tolles ausgedacht für das Treffen!", ließ sich Maggie nicht beirren. „Okay, schieß los!", forderte Oli sie auf und ahnte schon, was jetzt wieder für Schrecklichkeiten zutage kommen. „Du weißt doch, dass ich seit einiger Zeit einen Puppenbastelkurs in der Volkshochschule besuche und jetzt habe ich mir gedacht, ich fertige eine Puppe, die aussieht wie Gardy Moos in ihrem schwarzen Abendkleid, das sie beim Songfestival in Zoppot anhatte. Diese Puppe werde ich ihr dann im Namen aller Fans überreichen, das wird ihr gefallen!" Oli glaubte sich verhört zu haben, hatte aber keine Lust einen wirklichen Kommentar abzugeben stattdessen entgegnete er: „Du, sei mir nicht böse, ich habe heute noch viel zu tun, ich melde mich kurz vor dem Treffen noch einmal." Nachdem er den Hörer aufgelegt hatte dachte er: „Sachen gibt's!"

10. Jetzt wird es ernst

Nach diesem Gespräch brauchte Oli erst einmal eine Dusche und danach einen starken Kaffee. Unter dem Wasserstrahl fiel ihm sein heutiges Vorhaben wieder ein. Irgendwie freute er sich darauf, konnte sein ungutes Bauchgefühl aber auch nicht unterdrücken. Nach einem kleinen Frühstück wählte er gegen dreizehn Uhr Brummers Nummer. Oli ließ es mindestens fünfzehn Mal klingeln, es tat sich nichts. Er versuchte sich abzulenken, leerte den Briefkasten, schaltete den Fernseher ein und aus und aus und ein. In einer Daily-Talkshow wurde das Thema *Heiraten ist mein Hobby* zum Besten gegeben. Genervt schaltete er das Gerät aus und wählte zum zweiten Mal die besagte Nummer. Wieder nichts! Von nun an wählte er zunächst im Halbstunden- später im Viertelstundentakt die Telefonnummer. Niemand nahm ab. Irgendwann rief er die Störungsstelle an und erkundigte sich, ob mit Brummers Anschluss etwas nicht in Ordnung sei. Die Auskunft, dass alles okay sei, machte ihn fast wahnsinnig. Mittlerweile fing Oli an sich selbst für verrückt zu halten. „Die Nummer stimmt doch!", schärfte er sich die Zahlenkombination noch einmal ein, indem er sich mit den Fäusten gegen die Schläfen hämmerte. Nach mehreren Kaffees, öden TV-Programmen und verworrenen Gedanken hielt er es nicht mehr aus. Er griff nach seinem Autoschlüssel und rannte hinunter zum Parkplatz, sprang in seinen R4 und wollte losfahren. Plötzlich wurde er wieder klar und dachte: „Was willst du da, da ist jetzt keiner, du Idiot!". Langsam stieg er aus dem Fahrzeug und ging wieder nach oben. Dort angekommen griff er sofort zum Telefon und wählte die in

Fleisch und Blut übergegangene Nummer. Es klingelte zweimal.

„Ja, hallo!", meldete sich eine ihm sehr vertraute Stimme. Oli war wie gelähmt. Plötzlich hörte er sich sagen: „Wenn du jetzt nicht sprechen kannst, sag bitte falsch verbunden und leg auf!" Er war sich absolut sicher, dass Niklas am anderen Ende der Leitung war. „Wer ist denn da?", fragte Niklas. „Oliver, hier ist Oliver, erinnerst du dich vor rund drei Wochen am See und später bei mir?", stotterte er in den Hörer und war unfähig ganze Sätze zu sprechen, das Herz schlug ihm bis zum Hals. Dann herrschte Stille, die Oliver kaum aushielt. „Niklas, du bist doch Niklas?", fragte er zögerlich. Als Antwort kam lediglich ein lang gezogenes „ja". Von einer Sekunde zur anderen brach aus Oliver ein lautes und befreiendes Lachen heraus. Dann herrschte wieder Stille. Diese unterbrach der Anrufer mit dem Satz: „Ich dachte schon, ich hätte mir alles nur eingebildet und dich gibt es gar nicht!" „Was?", fragte Niklas einsilbig. Oliver saß noch immer die Angst im Nacken, Niklas könne alles hier und sofort abbrechen und ihm sagen, dass er nie wieder anrufen soll. Aber nichts dergleichen passierte. Stattdessen kam wieder Stille auf, das Eis war also noch keineswegs gebrochen. „Weißt du wie lange ich nach dir gesucht habe und jetzt bist du am Telefon, du kannst dir gar nicht vorstellen wie mir unser Abend in Erinnerung geblieben ist!", durchbrach er die Stille und war beseelt. Jetzt taute Niklas etwas auf und erwiderte: „Für mich war es auch mehr als zur Seite gesprungen!" Oli verstand nicht und fragte nach. Niklas fuhr fort und erzählte, dass er von Anfang an gesagt hätte, dass er einen Freund hat und Oliver jetzt wohl auch wisse, um wen es sich handelt. „Und bist du glücklich?", warf Oliver ein. Es kam keine Antwort. Um Gesprächspausen zu vermeiden schob er eine Frage nach der anderen nach: „Warum hast du dich denn nie gemeldet?" Niklas zögerte einen Moment und formulierte dann umständlich: „Ich hatte immer gehofft, dass du eines Morgens auf dem Bahnsteig stehen würdest, ich hatte doch über mein Studium in Göttingen gesprochen!" „Ich war so oft da, habe sämtliche Parkplätze um den Bahnhof herum abgeklappert aber nirgendwo dein Auto entdeckt!" „Merkwürdig, ich habe doch einen festen Platz, den hättest du sehen müssen!" Oli schien verwundert: „Na gut, dann weiß ich es ja zukünftig!" Plötzlich nahm Niklas den Faden wieder auf: „Es war so viel los in den letzten Wochen, meine Mutter hatte extreme Kreislaufprobleme und lag im Krankenhaus, ich war jedes Wochenende dort. Am ersten Juli werde ich selbst wegen der Herz-OP in die Klinik gehen, von der ich dir erzählte, ach, ich habe so oft an dich gedacht!" Der letzte Satz kam fast seufzend. Oliver schwebte dahin bei diesen Worten. Er war nicht in der Lage etwas von sich zu geben. Niklas fuhr fort: „Erinnerst du dich noch, dass ich so zögerlich reagierte als du nach meinem Namen und meiner Nummer fragtest?" „Ja klar, ich weiß es noch ganz genau!" Wieder kam Stille auf. Unvermittelt ergriff Niklas wieder das Wort: „Hast du heute den ganzen Nachmittag hier angerufen?" „Wer sonst!", konterte Oli. „Normalerweise gehe ich nicht an den Apparat meines Freundes, aber es klingelte so hartnäckig, da dachte ich, es sei etwas passiert!" „Folglich hast du eine eigene Nummer!", fragte Oli. „Ja, jetzt gebe ich sie dir, hast du etwas zum Schreiben?" „Dann schieß mal los!" Niklas diktierte: „Drei Drei Eins Vier, die Vorwahl hast du ja! Kannst du mich unter der

Nummer bitte gleich wieder anrufen, ich möchte diesen Anschluss hier nicht blockieren." „Okay, bis gleich!", freute sich Oliver. Schon wenige Sekunden später hatten sie sich wieder am Telefon. Sie redeten über Gott und die Welt und merkten gar nicht, dass es draußen schon zu dämmern begann. Beim Blick zur Uhr stellte Niklas fest, dass es schon nach einundzwanzig Uhr war und sein Freund jeden Moment zurückkommen kann. „Ich muss jetzt schließen, mein Freund kommt jeden Moment nach Hause!" Oliver hatte noch eine entscheidende Frage und stellte diese unumwunden. „Wann sehen wir uns wieder!", platzte es aus ihm heraus. „Freitagabend hat Dicki einen Sitzungstermin, ich weiß aber noch nicht genau wann und wie lange es dauern wird. Ich rufe dich Freitagnachmittag an, okay?", antwortete Niklas. „Ach, jetzt habe ich so lange gewartet, was machen da noch zwei Tage aus!", freute sich Oli ehrlich. Wie aus einem Munde sagten beide: „Na, dann bis Freitag, ich freue mich!" Als das Gespräch beendet war schlug Oliver sich auf den Oberschenkel und stieß einen lauten Freudenschrei aus.

Der weitere Verlauf des Abends ließ sich für Oliver kaum in Worte fassen. Überglücklich und wahllos rief er alle Freunde und Involvierten der letzten Wochen an und teilte allen die Geschehnisse mit. Maja meinte: „Das ist ja ein Bombenerfolg, ganz ehrlich, ich hätte nicht mehr damit gerechnet!" „Sagen wir lieber ein kleiner Teilerfolg, noch ist ja gar nichts erreicht!" „Nein, nein, ich habe es ja neulich schon bei deinem Besuch orakelt!" Sie war in ihrem Überschwang nicht zu bremsen. Selbst Alex war über die Courage seines Freundes erstaunt: „Du hast es tatsächlich gemacht, Glückwunsch!" Alex war wirklich überrascht, wenn er Oliver auch gut kannte, war ihm erst jetzt bewusst, zu was er alles fähig war. Erst um Mitternacht stand Oli unter der Dusche und genoss den heißen Wasserstrahl. Er hatte das Gefühl, die Traurigkeit und die immer wieder zerschellten Hoffnungen der letzten Wochen einfach im Abfluss verschwinden zu lassen. Trunken vor Glück fiel er danach ins Bett.

Die nächsten beiden Tage ließen ihn auf Wolke Sieben schweben. Seine Laune war in absoluter Hochstimmung. Selbst ein nervenaufreibendes Gespräch mit seinem Kollegen Alfred Winzig, der sich oft selbst im Wege stand, meisterte Oli mit Bravour. Es war bereits halb fünf als Oliver am Freitagnachmittag die Redaktion verließ. Auf dem Parkplatz ereilte ihn ein merkwürdiger Gedanke, der ihn in den nächsten Wochen immer wieder erreichen sollte. „Wenn du in den nächsten fünf Minuten mindestens fünf Autokennzeichen mit einem N, wie Niklas, sehen solltest, wird alles gut!", dachte er. Auf der Heimfahrt fielen ihm sogar neun Fahrzeuge mit dem besagten N ins Auge. Als er seine Wohnung betrat fiel sein Blick sofort auf den leuchtenden Anrufbeantworter. Erwartungsvoll drückte Oli die Abhörtaste und lauschte andächtig der ihm schon vertrauten Stimme. „Hallo, hier ist Niklas, ich komme heute vielleicht um sieben oder um acht vorbei, aber ich melde mich noch mal, tschüss!" Oliver stutzte und verstand nicht so recht, was Niklas ihm sagen wollte. Das Wort vielleicht gefiel ihm nicht und die ungenaue Zeitangabe irritierte ihn. Trotzdem wollte er sich seine Laune nicht vermiesen lassen und brach in Aktivismus aus. Obwohl seine Putzfrau Olga erst gestern da war, griff Oli zu Scheuermilchflasche und schrubbte die Badewanne und die Toilettenschüssel. „Dieses Mal sollte alles

blitzblank sein, nicht wie beim ersten Besuch von Niklas!",
nahm er sich vor. Während der Putzphase klingelte das Telefon. „Hallo, hier ist Niklas, ich muss jetzt schnell noch einkaufen und komme dann in ungefähr dreißig Minuten zu
dir, ich freue mich!" Oliver konnte seine Glücksgefühle
kaum noch im Zaum halten und erwiderte ein viel zu lautes
„Oh super, ich mich auch!" Trotz des benommenen und be-
seelten Gefühls stieg ihm ein merkwürdiger Geruch in die
Nase, der aus der Küche kam. „Oh, Scheiße Olga hat wieder
vergessen den Biomüll zu entsorgen!", fuhr es ihm durch
den Kopf. Er griff nach dem Eimer und lief die Treppe herunter zu den Müllcontainern.

11. Junger Mann mit roter Rose

Als er mit leerem Eimer in der Hand die Haustür aufschlie-
ßen wollte stand Niklas bereits davor und klingelte. „Du bist
ja schon da, ich fass es nicht!", juchzte er und wäre ihm am
liebsten schon hier um den Hals gefallen. Der Erwartete
machte einen sehr schüchternen und unsicheren Eindruck
und schien unter seinem zu großen Sakko etwas versteckt
zu halten. Es dauerte endlos bis der Fahrstuhl das Erdgeschoss erreichte und beide einsteigen konnten. Auf der Fahrt
nach oben lüftete Niklas das Geheimnis unter seinem Blazer
und hielt Oliver eine rote Rose entgegen. Jetzt kannte ihr
Verlangen keine Grenzen mehr. Obwohl Oliver sich vorgenommen hatte erst einmal miteinander zu reden konnten sie
schon im Lift nicht voneinander lassen. Ihre Münder press-
ten sich aneinander und ihre Zungen wurden eins. Oben angekommen kannte ihre Lust keine Grenzen mehr, die Wohnungstür knallte ins Schloss und beide rissen sich gegenseitig die Klamotten vom Leib. Niklas' Zunge glitt langsam an
Olis Körper herunter, als diese seinen Schwanz erst zaghaft,
dann aber immer fester, leckte und saugte hatte Oliver das
Gefühl fliegen zu können. Er zog Niklas wieder hoch und
küsste ihn erneut. „Komm, lass uns ins Schlafzimmer gehen!", vernahm er Niklas heftig stöhnend. Wenige Sekunden später lagen sie übereinander und bliesen sich gegenseitig ihre Schwänze. Niklas schien sehr ausgehungert zu sein,
denn kurz darauf spritzte er Oliver sein perlweißes Sperma
ins Gesicht. „Rotz mich auch voll, ich will deinen heißen Saft
auf mir spüren!", schrie Niklas in Ekstase. Oli war so aufge-
geilt, dass er seinem Gespielen die ganze Ladung auf den
Sack spritze und das feuchte Nass darauf verrieb. Niklas

stöhnte erneut und bäumte sich auf. Jetzt packte er Olis Kopf und schob ihm seine Zunge noch tiefer in den Hals als vorhin hinter der Wohnungstür. Dieses sich In- und Aneinandersaugen kannte keine Grenzen. Als sich ihre Zungen lösten blieben Arme und Beine ineinander verschlungen und sie schliefen ein.

Es war noch hell als Oliver erwachte und dachte, dass es gefühlt schon Mitternacht sein müsste. Ein Blick zum Wecker zeigte aber, dass es gerade mal zwanzig nach acht war. Er spürte Niklas' Atem neben sich, der die Augen geschlossen hatte, aber nicht schlief. „Dieses Mal habe ich dir beim Schlafen zugesehen und du hast leicht geschnarcht!", amüsierte er sich. „Habe ich nicht!", frotzelte Oli und umarmte ihn. Ein wohliges Stöhnen kam über Niklas' Lippen: „Du bist meine Sonne, angenehm und warm!" Beide hatten in diesem Moment wieder das Gefühl ineinander kriechen zu wollen. Wenn Oliver später an diesen Moment dachte, durchzog sein Gesicht ein Lächeln. „Weißt du eigentlich, dass ich vor ein paar Tagen fast bei dir geklingelt hätte?", durchbrach Niklas' Stimme die Stille. Oliver schaute verdutzt. „Letzten Montag oder Dienstag nach meinem Einkauf beim ABC-Markt, ich hatte meinen Wagen schon unten geparkt, stellte dann aber fest, dass es viel zu spät war und konnte nicht klingeln!" Oliver strich ihm mit einem verklärten Gesichtsausdruck übers Haar: „Wahrscheinlich hätte ich nicht geöffnet, da hier ständig Leute klingeln, die mir etwas andrehen wollen. Wir wären übrigens neulich morgen fast mit unseren Autos zusammengestoßen!" Niklas stutzte. „Ja, vielleicht erinnerst du dich an den letzten Montag, ich saß sehr früh im Wagen meines Vaters vor eurem Haus und wartete, dass du zum Bahnhof fahren würdest!" „Ach so ein grüner Golf, der mir plötzlich an den Fersen hing, ich hatte mich noch gewundert." „Ja und dann drehtest du fast auf offener Straße und fuhrst zurück, mir wäre fast das Herz in die Hose gerutscht, ich dachte, du hattest mich erkannt, dann bin ich einfach abgehauen!", erzählte Oli amüsiert. Niklas starrte ihn fasziniert an: „Ich hatte meine Brille vergessen und musste mich beeilen, weil ich sowieso schon viel zu spät war, ich bin dann mit dem Auto nach Göttingen gefahren!" „Und du hast mich tatsächlich nicht erkannt?", fragte Oli vorsichtig. „Dazu war gar keine Zeit!", versicherte Niklas. „Ich hatte mir vorgenommen, mich nach meiner Operation bei dir zu melden, aber nun bist du mir zuvorgekommen!", fuhr er lächelnd fort und zog Oliver an sich. Im Halbdunkeln des Schlafzimmers kam Oli Niklas' Stimme noch vertrauter vor. „Du kannst dir gar nicht vorstellen, was in den letzten Wochen alles los war. Ich bin jedes Wochenende nach Leipzig zu meinen Eltern gefahren und habe damit Dickis schlechte Laune extrem forciert!" „Dicki!", grinste Oliver. Es war das einzige Mal, dass er diesen Namen in Niklas' Gegenwart aussprach. „Ja, mein Dickichen, ich nenne Oswald manchmal so", schob er hinterher, „er hasst es, wenn er die Wochenenden allein zu Hause verbringen muss, aber meine Eltern sind mir wichtig, dafür hat er aber kein Verständnis!" „Seid ihr denn Pfingsten zusammen bei deinen Eltern gewesen?", fragte Oliver zögerlich. „Nee, da gab es das nächste Theater. Mein Vater bestand darauf, die ganze Familie um sich zu haben, Dicki wollte aber, dass ich hierbleibe, ich habe mich aber durchgesetzt!" Etwas Stolz klang in seiner Stimme, als er das sagte. Da Oli verliebt war und Scheuklappen aufhatte bemerkte er den Tonfall Niklas' nicht. Niklas redete wie ein Buch, gab Antworten auf Olivers nicht gestellte Fragen. „Ich hatte an den Feiertagen endlich mal die Möglichkeit ungestört mit meiner jüngsten Schwester zu sprechen, sie ist die Einzige, die hundertprozentig über mich Bescheid weiß. Angela fand es romantisch, dass ich hier mit einem Mann lebe!" Oliver hörte zu und allmählich lösten sich die Scheuklappen, vorsichtig fragte er: „Bist du denn glücklich?" „Hier und jetzt und in diesem Moment bin ich mehr als glücklich!", flüsterte Niklas während er anfing an Olis Ohrläppchen zu knabbern. Niklas merkte, dass Oli zwar zuhörte, aber wohl anfing sich seine eigenen Gedanken zu machen. Unvermittelt fragte er ihn, woran er gerade denke würde. „Ich höre dir einfach zu!", lächelte er ihn an. Sie waren jetzt schon eine halbe Stunde in dieses Gespräch vertieft als Niklas plötzlich aufsprang und rief: „Scheiße, schon nach neun, ich muss langsam los, weiß nicht genau wann mein Freund wieder zu Hause ist!" Auf dem Weg ins Bad sah Oliver ihm melancholisch hinterher. Zehn Minuten später lagen sie sich wieder in Armen, um sich zu verabschieden. „Wann sehen wir uns wieder?", fragte Oliver zaghaft. „Bald!", entgegnete Niklas. „Bald ist ein unbefriedigendes Wort!", sinnierte Oli und setzte seinen Hundeblick auf. „Wart mal, ich habe da eine Idee. Am Montag hat Oswald Geburtstag!" „Ich weiß!", dachte Oliver, da er bei seinen Recherchen auch das in Erfahrung gebracht hatte. „Am nächsten Sonnabend veranstaltet er eine Riesenparty bei uns im Garten, so etwas hasse ich, all die Leute, die ich nicht kenne und hauptsächlich Geschäftspartner von ihm sind. Ich habe Dicki schon angekündigt, dass ich dann zu meiner Freundin Uschi nach Hannover fahren werde. Das hat er akzeptiert. Kommt ihm wohl auch nicht ungelegen, wenn er mich vor seinen Gästen nicht permanent erklären muss. Ich werde mit Uschi sprechen, dass ich erst Sonntagmorgen zu ihr komme!", versicherte er Oliver. Dann fiel er ihm erneut und den Hals und verabschiedete sich.

Als Niklas auf das Grundstück in der Jürgenstraße fuhr stellte er erleichtert fest, dass Oswald noch nicht zu Hause war. „Gott sei Dank, wenigstens keine blöden Erklärungen, warum erst jetzt und wo ich war und überhaupt!", schoss es ihm durch den Kopf. Drinnen angekommen schmiss er sich auf eines der Ledersofas und versuchte sich in ein Buch zu vertiefen, dass ihm Stoff für seine nächste Klausur am Montag liefern sollte. Er las immer wieder den gleichen Satz. Seine Gedanken hingen an den vergangenen Stunden. „Wie soll das bloß weitergehen, worauf habe ich mich da eingelassen?", hämmerte es in seinem Kopf. Er streckte sich aus und legte das Buch zur Seite. Draußen hörte er den Wagen von Oswald vorfahren, was ihn ein wenig erschrecken ließ. Kurz darauf astete Oswald Brummer ins Wohnzimmer. Ohne ihn zu begrüßen ranzte er Niklas an: „Wo bist du gewesen, ich habe dreimal versucht dich zu erreichen?" Geistesgegenwärtig erwiderte er: „Ich bin durch die Stadt gegangen, war in dieser neuen Pizzeria am Brusttuch, war gar nicht übel, sollten wir demnächst mal ausprobieren!" Dicki wirkte sichtlich geschafft vom Tag, Niklas war froh darüber, so blieben ihm Annäherungsversuche für heute erspart. Ohne große Umschweife riss Oswald sich die Sachen von seinem adipösen Körper und ließ sie einfach dort liegen, wohin sie gerade fielen, dann verschwand er im Badezimmer und duschte. Als er nach einigen Minuten, in einen überdimensionalen weißen Bademantel gehüllt, erneut das Wohnzimmer betrat fragte er: „Ist irgendwas?" gab Niklas keine Antwort. „Er sieht aus wie eine Mischung aus Presswurst und Eisbär!", dachte Niklas. Brummer setzte sich zu ihm auf die Couch und wollte sich ankuscheln. Instinktiv rückte Niklas etwas zur Seite. „Du hast doch was!", fauchte ihn Oswald erneut an. „Nein, ich bin nur noch müde!", sagte er genervt und ging ins Badezimmer.

Kurz nachdem Niklas gegangen war rief Oliver Alex an. Zu seinem Erstaunen erreichte er kein Band, sondern Alex live. „Hallo Alex, er ist gerade gegangen!", säuselte er eine Spur zu sanft in den Hörer. „Und bist du jetzt traurig?", fragte Alex besorgt, der Olis Tonfall falsch deutete. „Traurig ist das falsche Wort, ja, schon, auch aber auch sehr befreit, jedenfalls war es sehr schön!" „Befreit, hm!", witzelte Alex mit leicht ironischem Unterton. „Du brauchst gar keinen blöden Spruch machen!", zischte ihn Oliver an. „Du, ich kenne dich ja, mache mir nur Gedanken oder Sorgen, dass du jetzt in ein Loch fällst in all deiner Glückseligkeit, konnte ja nicht ahnen wie eure zweite Begegnung verläuft. Wie geht es denn jetzt weiter?", warf Alex besorgt in den Raum. Danach herrschte Stille, der Psychologe vernahm ein leises Schlucken und dachte Oli fängt an zu weinen. Dann ergriff Oliver wieder das Wort und erzählte von den Plänen an Brummers Geburtstag. Alex blieb skeptisch wollte seinem Freund aber auch keine Hoffnungen rauben. Wieder breitete sich sekundenlang Stille aus. Plötzlich bat Oli um ein Treffen am Wochenende. „Ja, natürlich können wir uns sehen, lass uns das aber morgen besprechen. Schlaf schön und träum von deinem Prinzen!", verabschiedete sich Alex. Den Rest des

Abends verbrachte Oli vor der Glotze. Er zappte von einer Talkshow zur anderen und war nicht in der Lage, sich auf ein Programm zu konzentrieren. Es dauerte nicht lange bis er vor dem Fernseher einschlief.

Der Samstag begann wie jedes andere Wochenende auch. Ein wenig aufräumen, einkaufen und die Post der Woche sichten waren angesagt. Alex sagte kurzfristig das geplante Date ab, weil Jürgen überraschend aus Hamburg gekommen war. Oli hatte jedes Verständnis, sahen sich die beiden doch nicht allzu oft. Am Nachmittag führte er ein paar Telefonate, den Abend verbrachte er wieder vor dem Fernseher.

Sonntagmorgen weckte Oliver die Sonne, es schien ein schöner Tag zu werden. Bereits gegen zwölf Uhr mittags zeigte das Thermometer achtundzwanzig Grad an. Gegen fünfzehn Uhr packte er seine Badeklamotten in einen Plastikbeutel und fuhr zum See, um dort ein paar Runden zu schwimmen und Abkühlung zu genießen. Wieder parkte er seinen R4 an der alten Stelle auf dem Feldweg. Die Liegewiese war ziemlich voll, dass Oli Mühe hatte ein ruhiges Plätzchen zu finden. Er fand dieses direkt am Strand, breitete eine Decke aus und streckte sich aus. Er beobachtete eher gelangweilt das Szenario: Menschen aller Altersklassen und Formen fielen ihm auf, Frauen, die im Laufe der Jahre die Schlacht gegen die Pfunde verloren hatten und aussahen wie Kartoffeln auf Streichhölzern, sich aber oben ohne sonnten, Männer in den sogenannten besten Jahren zwischen vierzig und fünfzig liefen mit eingezogenem Bauch umher, lärmende Kinder aber auch gut gebaute Körper von jungen Typen und Mädchen, die durchaus barbusig hätten auftreten können, es aber nicht taten. Als er auf den See sah traute er seinen Augen nicht. Niklas entstieg nackt dem Wasser. Oli war so verwirrt, dass er halb bekleidet auf ihn zulief und nicht merkte, dass er noch Strümpfe anhatte, mit denen er jetzt bereits im Wasser stand. Auch Niklas hatte ihn bemerkt und machte eine abweisende Handbewegung, die Oliver sofort verstand. Unauffällig ging er zu seinem Platz zurück und zog die nassen Socken aus, ohne dabei den Blick auf seinen Traumprinzen zu verlieren, der sich in etwa fünfzig Meter Entfernung zu Dicki auf die Decke legte. Niklas setzt seine Sonnenbrille auf und streckte sich aus. Oswald Brummer saß in einem angedeuteten Schneidersitz neben ihm und geierte einem jungen gut gebauten Südländer hinterher. „So so!", dachte Oliver, „Dicki fischt also auch in anderen Gewässern!" Ihn überkam eine Unlust sich an diesem Platz weiter aufhalten zu wollen, den dicken Brummer neben dem schönen Niklas, das war zu viel für ihn. Eifersucht kam auf, in Windeseile packte er seine Sachen zusammen und ging zum Auto. Auf der Heimfahrt ereilten ihn die unterschiedlichsten Gedanken. Immer wieder dachte er aber: „Wenn die Beziehung der beiden in Ordnung wäre, hätte ich nie stattgefunden und schon gar nicht zweimal!" Seine Eifersucht schwand und Hoffnung kam wieder auf. Zu Hause fiel sein erster Blick auf den Anrufbeantworter, der blinkte. Elsa Boulanger hatte einen fast fünfminütigen Monolog hinterlassen mit Lästereien über Leute, die Oli nicht kannte und auch gar nicht kennen wollte. Sie jetzt zurückzurufen hätte seine Kräfte überstiegen und ihn aus seinen Niklasgedanken gerissen, das war ihm alles zu kostbar. Der Balkon lag jetzt im Schatten und er beschloss den Nachmittag dort zu verbringen und zu dösen. Im Kühlschrank stand noch ein Rest Prosecco, den er sich genehmigte. Er schmeckte schon etwas schal, aber das machte Oliver nichts aus. „Bevor ich mich schlagen lasse!", dachte er grinsend und trank die Neige in einem Zug aus. Dann schlief er auf dem Liegestuhl ein. Es dämmerte bereits als er erwachte. Oli fühlte sich benommen und verschwitzt. „Was ist denn los, ich kann mich an gar nichts erinnern!", wunderte er sich. Die Atmosphäre schien völlig verzaubert zu sein, trotz Schläfrigkeit lag ein Lächeln auf seinem Gesicht. Oliver hatte heftig geträumt und alles erlebt, was er mit Niklas ausleben wollte. „Musik!", rief er plötzlich ins Halbdunkel, „Ich mache Niklas ein kleines Geschenk und nehme ihm eine Kassette auf, die Titel enthält, die unsere Situation widerspiegelt!" Er sprang auf und rannte zum Schrank, in dem sich zirka tausend CDs befanden. Sorgfältig ging er die einzelnen Tonträger durch. Das erste Lied hieß *Bald,* es ging um eine Frau, die einen verheirateten Mann liebt und immer wieder hingehalten wird und vertröstet wird. Zu diesem Zeitpunkt konnte er noch nicht ahnen, dass gerade dieses Lied in den nächsten Wochen eine echte Bedeutung bekommen sollte. „Guter Einstieg!", fand Oli und suchte weiter in den CDs und Schallplatten. Es dauerte eine Weile bis er genügend Material für das Band zusammenhatte, danach machte er sich ans Aufnehmen der Songs. Der Morgen graute bereits als alles fertig war und Oliver todmüde ins Bett fiel.

Zwei Tage später war wieder Frühschicht angesagt. Damit Oliver Niklas am Bahnhof abpassen konnte, musste er noch früher als gewöhnlich aus den Federn, was ihm aber nichts ausmachte. Fünfzehn Minuten vor Abfahrt des Zuges nach Göttingen fuhr der pinkfarbene Fiat auf den Bahnhofsparkplatz. Oli hatte sich so postiert, dass Niklas ihn gar nicht verpassen konnte. Schon aus dem Auto heraus winkte ihm Niklas zu. Kurz darauf sprang er heraus und rannte abgehetzt auf Oliver zu. Eine innige Umarmung oder gar einen Kuss ließ die Öffentlichkeit nicht zu. Ihre Berührungen hatten eher etwas Flüchtiges. „Ich habe etwas für dich!", strahlte ihn Oli an und hielt ihm die Kassette entgegen. Niklas schaute verdutzt und hauchte ein leises: „Danke!" streichelte Oliver über die Hand und rannte zurück zu seinem Fahrzeug, in das er das Geschenk warf. Er rief Oli zu: „Ich muss zu meinem Zug, rufe dich heute Abend aber an!" Etwas wehmütig sah der Zurückgebliebene dem Eilenden hinterher. „Er ruft heute Abend an!", sagte er laut vor sich hin und seine Gesichtszüge entspannten sich. Den ganzen Tag freute er sich auf den Anruf. Alles lief heute wie am Schnürchen, selbst die obligatorische schlechte Laune von Ortrud Saubermann machte ihm nichts aus. Früher als gewöhnlich gegen sechzehn Uhr verließ er die Redaktion, die Arbeit der vorletzten Nacht steckte ihm noch in den Knochen. Zu Hause beschloss er sich eine Stunde aufs Ohr zu legen und tat das auf seinem Balkon. Das Klingeln des Telefons riss ihn gegen sechs aus seinen Träumen. Ihm war sofort klar, wer ihn weckte und griff noch ein wenig benommen zum Hörer. „Hallo, hier ist Niklas!", hörte er die Stimme am anderen Ende. Oliver strahlte wie ein Honigkuchenpferd und schmolz dahin: „Schön, dass du anrufst." „Ich kann dir noch gar keine Antwort geben!", sagte Niklas trocken. „Antwort worauf!", fragte Oli irritiert. „Ich habe dein Musikband gehört und besonders das Lied *Bald* gefiel mir, dieser Text einer wartenden

Frau, das habe ich als Frage verstanden." „Nein, so war das nicht gemeint!", verteidigte sich der Angerufene. „Ich glaube aber schon, vielleicht aber noch unbewusst!", schob Niklas vorsichtig nach. „Oh, er kombiniert, denkt nach, gut so!", dachte Oliver sprach es aber nicht aus. „Wie war dein Tag?", erkundigte sich der Journalist. „Ganz schön, mit vielen Gedanken an dich. Ich habe meine Psychologie-Klausur zurückbekommen mit einer Zwei, das war das Highlight des Tages, das zweite war dann deine Kassette!" Etwas Stolz klang bei diesem Satz aus seiner Stimme. Oli freute sich und lächelte. „Bleibt es bei unserem Treffen am Samstag?", fragte Oliver etwas ängstlich. „Ich wüsste nicht, was dagegenspricht, freue mich schon!", antwortete Niklas begeistert und fuhr plötzlich hektisch fort: „Ich muss aufhören Dicki ist gerade vorgefahren. Ich melde mich auf jeden Fall noch vor dem Wochenende bei dir, tschüss!" Dann legte er auf. Oliver war etwas verwirrt über das rasche Ende. Diese Art von Telefonaten kannte er bisher nicht, ihm dämmerte aber, dass er sich daran gewöhnen musste.

Als Alex Pohn am Donnerstagmittag gegen zwölf Uhr aufstand, lief er wie gewöhnlich zum Briefkasten und fischte die Zeitung heraus. Nach einer Dusche ließ er den Kaffee durch die Maschine laufen und freute sich aufs Frühstück. Im Lokalteil las er von einem Prominenten-Torwandschießen vor der Kaiserpfalz. „Die Fußball-WM macht selbst vor Goslar nicht halt!", sinnierte er. Zu dem heutigen Schießen wurden einige Namen genannt, die teilnehmen sollten, auch der von Oswald Brummer. Sogleich griff er zum Telefon und rief Oli in der Redaktion an. „Alex hier, hallo! Heute Abend hast du bei deinem Niklas freie Bahn!", eröffnete er

das Gespräch. „Wieso, wir treffen uns erst am Samstag!",
entgegnete der Angerufene. „Du Blödmann, liest du eure eigene Zeitung nicht?" „Doch doch!", erwiderte Oliver leicht
genervt. „Dann weißt du ja auch, dass Brummer heute um
neunzehn Uhr auf die Torwand vor der Kaiserpfalz schießen muss, oder? Es gibt dort ein großes Public-Viewing mit
anschließender Party wegen des Spiels Deutschland –
Iran!", erklärte Alex seinem Freund und machte gleich zwei
Vorschläge: „Entweder wir gehen hin und sehen uns Dicki
mal etwas genauer an oder du machst ein Treffen mit Niklas
klar, er dürfte ja wohl Zeit haben." Oliver gefielen beide
Ideen, er entgegnete mit leichter Ironie: „Und was sollen wir
da, etwas schreien, wenn er nicht trifft, du schießt ja wie ein
Schwuler!" „Mach doch was du willst, wenn du keine Lust
hast sag es gleich, es sollte nur ein Vorschlag von mir sein!",
ärgerte sich Alex. „Sorry, sollte nicht so rüberkommen, aber
ich hätte dann doch schon eher Lust auf ein Treffen mit Niklas!", entschuldigte sich Oli. „Okay, dann trefft euch und
entscheide wie du willst, du wirst es bereuen!", wollte sich
sein Freund verabschieden. „Was bereuen und wer hat das
gesagt?", wollte Oli wissen. „So ein oller Grieche, weiß gerade nicht welcher!", frotzelte Alex. „Hm, der muss meine
Situation gekannt haben!", beendete Oliver das Telefonat.
Irgendwie fehlte dem eben geführten Gespräch der rote Faden, fiel Oliver auf. Das passierte ihm in letzter Zeit häufiger, er war nicht immer bei der Sache, wirkte manchmal fah-
rig und unkonzentriert. Alexander musste das sicher auch
schon gemerkt haben, hatte Oli aber noch nicht darauf hin-
gewiesen.

Der Nachmittag zog sich in die Länge. Oliver arbeitete gerade an einem Artikel über das Kulturangebot der Stadt für die folgende Herbst-Wintersaison. Eigentlich war es nur eine bessere Terminaufstellung, die ein wenig moderat verpackt werden musste. Das erforderte zwar kein großes Geschick, aber Oli tat sich schwer mit dieser seichten Materie. Gegen sieben Uhr fuhr er nach Hause und rief ganz selbstverständlich Niklas an. „Hallo hier ist Oliver ....!" Weiter kam er nicht, denn Niklas sagte barsch: „Nein, Sie haben sich verwählt!" Dann endete das Gespräch schlagartig. Oliver war irritiert und dachte etwas Falsches gesagt oder getan zu haben. Er haderte mit sich und überlegte einen weiteren Anrufversuch zu starten, aber eine innere Stimme sagte ihm: „Lass es!"

„Wer war das?", wollte Oswald wissen, als Niklas den Hörer aufgelegt hatte. „Irgendjemand wollte eine Christine sprechen!", versicherte er Dicki glaubhaft. Brummer stand bereits fertig in der Haustür, da er zum Torwandschießen musste, hatte aber die Lage im Griff, dass ihm weit und breit nichts entging. Nachdem sein Freund verschwunden war, wollte Niklas Oliver zurückrufen, kam aber nicht dazu, da Frau Morig, eine Nachbarin, an der Tür klingelte und um etwas Kaffeepulver bat. „Ich habe vergessen einzukaufen!", entschuldigte sie sich. „Kein Problem, ich gehe kurz in die Küche und hole Ihnen Kaffee!", erwiderte Niklas freundlich. Auf dem Weg dorthin fiel Niklas auf, dass die Morig in den letzten Wochen sehr oft auftauchte, wenn Oswald nicht da war. „Vielleicht will sie ja ....!", grinste Niklas. Als er mit Kaffee zurück zur Haustür kam hatte Elisabeth Morig die Tür schon geschlossen und wartete im Hausflur. Jetzt ergoss sich ein Redeschwall über Niklas. Die Nachbarin erzählte den neuesten Dorfklatsch in allen Einzelheiten, der Zuhörer fing an nervös auf der Stelle herumzutreten, was die Morig aber nicht als Signal fürs Aufhören wahrnahm. Die Zeit verging, beide waren inzwischen in der Küche gelandet und saßen am Esstisch. Niklas hatte einfach nicht die Gabe klar und deutlich *Nein* zu sagen, außerdem wollte er nicht unhöflich erscheinen. Gegen zehn Uhr klingelte Herr Morig an Brummers Haus, der ärgerlich fragte, wo seine Frau so lange bleiben würde. Sie lief ihm entgegen, kichernd meinte sie, dass sie sich mit Herrn Stolzer verquatscht hätte. Niklas gähnte und sagte endlich, dass er morgen sehr früh raus muss. „Ist ja schon gut, schlafen Sie schön, tut mir leid, wenn ich Sie von etwas abgehalten haben sollte!", plapperte sie, hakte ihren Mann unter und zog davon. „Uff, geschafft!", stöhnte Niklas als die Haustür ins Schloss fiel. Um Oliver jetzt noch anzurufen war es zu spät. Traurig ging Niklas ins Bett.

12. Lilli Hartlieb live

In den folgenden Tagen wurde Oliver von Selbstzweifeln gequält. Er überlegte hin und her, ob er mit dem kürzlich versuchten Telefonat richtig gehandelt hatte. In der Mittagspause verließ er das Büro und fuhr zum Bahnhofsparkplatz, um Niklas einen Entschuldigungszettel für sein Verhalten hinter den Scheibenwischer zu stecken. Zu seinem Erstaunen fand er das Auto nicht vor. „Dann ist er damit wohl heute nach Göttingen gefahren!", mutmaßte er. Zurück in der Redaktion rief er Maja an und erzählte ihr von seinen Taten, Zweifeln und Überlegungen. „Keine Angst, sein Freund wird noch zu Hause gewesen sein, auch wenn du anders informiert warst, es wird schon einen Grund geben, warum er nicht zurückgerufen hat!", beruhigte sie ihn. Tatsächlich gelang es Maja Oliver etwas zu trösten, obwohl ein leichtes Magengrummeln blieb. Am späten Nachmittag zu Hause meldete sich Alex. „Schalt mal die Sendung *TV Direkt* ein, da hast du die Möglichkeit mit deiner Lieblingsschauspielerin Lilli Hartlieb vor laufender Kamera zu telefonieren!", forderte ihn der Freund auf. Der Vorschlag kam Oli gerade recht. Er mochte Lilli Hartlieb schon als Kind aus der Serie, in der sie eine Tierärztin spielte. Inzwischen war die Gute weit über achtzig aber immer noch vor der Kamera tätig. Etwas schrullig geworden sorgte sie in der einen oder anderen Talkshow immer wieder für Kurzweil. Oli folgte Alex' Vorschlag, schaltete den Fernseher ein und wählte die eingeblendete Telefonnummer. Oh Wunder, er kam sofort durch und eine freundliche Frauenstimme meldete sich, die ihn nach seinem Anliegen fragte. Überrascht stotterte Oliver: „Guten Tag hier Lauenstein äh aus Goslar, ich würde gern äh eine Frage an Frau äh Hartlieb stellen, die äh heute bei Ihnen im Studio ist!" „Welche Frage denn!", bohrte die sächsisch gefärbte Stimme am anderen Ende der Leitung nach. „Äh, ich wüsste gern, wie Frau Hartlieb äh den Unterschied zwischen den Fernsehproduktionen heute und den äh vergangenen Jahrzehnten sieht!" „Wie lautet Ihr Name und Ihre Telefonnummer!", fragte die Dame. Oliver übermittelte seine Daten. „Wenn unserem Regisseur Ihre Frage gefällt und wenn diese ins Konzept passt, rufen wir Sie gern zurück!", verabschiedete sich die Sächsin. „Das wird eh nichts, scheiße, mit der hätte ich gern mal geredet!", dachte er und zündete sich eine Zigarette an. Eine halbe Stunde später klingelte das Telefon, die Sendung *TV DIREKT* war dran. „Wir stellen Sie jetzt ins Studio durch, dann können Sie mit Frau Hartlieb sprechen, viel Spaß und noch ein paar Sekunden Geduld und bitte, stellen Sie Ihren Fernseher auf lautlos!", wies ihn die Anruferin an. Oliver nahm noch einen tiefen Zug von seiner Zigarette und wurde ruhiger. Nach einem kurzen Musikeinspieler hört er den Moderator Felix Quick fragen: „Hallo und guten Tag, hier *TV DIREKT,* wen dürfen wir jetzt am Telefon begrüßen?" Oli wurde plötzlich ganz ruhig, das Lampenfieber schien wie weggeblasen zu sein souverän antwortete er: „Oliver Lauenstein aus Goslar, guten Tag!" „Welche Frage möchten Sie unserem Studiogast stellen!", forderte ihn der Moderator auf. Dann begrüßte Oli Frau Hartlieb und schmierte ihr gehörig Honig ums Maul, was die Alte mit einem ständig freundlichen Nicken goutierte, soweit er das auf dem tonlosen Bildschirm erkennen konnte. Dann holte er aus und fragte ob ihr die Produktionen vor dreißig Jahren nicht besser gefallen hätten als die heutigen Serien, in denen sie zu sehen ist. Lilli zog ein

Schnütchen und sagte dann: „Hm, junger Mann, früher war alles anders man hatte viel mehr Zeit für die einzelnen Szenen, konnte mehr ausprobieren. Heute muss alles immer schnell gehen, das geht schon manchmal auf Kosten der Qualität!" „Wissen Sie": unterbrach sie der Anrufer, „mit Ihnen begann eigentlich meine Fernsehzuschauerkarriere, wenn ich das so nennen darf, damals spielten Sie an der Seite von Ludwig Berner eine Tierärztin!" „Ach, das kennen Sie noch, ja, das war noch ordentliche Arbeit!", schwärmte die Alte. „Sie haben vor ein paar Jahren in der Reiterserie vor der Kamera gestanden!", warf Oliver ein. „Ja, ja, die Reiterserie!", schmolz Lilli Hartlieb dahin. „Darin fand ich Sie nicht sehr typisch, fühlten Sie sich mit der Rolle gut beraten?", wollte Oli wissen. „Nicht sehr typisch?", keifte die Schauspielerin, „Hatten Sie etwas auszusetzen?". Sie schnappte sichtlich nach Luft. „Eben nicht sehr typisch!", wiederholte der Journalist. Das war zu viel! Jetzt drehte sie richtig auf: „Junger Mann, ich bin Schauspielerin und immer anders!" Oliver merkte, dass er den Bogen überspannt hatte und verabschiedete sich indem er ihr noch viele gute Rollen wünschte. Lilli Hartlieb war immer noch außer sich und schüttelte den Kopf wieder und wieder schrie sie: „Ich bin immer anders!" Felix Quick würgte den Anrufer freundlich, aber massiv ab und setzte das Interview fort. Oliver hatte gerade den Hörer aufgelegt als es erneut klingelte. „Du warst famos und das Highlight der Sendung, Glückwunsch!", gratulierte ihm Alex. „Ja, hat mir auch Spaß gemacht!", lachte Oliver. „Ich habe alles auf Video aufgezeichnet als bleibende Erinnerung für dich!", schob Alex nach.

Oliver lachte und lachte und musste sichtlich nach Luft ringen, als das Gespräch beendet war. Wieder lockte ihn die milde Abendsonne auf den Balkon.

13. Niklas traut sich

Oliver versuchte sich zu entspannen, der misslungene Anruf lag ihm nach wie vor im Magen. Er sah seine Chancen schon dahinschwinden als das Telefon klingelte. Steine fielen ihm von der Seele als er Niklas' Stimme hörte: „Du entschuldige, aber ich konnte gestern Abend nicht zurückrufen, Dicki war dann zwar nachher weg, aber unsere Nachbarin belagerte mich zwei Stunden mit ihrem Geschwätz, ich konnte sie nicht abwimmeln!" „Ich weiß, dein Freund hatte dieses Torwandschießen, stand ja in der Zeitung und da dachte ich, dass die Gelegenheit günstig wäre!", entgegnete Oli. „Schöne Idee, aber ging eben leider nicht. Genießt du gerade die Abendsonne?", wollte der Anrufer wissen. „Ja, mit dir zusammen wäre es schöner, aber uns bleibt ja die Hoffnung auf morgen!", säuselte Oliver in den Hörer und tröstete sich damit beinahe selbst. Das Gespräch bewirkte wahre Wunder gegen Olis Magenbeschwerden. „Mir gehen ständig zwei Gedanken durch den Kopf.". „Welche denn?", fragte Oliver etwas skeptisch. „Du und der kommende Montag, an dem ich ins Krankenhaus muss!", erwiderte Niklas zaghaft. „Lass uns an schöne Dinge denken und das Danach, wenn du aus dem Hospital zurück bist!", bat Oliver. Niklas wirkte leicht gereizt, sein Tonfall wurde unsicher und hektisch: „Oswald fährt gerade auf den Hof, ich muss aufhören, bis morgen!" Dann war das Gespräch abrupt beendet.

„Mit wem hast du eben telefoniert!", brüllte Oswald Brummer Niklas an als er den Raum betrat. „Uschi war dran wegen unserer Verabredung morgen Abend in Hannover!", log er seinen Freund mit leichter Nervosität in der Stimme an, was Brummer allerdings nicht auffiel. Er hatte letzte Besorgungen für die anstehende Party gemacht und war dabei mächtig ins Schwitzen gekommen. Man sah und roch das deutlich. „Tauwetter für Dicke!", dachte Niklas sprach es aber nicht aus. Oswald ging ins Bad und nahm eine Dusche.

Am Samstagmorgen hatte sich das Wetter leicht verändert. Die vergangenen doch heißen Tage wechselten sich ab mit Temperaturen knapp über zwanzig Grad, was Oliver als angenehm empfand, ihm aber leichte Kopfschmerzen versetzte. „Scheiße, ausgerechnet heute am Tag der Tage!", dachte er, erhob sich aber langsam und ging ins Bad, um nach einem Aspirin zu suchen, das er sich einwarf. Danach legte er sich wieder hin. Der zweite Versuch aufzustehen war erfolgreich. Die Tablette hatte gewirkt und die Kopfschmerzen waren verschwunden. Er war jetzt fit und fühlte sich gut. Der gesamte Vormittag war mit Vorfreude auf den Abend ausgefüllt, obwohl Oli das Gefühl hatte, dass ein Restrisiko bleibt. Immer wieder ging ihm der Gedanke durch den Kopf, dass Niklas in letzter Minute doch absagen würde und ..., dass er es heute Abend vor lauter Aufregung nicht bringen würde. Oliver rief Alexander an und teilte ihm seine Ängste mit. „Du hast das Problem nicht im Schwanz, sondern im Kopf!", maßregelte ihn der Freund. „Stell dich nicht selbst unter Druck!", fügte er hinzu. Oli überzeugte das Gespräch nicht, die Unruhe über ein mögliches Versagen blieb und wurde sogar stärker. Am Nachmittag hielt er es nicht mehr aus und ging in einen Sexshop. Im Laden blätterte er zunächst sehr uninteressiert in irgendwelchen Pornoheften, die auslagen. Langsam fand er den Mut den Verkäufer anzusprechen. Oliver druckste ziemlich umständlich herum bis der junge Typ hinterm Tresen endlich auf den Punkt kam: „Machen Sie sich keine Gedanken, das ist völlig normal in jedem Alter, da könnte ich Ihnen Storys von Kunden erzählen. Ich könnte jetzt den guten Verkäufer raushängen lassen, der für alles Verständnis zeigt und Ihnen einige Präparate andrehen würde, aber das hilft nicht wirklich weiter." Oli schaute ihn ziemlich irritiert an, war aber ganz zufrieden, dass sein Problem eigentlich keines war. Er bedankte sich für die Beratung und verließ das Geschäft. Wieder daheim zeigte sein Anrufbeantworter an, dass jemand zurückgerufen werden wollte. „Er wird doch nicht …!", durchfuhr es ihn, drückte aber die Abhörtaste und vernahm die Stimme seines Vaters. Ohne wirkliches Interesse daran rief er ihn zurück. „Hallo, hier ist Oli, du wolltest mich sprechen?" „Ja, hallo! Hast du heute Abend schon was vor!", fragte der Alte mit leicht gereizter Stimme. Oliver zuckte zusammen sagte aber nichts. Josef Lauenstein fuhr fort: „Ich würde dich nachher gern zum Essen ins *Kaiserworth* einladen, mir ist zu Ohren gekommen, dass deine Mutter sich da mit ihrem neuen Liebhaber trifft!" „Sag mal, spinnst du jetzt total, mich als Denunziant zu benutzen. Das mache ich auf keinen Fall und du lässt das bitte auch, das ist so billig!", empörte er sich. „Ich meine ja bloß …". Weiter kam sein Vater nicht, da Oli ihm erneut ins Wort fiel: „Nichts da, erstens habe ich heute Abend Besuch und zweitens tragt ihr euren

Zwist bitte unter euch aus, komm mir bloß nicht noch einmal mit so einem perfiden Vorschlag!" Josef war sichtlich eingeschüchtert, schlug aber vor am Sonntagmittag zusammen zu essen. Oliver war noch immer entsetzt, stimmte dem Vorschlag aber letztlich zu.

14. Die Party

Den ganzen Samstag über herrschte hektisches Treiben im Haus von Oswald Brummer. „Gut, dass man einen großen Garten hat bei diesem Sommerwetter, man braucht zwar regelmäßig einen Gärtner, aber es lohnt sich. Wie sollte man die heutige Party im Wohnzimmer mit vierzig geladenen Gästen sonst bewerkstelligen!", dachte Dicki als er nachmittags noch einmal das gesamte aufgebaute Szenario begutachtete. Er ging über den Rasen und verteilte auf den Tischen Zigaretten und Streichhölzer. Zehn runde Tische, gemietet, unter zehn weißen Tischdecken, auch gemietet, vierzig Stühle und am Rand des Rasens die Stellfläche für das Buffet, mit hübscher Blumendekoration, Tellern, Gläsern, Besteck, alles gemietet. Bis auf die Blumen, die musste Oswald kaufen. Sein Kontrollzwang hatte Niklas schon beim Anliefern des Geschirrs zur Weißglut gebracht. Es war Dicki nicht sauber genug, sodass sein Freund in der Küche alles noch einmal spülen musste. Ansonsten hatte der Partyservice *Perfekt feiern* ganze Arbeit geleistet. Eine junge Frau in schwarz gekleidet mit weißem Schürzchen und Häubchen trat aus dem Wohnzimmer auf die Terrasse, Fräulein Zack – ebenfalls gemietet. Oswald winkte sie zu sich: „Guten Tag Fräulein …!" „Zack!", komplettierte sie ein wenig zu forsch die Begrüßung. „Ich denke, Sie wissen, wie es bei solchen Festivitäten zugeht, nicht wahr!", versuchte er sie anzuweisen. „Ja, ja gestern hatte ich ne goldene Hochzeit, übermorgen ne Trauerfeier, das hält einen auf Trab!", antwortete sie auf ihre burschikose Art. „Also dann Fräulein Zack, ich erwarte vierzig Gäste: Kollegen, Freunde mit ihren Ehepartnern. Wenn es läutet öffnen Sie die Tür, machen eine kurze Verbeugung vor den Neuankömmlingen und nennen dann laut und deutlich die Namen der Besucher. Ich gebe Ihnen noch eine Liste. Anschließend schweben Sie bitte als guter Geist über allem, dann kann ich mich selbst als Gast auf meiner eigenen Party fühlen. Verstehen Sie, was ich meine?", fragte Oswald eine Spur zu scharf. „Na dann geh'n Se mal ins Haus und rauchen ne Beruhigungszigarette ich mach das schon!", beruhigte sie Brummer. Unterdessen klingelte es an der Haustür. Frau Metzgermeister Schmalz samt Gefolge stand mit Aufschnittplatten, Braten, Brotkörben und vielen weiteren Delikatessen vor der Tür und bahnte sich sogleich einen Weg durchs Wohnzimmer in den Garten. Sie hatte einen ziemlich rüden Ton ihren Mitarbeitern gegenüber am Hals und ihr Name Schmalz machte ihrem Aussehen alle Ehre. Ständig wies sie die Angestellten an, sich zu beeilen, da die ersten Gäste bald eintreffen würden. Gegen halb sieben war alles perfekt gerichtet und das Schmalz-Team eilte davon. Um neunzehn Uhr läutete es erneut, die ersten Besucher waren angekommen. Isolde Zack öffnete die Haustür, verbeugte sich leicht und hieß die Gäste im Namen Brummers willkommen. „Laut und deutlich soll ich die Namen nennen!", fiel ihr plötzlich wieder ein. Es folgte dann ein zu lautes eher geschrienes: „Herr Professor Sommerauer nebst Frau Gemahlin!" Brummer der im Garten stand und am Buffet naschte schüttelte über die Tollpatschigkeit nur den Kopf: „Kein Stil, diese Person!" Er setzte sich in Bewegung und ging mit ausgebreiteten Armen auf die beiden zu: „Liebste Renate, mein lieber Ludwig, schön, dass Ihr da seid, herzlich willkommen!" Niklas lehnte unterdessen an der Terrassentür und beobachtete die Szenerie, niemandem fiel auf, dass er noch seine rosa Gummihandschuhe vom Spülen trug. Er stach aber Renate Sommerauer sofort ins Auge und sie fragte den Gastgeber, wer der schüchterne junge Mann dort drüben sei. Brummer erklärte ihr seinen Liebhaber als seinen Neffen aus Leipzig, der aber heute Abend noch zurückfahren muss, da er dort beruflich zu tun habe. „Sie wollen schon so bald wieder fort!", rief ihn Frau Sommerauer zu sich. Renate war kinderlos, jetzt in den Fünfzigern trotzdem oder gerade deshalb jederzeit bereit der Jugend offen gegenüber zu treten. Kurzum verwickelte sie Niklas in ein Gespräch. Brummer blickte argwöhnisch und dachte: „Hoffentlich verquatscht sich der Idiot nicht!" Dann wandte er sich wieder dem Professor zu. Fräulein Zack rief plötzlich: „Chefarzt Dr. Wetterling und Frau Wetterling!" Oswald verdreht erneut die Augen und dachte: „Von Berufsbezeichnung habe ich der Kuh nichts gesagt!" Wieder breiteten sich seine Arme aus: „Werte Frau Wetterling, Herr Doktor, das ist eine Freude, Sie in meinem Hause zu haben, Sie bereichern diese Party! Herrn Professor Sommerauer und seine Gemahlin kennen Sie ja und das ist Niklas Stolzer, ein Verwandter aus Leipzig, der nachher aber schnellstens zurückfahren muss!", wiederholte Oswald sich an diesem Abend mehrfach. „Ich könnte kotzen über so viel Verlogenheit!", dachte Niklas. Dann klappte die Eingangstür zum Haus unaufhörlich. Fräulein Zack hatte alle Mühe, die Namen und Titel auseinander zu halten. Inzwischen hatte sich Niklas wieder in die Küche zurückgezogen, er konnte und wollte dem Treiben dort draußen nichts abgewinnen, in seinen Gedanken war er ein paar Kilometer entfernt, bei Oliver. Der Abend zog sich in die Länge, immerzu schaute er nervös zur Uhr: „Oliver wird sich schon Gedanken machen, wo ich bleibe!"

15. Die erste Nacht der Ewigkeit?

Oliver wurde an diesem Abend von Stunde zu Stunde unruhiger. Er schaltete den Fernseher ein, zappte herum, schaltete das Ding wieder aus. Dreimal hatte er schon mit Alex gesprochen und Trost gesucht und diesen auch gefunden. Jetzt war er gerade dabei dessen Nummer ein viertes Mal zu wählen. „Ich bin es schon wieder, sorry! Er ist immer noch nicht da, ich glaube langsam, das wird nichts mehr!", heulte er fast in den Hörer. „Er wird auf der Party eingespannt sein, hab doch ein wenig mehr Vertrauen und Geduld!", beruhigte ihn der Psychologe. Alex war klar, dass dieses Gespräch länger dauern könnte. Oliver schien ihm dermaßen verunsichert, dass er ihn jetzt nicht sich selbst überlassen konnte. Immer wieder warf Oli ein, dass sich Niklas zum Teufel scheren kann, wenn er nicht bis elf Uhr da ist. Sowohl Alex als auch Oliver wussten, dass er bis zum Sankt-Nimmerleinstag gewartet hätte auf seinen Traumprinzen. Plötzlich platzte in das Gespräch das Läuten an der Wohnungstür. Fast ohne sich zu verabschieden knallte er den Hörer auf und drückte den Knopf zum Öffnen der Haustür. Als Niklas die Wohnung betrat waren beide sprachlos und fielen sich wortlos in die Arme, sie konnten minutenlang nicht voneinander lassen. Niklas' Stimme durchbrach irgendwann die Stille: „Es tut mir so leid, aber ich war für den Küchendienst abgestellt und kam einfach nicht weg. Du musst ja endlos gewartet haben!" Oliver zog ihn wieder an sich und seufzte: „Ach, jetzt bist du ja da!" Dass Niklas verschwitzt war und leicht roch bemerkte Oliver zwar, aber es störte ihn überhaupt nicht. Er bat Oliver erst einmal duschen zu dürfen. „Fühl dich wie zu Hause, die Handtücher liegen im Regal neben der Tür, aber das weißt du ja!" Langsam entzog sich Niklas Olivers Armen und ging ins Bad. „Ich hätte das Oswald nicht erklären können, dass ich noch duschen wollte!", entschuldigte er sich fast. „Süß!", dachte Oliver dann ging er auf den Balkon und betrachtete den Sternenhimmel. Es dauerte ziemlich lange, bis auch Niklas dort auftauchte, er trug nur noch ein Handtuch um seine Hüften. Seine stahlblauen Augen funkelten Oliver an, der sich in diesem Moment von seinem Stuhl erhob und Niklas den Blick über die Stadt zeigen wollte. Er lehnte an der Balkonbrüstung und spürte nur noch überall Niklas' Hände und Küsse, die von einer Heftigkeit waren, dass er den Eindruck hatte sich in strahlendes Licht zu verwandeln oder ganz weit wegzufliegen. Oliver konnte sich später nicht erinnern, ein solches Gefühl schon einmal erlebt zu haben. Während sie sich umklammerten knöpfte Niklas Olivers Hemd auf und übersäte seine Brust mit Liebkosungen. Trotz der lauen Sommernacht bekamen beide eine Gänsehaut, gleichzeitig loderte in ihnen Feuer und Begierde. Während sich ihre Körper verschlangen stöhnte Niklas laut: „Ich glaube, ich liebe dich!" Oliver war verloren, ihm war alles egal, was Niklas jetzt mit ihm machte.

Weit nach Mitternacht erwachten beide eng umschlungen. „Wie fühlst du dich?", wollte Niklas wissen. „Wie du, wunderbar!" Er fing erneut an Olivers Hals, Brust und Schwanz zu küssen. Niklas blies mit einer Intensität, dass Oliver nur noch genießen konnte. Nachdem beide sich zum zweiten Mal vollgespritzt hatten lagen sie erschöpft aber glücklich auf dem Rücken und hielten sich an den Händen. Ihr Atem war synchron und regelmäßig, beide lauschten der Stille, die

Niklas wiederum durchbrach: „Ich hatte dir ja gesagt, dass ich morgen früh mit Uschi nach Kassel fahre, wir sind dort beide Mitglieder der Adventsgemeinde und wollen zum Gottesdienst, ich muss um halb sieben aufstehen, kannst du bitte den Wecker stellen?" „Wenig ist besser als nichts!", dachte Oli dreht sich um und stellte die Weckzeit ein. Niklas stand auf und ging ins Bad, um sich die Zähne zu putzen, als er ins dunkle Schlafzimmer zurückkam war Oliver bereits eingeschlafen. Vorsichtig hob er die Bettdecke und kuschelte sich an ihn, der davon erwachte. Zum dritten Mal überkam sie das Verlangen ...

So früh war Oli an einem Sonntagmorgen selten aufgestanden. Während Niklas duschte bereitete er das Frühstück. Viel Zeit blieb nicht mehr als sie kurz darauf am Küchentisch saßen. „Machst du das häufiger?", wollte Oliver wissen. „Was?", sah ihn Niklas irritiert an. „Die Gottesdienstbesuche am Sonntagmorgen und dann noch so weit entfernt!", erklärte Oli. „Jeden Sonntag, Dicki geht das ziemlich auf den Sack, aber er muss es tolerieren, ich brauche das für mich selbst und meinen Glauben!" Oliver war für dieses Thema am Sonntagmorgen noch nicht aufgelegt und versuchte es zu wechseln. Da aber die Zeit voranschritt kam keine vernünftige Unterhaltung mehr auf. Es war aber beiden anzumerken, dass der Druck der nächsten Wochen auf ihnen lastete. Montagmorgen musste Niklas, wahrscheinlich für Wochen, ins Krankenhaus, die Herzoperation war für Donnerstag geplant. Gegen halb acht brach Niklas auf. Eine letzte heftige Umarmung und dann war er weg. Oliver kam sich allein und verwaist vor und dachte: „Vielleicht sehen wir uns nie wieder, wenn die Operation ....!" Brach aber erschrocken den Gedanken ab. Er sah sich um und begann seine Wohnung aufzuräumen, da er keine Lust hatte wieder ins leere Bett zu gehen. Er wühlte in alten Zeitungen und sortierte einige davon aus, dabei musste er über den einen oder anderen Artikel lachen, den er nebenher las. Gegen halb zwölf fiel ihm die Verabredung mit seinem Vater wieder ein. Rasch sprang er unter die Dusche und stand tatsächlich pünktlich fünf vor zwölf vor Josefs Tür.

16. Das Outing

„Du kommst spät!", begrüßte ihn der Alte griesgrämig. Worauf Oliver entgegnete, dass er die Zeit vergessen habe. „Typisch, geht dir ja oft so, wenn es um mich geht!", blaffte ihn sein Vater an. „Soll ich gleich wieder gehen?", fragte Oli schnippisch. „Ist ja schon gut, ich habe für dreiviertel Eins den Tisch im *Kaiserworth* für drei Personen bestellt!", lenkte Josef ein und stach in ein Wespennest mit dieser Äußerung. „Für drei!", schrie sein Sohn ihn an. „Ja, deine Mutter kommt auch mit!" „Das war nicht abgesprochen, ich habe keine Lust auf eure Streitereien, macht das unter euch aus!", schrie Oli. In diesem Moment klingelte es an der Wohnungstür und Elfriede Lauenstein betrat die Wohnung ihres fast geschiedenen Mannes. Als sie Oliver sah umarmte sie ihn mit den Worten: „Ist ja schön, dass du mit uns zum Essen gehst, dann ertrage ich deinen Vater auch besser!" „Das habt ihr euch ja schön ausgedacht!", erwiderte Oli wenig begeistert. Er hatte sowieso keinen Hunger, seine Gedanken hingen an den letzten Stunden. Nach ein paar Minuten hatten die beiden Alten ihn aber soweit, dass er sie begleitete. Er wollte heute reinen Tisch machen und seinen Eltern alles, wirklich alles, über sich und Niklas sagen. Auf dem Weg zum Restaurant warf er seinem Vater kurze Sätze zu, dass er ihm und seiner Mutter heute unbedingt etwas sagen wollte. Josef schaute zwar ein wenig skeptisch, stellte aber keine weiteren Fragen. Seine Mutter war, wie immer, mit sich beschäftigt und plapperte etwas über Leute, die Oliver nicht kannte. Im *Kaiserworth* wurde das Trio schon erwartet, ein Kellner wies ihnen einen Tisch unter den Arkaden zu und brachte umgehend die Speisekarten. Eine nicht zu beschreibende Schwere lag in der Atmosphäre, jeder der drei war sichtlich bemüht bloß nichts Falsches zu sagen. Auf die anderen Gäste wirkte man wie ein älteres Ehepaar, deren Sohn zum Essen einlädt. Josef, Elfriede und Oliver studierten die Menükarte rauf und runter, jeder vermied dabei zu sprechen. Plötzlich wurde Olis Vater ungeduldig und fragte: „Habt ihr gewählt?" „Ich nehme ....!", Elfriede wollte gerade loslegen als ihr ihr Fast-Exmann in die Parade fuhr: „Das kannst du gleich dem Ober sagen! Oliver, bist du fertig?" Sein Vater fragte ihn noch einmal in gereizterem Tonfall. Oli blieb stumm und sah, wie die Wörter und Buchstaben auf seiner Karte anfingen zu tanzen, er war weder in der Lage etwas auszusuchen beziehungsweise etwas zu sagen, Appetit hatte er schon gar keinen. In seinem Hals saß ein dicker Kloß. Plötzlich rannen Tränen über sein Gesicht. Erschrocken sah Elfriede auf: „Was ist denn los, bist du krank?" Sein Schluchzen wurde lauter und heftiger, die Gäste an den umliegenden Tischen sahen verstört herüber. „Nein, es ist nichts, ich habe keinen Hunger!", brach es aus ihm heraus. Josef versuchte Haltung zu bewahren und bestellte beim Kellner, der Oliver mitleidig ansah, die Getränke. Oli weinte jetzt still vor sich hin, es war ihm völlig egal, was um ihn herum passierte. Er war nicht in der Lage einen klaren Gedanken zu fassen. Immer wieder redeten die beiden Alten besänftigend auf ihn ein, doch endlich zu sagen, was ihn so bedrückte. Irgendwie schien ihm die Situation auch aberwitzig, jahrelang hatten sie gegeneinander intrigiert, gestritten und sich das Leben zur Hölle gemacht, jetzt schienen sie in Sorge um ihren Sohn wieder vereint. „Ich habe vor vier Wochen jemanden kennen gelernt!", hörte er sich plötzlich sagen. „Und was ist mit der Frau?", fragte sein Vater." „Es ist keine Frau, sondern ein Mann!", erwiderte Oli kaum hörbar. „Was, ich verstehe nicht!", schaltete sich nun seine Mutter ein. Ihr Sohn verlor jetzt total die Fassung und brüllte sie an: „Seid ihr taub, ich liebe einen Mann!" Das saß! Eine nicht enden wollende Stille trat ein. Unvermittelt nahm Josef wieder den Faden auf und klang ganz mild: „Das macht doch nichts, ich habe es immer irgendwie geahnt bei dir!" „Du hast es nicht geahnt, wenn du dich mehr für mich interessiert hättest, hättest du es gewusst!", fuhr sein Sohn ihn an. Versöhnlich legte das Familienoberhaupt die Hand auf Olis Schulter, was dieser aber schroff abwies. „Das ist doch heute überhaupt kein Problem mehr!", meinte Elfriede plötzlich und schien fast entzückt. „Du hast dir ja immer schon deine eigene Welt gebaut und alles gut gefunden, was nicht der Normalität entspricht!", wies Josef sie in die Schranken. „Normalität!", jaulte Oliver auf, „was für eine Normalität meinst du denn, deine?" Sein Vater blieb stumm schaute ihn aber fast verständnisvoll an. Ohne dass sie ihn bemerkt hatten, stand der Ober neben ihnen und servierte die Getränke. „Haben die Herrschaften schon gewählt?", fragte er knapp. Die Eltern entschieden sich unisono für den Pfälzer Spießbraten ohne Vorsuppe. „Und was hätten Sie gern?", fragte er Oliver. „Bringen Sie mir irgendetwas!" „Sie müssen schon ein wenig konkreter werden, junger Mann!", entgegnete der Kellner leicht gereizt. „Bringen Sie mir etwas Vegetarisches, ist doch eh egal!" „Wenn Sie meinen!", zischte er ihn an und verschwand. Dann saßen alle drei wieder stumm nebeneinander. Vorsichtig begann Josef das Gespräch wiederaufzunehmen: „Ist es das erste Mal, dass dir das passiert ist?" Oliver gab keine direkte Antwort, sondern erzählte langsam und stockend über die Erlebnisse der letzten vier Wochen. Elfriede hörte auf eine Art zu, die Oliver schlichtweg zum Kotzen fand. Mehrfach musste er seinen Bericht unterbrechen und sie auffordern sich nicht so sensationslüstern zu verhalten. In ihm kam der Verdacht auf, dass sie sich von seinem Outing ihre eigene Version zusammenstellen würde und diese dann entsprechend verbreitete. Sein Vater schien verständnisvoll, was Oliver zusätzlich irritierte. Nach einer halben Stunde wurde das Essen serviert. Hunger hatte Oli nicht, stocherte aber ein wenig auf dem Teller herum und aß ein paar Happen. Gegen halb drei hatte Oliver den Eindruck alles gesagt zu haben, er verabschiedete sich von seinen Eltern und machte sich auf den Heimweg. Als er sich noch einmal umdrehte sah er seine Eltern immer noch am Tisch sitzen, aber auf eine merkwürdige Art vereint.

Auch wenn Josef Lauenstein sich tolerant gezeigt hatte, quälten ihn am Nachmittag Gedanken, sich doch nicht genügend um seinen Sohn gekümmert zu haben. Er rief seine Cousine Martha an, die einzige Verwandte mit der er Kontakt pflegte, und erzählte ihr die Neuigkeiten. Martha zeigte sich verständnisvoll und sagte: „Mir war das immer klar, jeder lebt auch bitte so, wie er es für richtig hält und du hast keinen Grund dich einzumischen. Oliver ist alt genug und weiß, was er tut!" Nach diesem Gespräch nahm er sich vor, sich zukünftig mehr um seinen Sohn zu kümmern.

Auch Oliver kam zu Hause nicht zur Ruhe. „Was mag Mama Sabine und Christian wohl jetzt erzählen?", fragte er sich immer wieder. Er hatte mit seinen Geschwistern über sich in dieser Beziehung nie gesprochen, dachte immer, dass sie ihn sowieso für ein Neutrum hielten. Er griff zum Telefon und rief Sabine an, um für heute Nachmittag seinen Besuch anzukündigen. Gleiches hatte er auch mit Christian vor, erreichte ihn aber nicht. Sabine hatte bereits Kaffee gekocht, als ihr Bruder eintraf. Zunächst gab es nur oberflächliches Geplänkel bis es Oli reichte und er seine Schwester und deren Mann Stefan ernsthaft ansah. Unumwunden sagte er: „Ich muss euch jetzt etwas sagen und mir ist es egal, was ihr darüber denkt oder mich hinterher sogar verachtet." Schwester und Schwager sahen ihn entgeistert an. Oliver begann einen langen Monolog über das Thema, das beim heutigen Mittagessen mit seinen Eltern so wichtig war. Es fiel ihm viel leichter als in Gegenwart von Josef und Elfriede. Sabine und Stefan hörten aufmerksam zu. „Du lebst dein Leben, wie du willst, das tun wir auch!", unterbrach sein Schwager die Ausführungen. Oliver war wieder erstaunt und ein wohliges Gefühl machte sich in ihm breit. Als er sich verabschiedete sah ihn Sabine an und sagte: „Pass auf dich auf!" Sie meinte es ehrlich.

Kurz nach Ankunft in seiner Wohnung rief Josef Lauenstein noch einmal an und versicherte seinem Sohn, dass sich nichts ändern werde zwischen ihnen. Er schloss das Telefonat mit dem Satz: „Vielleicht finden wir sogar wieder näher zusammen!" Als Oli das hörte begann er zu weinen. Ihm wurde klar, dass dieser Sonntag einer der Tage seines Lebens sein würde. Zu gern hätte er Niklas angerufen, um ihm alles zu erzählen, aber wie sollte er ihn in seinem goldenen Käfig erreichen. Also rief er Alex an, leider meldete sich nur sein Anrufbeantworter. Er bat um Rückruf. Es dauerte nur ein paar Minuten bis sich der Freund meldete. „Na, wie war's gestern Abend, nett?", fragte er leicht spöttisch. „Ich glaube ich habe die Erde bewegt!", entgegnete Oli ganz befreit. „Na komm wieder runter von deiner Wolke Sieben!" „Ich meine, nicht nur die Nacht mit Niklas, nein, du ahnst nicht, was sich heute alles getan hat!", erzählte Oliver begeistert. „Wie, ist er gleich bei dir eingezogen?", fragte der Psychologe verdutzt. „Quatsch, ich hatte ein ausführliches Gespräch mit meinen Eltern über mich und Niklas!" Jetzt war Alex doch irritiert. „Wie, ich dachte immer die wussten alles?" „Sie wussten es und sie wussten es nicht, wie das eben so ist!", erklärte er seinem Freund. Alexander verstand gar nichts mehr. „Das Thema Oliver und seine Probleme oder Sexualität waren nie ein Thema bei euch?" „Nein, nicht wirklich, aber jetzt schon!" „Dann war es ja ein richtiges Outing, das du heute endlich vollbracht hast, Glückwunsch!", freute sich Alex. „Der eine früher, der andere später!", seufzte Oliver. Alex war froh, dass sein Freund so befreit wirkte, er hatte schon vermutet, dass die Nacht mit Niklas ihn heute unsanft auf den Boden der Tatsachen landen ließ. Um ein bisschen Normalität in das Gespräch zu bringen fragte Alex, wann Oliver denn nun nach Amsterdam fahren würde. „Oh je, mir fallen all meine Sünden ein!", stellte Oli entsetzt fest, „das habe ich fast vergessen." Wie jedes Jahr, wollte er auch diesmal an seinem Geburtstag durch Abwesenheit glänzen. Bereits vor Wochen hatte er sich mit Valetta, einer Italo-Schweizerin aus Zürich, zu einer Reise nach Amsterdam verabredet, um dort seinen Jubeltag zu verleben. „Ich muss unbedingt Valetta anrufen, habe vor Wochen mit ihr das Date in Holland ausgemacht, weiß weder wie das Hotel heißt noch wo und ob wir uns überhaupt treffen. Sei mir nicht böse, aber ich muss sie jetzt anrufen!", entschuldigte er sich bei seinem Freund und beendete das Gespräch.

„Dich gibt es noch, schön, ich dachte schon du liebst mich nicht mehr!", mit diesen Worten begrüßte ihn die Schweizerin kurz darauf am Telefon. „Tut mir echt leid, dass ich mich erst jetzt melde, aber du glaubst nicht, was hier in den letzten Wochen alles los war!", bedauerte Oliver. Interessiert fragte Valetta nach und Oli erzählte von den Ereignissen. Die Freundin hörte zwar aufmerksam zu, unterbrach aber ab und zu mit schwytzerdütschen Kommentaren, die er nur annähernd verstand. „Endlich!", freute sich die Schweizerin, „Ich dachte schon in Sachen Amore tut sich bei dir gar nichts mehr, schön!". „Bleibt es bei unserer Verabredung in Amsterdam?", fragte Oliver. „Natürlich, wie solltest du sonst deinen Geburtstag verbringen, ich habe alles geplant, muss aber Freitag wieder in Zürich sein!", erwiderte sie. „In welchem Hotel treffen wir uns denn?" Valetta druckste etwas herum: „Es war schwierig etwas Passendes und Preisgünstiges zu finden, wir müssen uns ein Doppelzimmer teilen, werden uns aber wohl nichts tun!" Dann kicherte sie laut. „Das Hotel heißt *Golden Bear* und liegt in der Kerkstraat 37 ganz in der Nähe vom Bahnhof, also gut erreichbar für dich zu Fuß!", fuhr sie fort. Sie versprach Oliver am Mittwochvormittag anzurufen, um noch letzte Einzelheiten zu besprechen, dann beendete sie das Gespräch.

Nach diesem ereignisreichen Tag verspürte er Lust auf Niklas und hätte ihn gern angerufen. Aber auch wenn Brummer vielleicht nicht zu Hause war, war das Risiko zu groß Kontakt aufzunehmen. „Außerdem wird er in Vorbereitung für den Klinikaufenthalt sein.", vermutete Oliver. Merkwürdig fand er nur, dass Dicki für zwei Tage verreist, während Niklas ins Krankenhaus geht. „In dieser Beziehung kann nichts mehr stimmen!", stellte Oliver erleichtert fest.

17. Gnadenfrist für Niklas

Niklas kam am frühen Sonntagnachmittag aus Kassel zurück und fand ein entsetzliches Chaos von der gestrigen Fete vor. Brummer war bereits dabei seine Sachen für die Dienstreise nach Dresden zu packen. Da er gestern viel zu tief ins Glas geschaut hatte, war seine Stimmung entsprechend. Ohne Niklas groß zu begrüßen verbreitete er schlechte Laune. Ihm waren die sonntäglichen Gottesdienste sowieso suspekt, andererseits war ihm auch klar, dass ein Verbot das Aus ihrer Beziehung bedeutet hätte. „Ruf nachher die Radtke an, damit sie morgen schon kommt und hier klar Schiff macht!", bürdete er Niklas auf, „ich möchte, dass der Saustall hier am Dienstag wieder blitzsauber ist, wenn ich wiederkomme!" Niklas nahm die Anweisung nickend zur Kenntnis. Helga Radtke war seit einiger Zeit als Zugehfrau in Brummers Haus tätig und erschien jeweils dienstags und freitags, um den Junggesellenhaushalt in Schuss zu halten. Mehrfach hatte sie sich bereits bei Niklas über Brummers Launen ausgelassen und damit gedroht nicht wiederzukommen, wenn er das nicht einstellen würde. Da ihr aber Niklas selbst immer wieder leidtat, verwarf sie ihre Pläne. „Kein Wort über meinen Klinikaufenthalt ab morgen, es scheint ihn nicht zu interessieren oder er hat es einfach verdrängt oder vergessen!", stellte Niklas traurig fest. Er verließ das Schlafzimmer und rief Frau Radtke an, um sie für morgen zu bestellen. Gegen fünf wuchtete Oswald seinen Koffer ins Auto und verabschiedete sich von Niklas mit den Worten: „Du kannst mich ja Dienstagmorgen in der Bank anrufen und mir deine Zimmernummer mitteilen, ich melde mich dann mal, tschüss!" Dann quetschte er sich in seinen Daimler und fuhr vom Grundstück. „Endlich Ruhe!", dachte Niklas und war erleichtert, er ließ sich auf die Couch fallen und Bilder der letzten Nacht gingen ihm durch den Kopf. Mit einem Lächeln im Gesicht schlief er ein.

Montagmorgen fiel es Oli schwer aufzustehen. Die Ereignisse des Wochenendes beschäftigten ihn sehr. Die letzten beiden Tage hatten sein Leben völlig auf den Kopf gestellt. Im Büro quälte er sich durch den Vormittag. Das obligatorische Geschnatter der Kollegen über ihre Wochenenderlebnisse ging ihm gehörig auf die Nerven. Als er von der Mittagspause zurückkam fand er eine Notiz von Lotte Bolduan auf dem Schreibtisch „Ein Herr Stolza bittet um Rückruf Telefon neun acht neun sechs drei acht" „Wer ist das!", hielt er Lotte den Zettel hin, die generell alle Namen falsch schrieb. „Ich weiß nicht, der Herr bat um Rückruf!", antwortete sie verlegen. „Die ist zu doof, keinen Namen schreibt sie richtig und merken kann sie sich auch nichts!", ärgerte sich Oli. Er hatte aber eine Ahnung während er die Nummer wählte und damit lag er richtig. Erfreut hörte er am anderen Ende die Stimme von Niklas und fragte, ob er gut untergekommen sei und wie es ihm geht. Er musste seine Euphorie etwas bremsen, da Lotte noch im Raum war. Niklas kam endlich zu Wort: „Man hat mich hier auf der Kinderstation untergebracht, da sonst keine Betten frei waren, morgen sollen aber die Voruntersuchungen laufen!" „Kann ich etwas für dich tun!", fragte Oliver zärtlich. „Nein, es tut schon gut deine Stimme zu hören, können wir heute Abend noch mal telefonieren?" „Aber natürlich, ich rufe dich an. Bist du unter der Nummer dann erreichbar?" Oliver vernahm wieder dieses lang gezogene „Ja". Sie beendeten das Gespräch und Olivers Tag schien gerettet. Wie von Geisterhand erledigte er seine Arbeit. Dieser Niklas schien jetzt nach und nach einen positiven Einfluss auf Oliver zu nehmen.

Gegen neunzehn Uhr war Oliver zu Hause. Nach einer kurzen Dusche rief er Niklas an. „Hallo, hier ist Oliver, freust du dich?" Wieder hörte er dieses inzwischen vertraute „Ja". „Ist alles okay?" „Ja, die haben mir etwas zur Beruhigung gegeben!", erklärte Niklas seinen Zustand, „ich bin so müde, lass uns bitte morgen weitersprechen!" „Kein Problem, dann schlaf schön, ich denke an dich!", säuselte Oli in den Hörer. Für einen Moment dachte er über einen Spontanbesuch im Krankenhaus nach, verwarf den Gedanken aber wieder. Er legte sich aufs Sofa und schlief ein. Gegen drei Uhr morgens erwachte er und ärgerte sich, nicht früher ins Bett gegangen zu sein. Schlaftrunken torkelte er ins Schlafzimmer.

Als am Dienstagmorgen der Wecker um sieben Uhr klingelte fühlte sich Oliver matschig und gerädert. Wieder machte sich Ärger breit über seine eigene Undiszipliniertheit: „Verdammt man kann doch mal ins Bett gehen, wenn man anfängt zu gähnen!", fluchte er vor sich hin. Nachdem er geduscht hatte und Gedanken in seinen Milchkaffee fallen ließ wurde seine Ruhe durch das Klingeln des Telefons unterbrochen. „Ja!", blaffte er das andere Ende am Telefon an. „Hier ist dein Traumprinz, ich werde heute wieder entlassen!", formulierte Niklas vorsichtig. „Was, ich verstehe nicht, du solltest doch diese Woche operiert werden, was ist los?", fragte Oli fassungslos. „Die OP muss auf übernächste Woche verschoben werden, keine Kapazitäten. Ich bin gegen zwölf Uhr wieder zu Hause", fuhr Niklas fort. Oliver fühlte sich erleichtert und fing sofort an gedankliche Pläne zu schmieden. „Traumhaft, dann haben wir ja noch ein paar Tage für uns, da ich ab Donnerstag Urlaub habe!", entgegnete er. Niklas begann zu schluchzen, was Oliver einen Moment völlig fassungslos machte. „Was ist denn mit dir?" „Du weißt ja, dass Oswald morgen von seiner Dienstreise zurückkommt und dann stehe ich bis übernächste Woche wieder unter totaler Überwachung!" In diesem Moment wurde Oliver klar in welchen Zwängen sich Niklas befand, er sagte dazu aber nichts. „Pass auf, ich habe eine Idee. Versuch deinem Freund doch klarzumachen, dass du vor der schweren Operation noch ein paar Tage ausspannen möchtest und begleite Valetta und mich nach Amsterdam. Sie hat ganz bestimmt nichts dagegen", schlug Oli vor. Niklas hörte auf zu weinen und fing sich langsam wieder: „Das hat wohl wenig Aussicht auf Erfolg, dass Dicki einwilligt, aber ich versuche es. Du, ich muss jetzt meine Sachen packen und fahre dann nach Hause, rufe dich heute Abend an, okay?" „Mehr als okay, ich freue mich auf heute Abend", beendete Oliver das Gespräch.

Oli schaute zur Uhr, die halb acht anzeigte. In seinem nicht zu bremsenden Enthusiasmus wählte er Valettas Nummer in der Schweiz. Es dauerte eine Ewigkeit bis er am anderen Ende der Leitung ein verschlafenes „Pronto" vernahm. „Hier ist Oli!", schrie er fast ins Telefon. „Idiot, weißt du wie spät es ist? Ich hatte gestern einen anstrengenden Job in Bern und wollte ausschlafen, wir sehen uns doch übermorgen in

Amsterdam oder kannst du nicht?", überschüttete ihn die Freundin vorwurfsvoll in einem deutlich italienisch gefärbten Deutsch, das um die Tageszeit noch nicht perfekt sein konnte. Oli musste wie immer darüber grinsen. „Doch, doch natürlich, ich komme aber wohl nicht allein!" „Mamamia …. nicht allein, wer kommt mit?", juchzte Valetta in die Muschel. „Ach ja, hatte ja ganz vergessen dir zu erzählen, dass ich Niklas wiedergefunden habe und jetzt hat er, wie es aussieht, ein paar Tage frei und könnte uns begleiten." sein Tonfall wurde dabei etwas vorsichtiger. Valetta stieß einen Freudenschrei aus. „Was, du hast ihn gefunden wieder, ja soll packen und mitkommen nach Amsterdam will kennen lernen ihn!", platzte es aus ihr heraus. In solchen Situationen warf sie ihre deutsche Grammatik über den Haufen, für sie zählte nur die Freude, die sie mit Oliver teilen wollte. „Ich rufe gleich Hotel an und bestelle noch Einzelzimmer für mich, dann habt ihr freie Bahn, ich gehe auch nicht auf eure Nerven!", gab sie überschwänglich zum Besten. Oliver war beseelt und bedankte sich überschwänglich bei der Schweizerin. Man vereinbarte, dass man am späten Abend noch einmal telefonieren wolle, um die Einzelheiten zu klären.

„Nun aber los", dachte Oliver als er erneut zur Uhr sah. Es war bereits kurz nach acht und er hatte in der Redaktion noch eine Menge zu erledigen bevor es nach Holland ging. Beate Rabe kam ins Büro und merkte sofort, dass Oliver aufgekratzter als sonst war. „Na, was ist Ihnen denn Wunderbares passiert heute Nacht?", fragte sie mit einem süffisanten Lächeln. „Gar nichts, erst heute Morgen. Wir fahren wahrscheinlich zusammen nach Amsterdam!", entgegnete ihr der Kollege freundlich. „Ach, das freut mich jetzt aber wirklich für Sie, dann haben Sie die Möglichkeit sich endlich mal ein wenig länger zu beschnuppern." „Wer wird hier beschnuppert, die neue Favoritlady von Herrn Lauenstein?", wollte Ortrud Saubermann wissen, die gerade mit einem Kaffee vorbeikam und natürlich wieder alles mitbekommen hatte. „Nein nein, es geht noch um die Spendenaffäre von neulich!", konterte Beate geistesgegenwärtig. „Ach so, ich dachte schon es gäbe wirkliche Neuigkeiten!" Sie entschwand mit einem blasierten Gesichtsausdruck. Oli und Beate sahen ihr kopfschüttelnd nach. „Nun aber mal Klartext!" forderte ihn die Kollegin auf und Oliver erzählte in allen Einzelheiten was passiert war.

Als er gegen neunzehn Uhr nach Hause kam fiel sein erster Blick auf den blinkenden Anrufbeantworter. „Niklas!", schoss es ihm durch den Kopf. Noch ehe er die Nachricht abhörte wählte er die inzwischen ihm bekannte Nummer. „Ja!", hörte er Niklas' Stimme zögerlich. „Hier ist Oliver, hast du mit deinem Freund gesprochen?", fragte er eine Spur zu fordernd. Oliver vernahm wieder leises Schluchzen und ahnte, was er jetzt gleich hören würde. „Oswald hat mich für verrückt erklärt, als ich ihn heute anrief und hat mir quasi verboten zu verreisen unter dem Vorwand, dass es viel zu anstrengend vor der Operation sei. Ich weiß nicht, was ich jetzt tun soll!", entgegnete Niklas mit tränenerstickter Stimme. „Scheiße!", stöhnte Oliver ins Telefon, „ich weiß jetzt auch nicht weiter … und wenn du einfach doch fährst?" „Dann schmeißt er mich raus und das Risiko kann ich mir zurzeit nicht leisten!", entgegnete Niklas jetzt ganz sachlich. „Es wäre ein so schöner Traum gewesen!" seufzten beide wie aus einem Munde. Die Unterhaltung wurde noch eine

Zeit lang fortgeführt, lebte aber doch von ausgebremstem Enthusiasmus und Enttäuschung. „Lass uns morgen weitersehen.", bat Niklas, „ich bin müde, muss mich darauf einstellen, dass Dicki morgen wiederkommt" Oliver verstand und legte den Hörer auf. Niedergeschlagen ließ er sich auf die Couch fallen und weinte …

Gegen einundzwanzig Uhr erwachte er. Brennend heiß fiel ihm ein, dass er Valetta noch wegen der Hotelbuchung anrufen musste. „Pronto?" „Hier ist Oliver, es bleibt wohl alles wie ursprünglich besprochen, du kannst das Einzelzimmer wieder abbestellen, ich reise allein!" „Also keine Grande Amore in Amsterdam, schade, wir werden eine gute Zeit dort haben zu zweit, versprochen!", versicherte die Schweizerin. Merkwürdigerweise fühlte sich Oli nach dem Gespräch besser. Er zog seine alte Reisetasche aus dem Kleiderschrank und fing an zu packen. Trotz des abendlichen Desasters kam leichte Zuversicht auf. „Na ja, die Hoffnung stirbt zuletzt.", dachte er.

Am nächsten Morgen erwachte Oliver bereits vor dem Klingeln des Weckers, was er als gutes Omen empfand. Nachdem er geduscht hatte und die restlichen Sachen in die Reisetasche gestopft hatte, verließ er eilig die Wohnung, um zehn Uhr noch Übergabe in der Redaktion mit Beate zu machen, die sein Ressort für die nächsten Tage übernehmen sollte. Nachdem beide Kollegen alles besprochen hatten herzte ihn Beate fast und wünschte ihm einen schönen Geburtstag in Amsterdam. „Ach ja … mein Geburtstag, morgen!", überkam es Oliver und er wurde leicht melancholisch. Er rief den Kollegen noch ein Tschüss zu und entschwand Richtung Parkplatz. Am Bahnhof hatte er Glück, fand im Parkhaus einen bezahlbaren Langzeitplatz. Plötzlich schaute er zur Uhr: „Noch eine halbe Stunde Zeit bis der Zug abfährt." Er steuerte geradewegs die nächste Telefonzelle an und wählte Niklas' Nummer. Da er sich ganz sicher sein konnte, dass Niklas allein war, lief Oliver also keine Gefahr. „Ja?", hörte ihn Oliver fragen. „Hier ist Oliver, ich wollte mich verabschieden, nehme dich in Gedanken mit nach Holland!", musste Oliver fast in den Hörer brüllen, da die Geräuschkulisse in der Bahnhofshalle einfach zu laut war. Vorbeigehende Reisende, die Fragmente von dem Gespräch mitbekamen schauten Oliver entgeistert an. Sich darüber Gedanken zu machen kam ihm nicht in den Sinn. Nachdem sich die beiden ausschweifend verabschiedet hatten sagte Niklas traurig: „Ich wäre so gern mitgekommen, vielleicht kann ich dich am Freitag um vierzehn Uhr zehn vom Bahnhof abholen, ich denke an dich!" Das Gespräch war beendet, katapultierte Oliver aber wieder in eine Stimmung, die ihm das Abreisen schwermachte. „Oder soll ich doch bleiben und morgen meinen Geburtstag mit Niklas verbringen?", dachte er. Aber wieder einmal war der Wunsch der Vater des Gedankens. Zumal er Niklas gegenüber seinen Geburtstag noch gar nicht erwähnt hatte. Missmutig ging er zum Bahnsteig und bestieg den Zug.

18. Valetta und Amsterdam

Der Regionalzug nach Hannover war übervoll und Oliver fand keinen Sitzplatz. Die Fahrt fing jetzt schon an, ihm auf die Nerven zu gehen. Gut, dass er im Interregio, der direkt nach Amsterdam fuhr, reserviert hatte. Auf dem Hauptbahnhof in Hannover funktionierte alles bestens. Der Zug war pünktlich, sein Sitzplatz war frei und er fing an ruhiger zu werden. Nachdem er seine Tasche verstaut hatte ließ er sich in seinen Sitz fallen. Oliver wollte seine Gedanken schweifen lassen, Pläne schmieden, eine Zukunft mit Niklas bauen. Er döste vor sich hin und fing an zu gähnen. Das Abteil, in dem sich sein Platz befand, war leer. Er brauchte mit niemandem Zwangskonversation betreiben, was ihm gefiel. Die wunderbarsten Gedanken schlichen sich in seinen Kopf, er konnte Niklas fast spüren, so nahe erschien ihm alles. Ein Lächeln zauberte sich auf sein Gesicht, dann schlief er ein.

Beim Halt in Hilversum erwachte er und war verwundert, dass er sich bereits in den Niederlanden befand. Oli schaute zur Uhr und stellte fest, dass er dreieinhalb Stunden geschlafen hatte. Angestrengt dachte er über seine eben erlebten Träume nach, dabei hatte er wieder und wieder das Gefühl, er könne Niklas riechen. Immer wieder machten sich zwei Bilder in seinem Kopf von seinem Traumprinzen breit: ein Niklas, der über seine Brille hinweg Oliver beobachtete und ein leicht irritierter Niklas, der vor lauter Staunen über Oliver gar nicht ganz bei sich war. Oliver lächelte und wusste in diesem Moment nicht recht, was diese Bilder zu bedeuten hatten und welcher Niklas ihm nun besser gefiel. Er blickte aus dem Abteilfenster und sah das Ortschild am Bahnsteig. Laut buchstabierte er vor sich hin: „H I L V E R S U M" und musste lachen. „Ach ja, hier also fand neunzehnhundertachtundfünfzig der *Grand Prix Eurovision de la Chanson* statt. Seit Jahren war Oli ein glühender Fan dieses Festivals. Ein Blick ins Zugbegleitblatt versicherte ihm, dass er in zwanzig Minuten in Amsterdam Centraal sein müsste, Freude aber auch ein leichtes Unbehagen kam auf. „Werde ich es wirklich zwei Tage so weit von Niklas entfernt aushalten?", zweifelte er.

Bereits von Weitem erkannte er Valetta, die ungeduldig auf dem Bahnsteig auf ihn wartete. „Caro mio, schön, dass du da bist!" Oliver kam gar nicht dazu etwas zu sagen. Sie drückte ihn an ihren weichen üppigen Busen und er genoss es, fühlte sich wohl, fühlte sich ein wenig zu hause. „Eine italienische La Mama steckt aber doch in dir!", flachste Oliver die Schweizerin an. Valetta lachte: „Seine Wurzeln kann man eben nicht verleugnen, was wollen wir machen?" „Erst mal mein Gepäck ins Hotel bringen und dann etwas essen." „Sehr gut, lass uns zum Damrak gehen, dort kenne ich das beste mexikanische Lokal der Welt, es wird dir gefallen!", entgegnete die Freundin.

Nachdem sie das Hotel *Golden Bear* erreicht hatten und über ein umständliches Treppensystem ihr Zimmer im Hinterhaus fanden packte Oliver seine Tasche aus, sprang unter die Dusche. Valetta setzte sich an den altmodischen Frisiertisch und begann Kriegsbemalung aufzulegen. „Du bist doch naturschön, warum all die Farbe in deinem Gesicht?", fragte Oliver, der nur mit einem Handtuch um die Hüfte noch tropfend neben ihr stand. „Lieber Freund, ich bin auch schon neununddreißig und nichts hält ewig!", blaffte sie ihn an, während sie versuchte sich falsche Wimpern zu kleben, was Oliver überhaupt nicht gefiel. Er mochte ungeschminkte Frauen einfach lieber als aufgepeppte Modepuppen. Für seinen Geschmack war Valetta perfekt, sie hatte zwar nie den Traumprinzen gefunden, schien aber die Hoffnung nicht aufzugeben. „Obwohl", dachte er vorsichtig, „doch doch, ein wenig muss sie schon aufpassen, dass sie nicht doch eines Tages die Schlacht gegen die Pfunde verliert und zur Kartoffel auf Streichhölzern mutiert." Sein breites Grinsen dabei nahm Valetta nicht wahr, da ihr gerade Klebstoff ins Auge gelaufen war und sie nervös nach irgendwelchen Pads suchte. „Wir geben schon ein merkwürdiges Paar ab, ein Schwuler und eine südliche Schönheit!" hörte sich Oliver sagen. „Was hast du, ist doch alles okay mit uns, sogar das Hotel ist mehr als nur gayfriendly", entgegnete die Schweizerin. „Ja, das musst du mir noch mal erklären, wie du es als Frau geschafft hast für uns eine schwule Herberge zu buchen!" „Ganz einfach, die Holländer sind tolerant und weltoffen, was ist daran schwierig?", erklärte sie, während sie wieder sehen konnte und mit dem, was sie im Spiegel sah, zufrieden schien. „Wollte nur sagen, dass du perfekt bist, du hast an alles gedacht, was uns die Zeit hier so angenehm wie möglich macht!", hielt Oli entgegen. „Bist du trocken und fertig? Dann lass uns gehen, ich habe Hunger!", forderte Valetta ihn auf.

Wenig später saßen sie in dem gemütlichen mexikanischen Restaurant am Damrak. Valetta wollte nun alles in allen Einzelheiten wissen was in den letzten Wochen passiert war. Oliver war mehr nach genießen und schweigen und wollte seine Gedanken nach Goslar reisen lassen, wo jetzt Niklas den Torturen eines Oswald Brummers ausgesetzt war. „Ob ich hier mal telefonieren kann?", fragte er Valetta. „Du willst ihn doch jetzt wohl nicht anrufen und in eine vielleicht völlig unpassende Situation hineinplatzen!", fauchte ihn die Schweizerin an. „Ich dachte ja nur …" „Nichts da, ich will jetzt alles wissen, haarklein!" Die Freundin blieb hartnäckig und Oliver erzählte und fand mehr und mehr Gefallen an seinen Ausführungen. „Oh Gott, du bist verliebt bis über beide Ohren", stöhnte Valetta, „aber gut so, endlich, so etwas würde ich auch gern mal erleben." „Kommt Zeit, kommt Rat, kommt der Richtige!", frotzelte Oliver. Sie war über seinen Tonfall ein wenig verärgert und ließ es ihn mit einem herablassenden Blick deutlich spüren. Oli begriff sofort: „So war das nicht gemeint, du bist liebenswert, solltest aber auch anfangen weniger auf deine Karriere zu schielen und mehr an dich denken." „Hast ja Recht, ich arbeite zu viel und die paar Affären, die man sich zwischendurch gönnt, sind nicht alles. Ab und zu wähle ich mal so eine internationale Dating-Hotline, alles ziemlich chaotisch. Manchmal geht sogar was!", grinste sie ihren Freund verschmitzt an. „Was geht?", forderte jetzt Oliver mit entblödetem Gesichtsausdruck ein. „Na ja, neulich war da ein Typ, ich glaube aus Stuttgart, auf der Durchreise in Zürich und in mir …": kokettierte sie. „In dir?", fragte Oli als hätte er sich verhört. „Ja, als er vor der Wohnungstür stand, wusste ich sofort, dass da was geht. Er war noch gar nicht ganz drin, da rissen wir uns schon die Klamotten runter, bis ins Schlafzimmer haben wir es gar nicht geschafft, die erste Runde lief auf dem Teppich im Korridor.", berichtete sie mit funkelnden Augen als sei es eben gerade passiert. „Und dann?", fragte Oliver zögerlich. Valetta ließ sich einen Augenblick Zeit mit der Antwort, ihr wurde wohl gerade bewusst, was sie geschildert hatte. „Dann fragte er mich, ob er mal telefonieren dürfe, ich dachte klar kann er, dachte er sagt jetzt sein Hotel ab und bleibt …": seufzte sie; „nichts da, als ich im Bad war hörte ich, dass er mit seiner Frau spricht und Liebesschwüre ablässt und blablabla, habe dann kurzerhand seine Sachen genommen und vor die Wohnungstür geschmissen. Er schrie mich an, was mir einfallen würde. Ich sagte ihm nur noch, dass er ja wohl wisse, wo der Zimmermann das Loch gelassen hätte. Er musste sich dann in Unterhosen im Hausflur anziehen, hinterher habe ich Tränen gelacht über dieses Arschloch." Olis Augen funkelten. „Hätte dir so viel Temperament gar nicht zugetraut!" „Na ja, eben Italo-Schweizerin, aber so etwas suche ich wirklich nicht, einen der mir vorgaukelt seine Ehe sei kaputt und dann das!", empörte sie sich. „Nee nee, du hast was Anderes verdient!", warf Oliver ein. „Ich weiß nicht, was ich will diesbezüglich, für Kinder bin ich zu alt und den Job reduzieren und mich an einen Mann hängen ist nicht mein Ding!", bei diesen Worten klang ihre Stimme fast zerbrechlich. „Aber wieder zu dir, wie soll es jetzt weitergehen mit Niklas und dir?", warf sie ein. Valetta hatte keine Lust mehr ihr doch eher unbefriedigtes Sexualleben weiter auszubreiten. „Ich weiß es noch nicht, das wird noch ein steiniger Weg, bin mir zwar sicher, dass ich ihn will und hoffe er empfindet auch so, aber sicher kann ich nach so kurzer Zeit noch nicht sein." Das verstand die Freundin, denn wenn sie etwas an Oliver liebte war es seine Sensibilität von der er allerdings manchmal zu viel hatte und sich selbst im Wege stand. „Warte jetzt erst mal die OP ab und dann mach vorsichtig weitere Schritte, im Augenblick scheint vieles durcheinander bei dir, aber es ist schön, dich verliebt zu erleben!", entgegnete die Schweizerin.

Der Rest des Abends verlief sehr harmonisch. Gegen Mitternacht machte die Kellnerin gähnend darauf aufmerksam, dass das Restaurant jetzt schließt. Oli und Valetta hatten gar nicht bemerkt, dass sie die letzten Gäste waren. Oliver bezahlte, Arm in Arm verließen beide das Lokal. Auf der Straße gab Valetta Oli einen dicken Kuss auf den Mund. „Wofür?", fragte er irritiert. „Herzlichen Glückwunsch zu deinem neununddreißigsten Geburtstag!", sah sie ihn strahlend an. Der Abend verlief so kurzweilig, dass Oliver an seinen Ehrentag gar nicht mehr gedacht hatte. „Lass uns noch anstoßen", schlug er vor. Am Waterlooplaan landeten sie in einer superlauten Disco. „Okay, ein Drink!", meinte Valetta, „morgen ist auch noch ein Tag". Sie hatten bald genug von dem Geräuschpegel und verließen den Laden genauso schnell wie sie ihn betreten hatten. Der Weg zum Hotel war nicht weit, eingehakt schlenderten sie durch Amsterdams Nacht. Im Hotel fielen sie sofort ins Bett. Valetta schnarchte bereits nach wenigen Minuten. Oli lag noch lange wach und überlegte, ob er wohl noch anrufen könne …

Am nächsten Morgen war Sightseeing angesagt: Madame Tussaud, Nieuve Kerk, Vondelpark und und und. Oliver musste sehr schnell feststellen, dass seine Freundin viel zu viele Programmpunkte geplant hatte. Bereits gegen Mittag stellten sich erste Ermüdungserscheinungen ein. Die warme Julisonne lud zu einem Imbiss und einem kühlen Hellen in einem Straßencafé in der Herrengracht ein. „Sono molto rotto!", gab Oli nur noch von sich als er sich auf den Bistrostuhl fallen ließ. Valletta lachte: „Oh du sprichst italienisch, tut mir leid, dass ich dich überall hin schleife, aber die Stadt ist so lebendig!" „Vor allem im toten Wachsfigurenkabinett …", lächelte Oliver. „Komm, wer hat schon ein Bild von sich zusammen mit Königin Beatrix." Sie hielt dabei stolz das Foto hoch, das während des Rundgangs durch Madame Tussauds Museum gemacht wurde. „Stimmt!", gestand Oliver. Jetzt saßen beide in der Mittagssonne und ließen ihren Gedanken freien Lauf. „Ein wenig Siesta", dachte Valetta. Auf der anderen Seite der Gracht entdeckte Oliver plötzlich einen Secondhandladen für Schallplatten. Wie von der Tarantel gestochen sprang er auf und zog Valetta mit sich. „Komm, lass uns da drüben mal in den Laden gehen, ich suche doch immer noch alte Platten von Gardy Moos, die in den siebziger Jahren auch in Belgien, Frankreich und Holland ein Star war!" Valetta kannte Olivers Leidenschaft für in die Jahre gekommene Diseusen nur zu gut. Bereitwillig ließ sie sich mitziehen. Im gegenüberliegenden Laden mussten sie schnell feststellen, dass Oliver Lauenstein auch hier wieder einmal vergeblich fragte. Eine freundliche ältere Frau meinte nur: "Ik weet niet te Gardy Moos." Soviel verstand Oli nun auch, also wieder mal Fehlanzeige.

Den Nachmittag verbrachten beide im Vondelpark. Stundenlang schlenderten sie über die Kieswege und genossen die grüne Lunge inmitten der Metropole. So lebendig an Gesprächen der gestrige Abend war, so still verlief der Nachmittag zwischen den beiden. „Lass uns ins Hotel zurückgehen und ein wenig ruhen vor dem Abendessen!", bat Oliver die Freundin. Sie willigte ein, meinte aber, dass sie noch ein paar Mitbringsel besorgen wolle. Die Wege trennten sich. Oliver kam auf dem Weg zum *Golden Bear* an einem Blumenstand vorbei und kaufte eine rote Rose. „Herzlichen Glückwunsch zu deinem Geburtstag!", murmelte er vor sich hin. In diesem Moment wünschte er sich, dass die Blume von Niklas wäre, der rote Blumen liebte. Als er im Hotel ankam fiel er aufs Bett und schlief ein.

Als Oli erwachte sah er Valetta wieder am Frisiertisch sitzen und das Styling ihres Gesichtes für den Abend vorzubereiten. „Guten Morgen, der Herr, haben Sie gut geschlafen?", fragte die Schweizerin freundlich. „Oh ja und wunderbar geträumt." Valetta runzelte die Stirn. „Ich kann mir denken, wer deine Träume begleitet hat, aber nun zum Abendprogramm. In der Kalverstraat gibt es einen guten Italiener, da sollten wir nachher hingehen!" Sie wollte erst gar keine Melancholie aufkommen lassen. Oliver döste noch ein wenig vor sich hin bevor er aufstand und sich anzog. Valetta war unterdessen fertig mit ihrer erneuten Kriegsbemalung für den Abend. „So, dann lass uns starten, nur heute bitte nicht so lang wie gestern, ich muss ja morgen sehr früh aufstehen, mein Zug geht bereits um acht Uhr!", bat Oli. „Schon gut, wir werden schön essen und dann sind wir gegen elf auch wieder hier, dann kannst du ausschlafen!", hörte er seine Freundin sagen. Gutgelaunt verließen sie das Hotel und steuerten das ausgesuchte Restaurant an. Der Abend verlief äußerst harmonisch. Oliver hatte sogar Momente ohne Gedanken an Niklas, was ihn immer wieder erschreckte. Valetta redete wie ein Wasserfall und mit jedem Glas Chianti schneller. Ab und zu hatte er Probleme ihrem Redeschwall zu folgen. „Ist schon oder trotzdem eine großartige Frau, wie sie das alles allein schafft sich in dieser Medienwelt zu behaupten!", dachte er. Valetta redete an diesem Abend viel über sich. Oliver verstand nicht alles, dafür war ihm die Schweizer Kulturszene doch zu fremd. *„Takito?",* fragte er plötzlich laut. „Ja, die Sendung im Schweizer Fernsehen mit Sandra Studer, die ich redaktionell betreue, hat Super-Quoten, habe gehört, dass die ARD inzwischen sogar auf die Moderatorin aufmerksam geworden ist. Wäre für mich sogar eine Möglichkeit endlich in Deutschland arbeiten zu können!", erzählte sie enthusiastisch. „Na dann drücke ich mal alle Daumen!", entgegnete er. Gegen zweiundzwanzig Uhr verließen beide das Lokal. Auf dem Heimweg hörten sie von fern einen Akkordeonspieler, der einen Shanty zum Besten gab. Gerührt blieben die Freunde am Rand der Gracht stehen und lauschten den Tönen. „Ach, wenn ich das mit Niklas erleben könnte, die Musik, die Lichter der Stadt, die sich im Wasser spiegeln, herrlich!", seufzte Niklas laut. „Ich merke schon, deinen Traumprinzen kann ich dir nicht ersetzen!", lächelte ihn Valetta an. Kurz darauf fanden sie sich im Hotelzimmer wieder. Oliver duschte und schlüpfte ins Bett. Valetta takelte sich ab. „Merkwürdig!", dachte er etwas später, „eine ganz andere Frau, die hier neben mir liegt." In diesem Moment fiel ihm auf, dass er die Schweizerin noch nie ungeschminkt wahrgenommen hatte. Das Ergebnis gefiel ihm. „War schön mit uns hier in Amsterdam, du hast sicherlich Verständnis, dass ich morgen nicht so früh aufstehe und dich zum Bahnhof begleite, aber halte mich bitte auf dem Laufenden mit euch, schlaf schön!", mit diesen Worten gab ihm die Freundin einen Kuss auf die Wange und entschlummerte. Wieder fand Oliver, trotz der Erschöpfung des Tages, nicht sofort in den Schlaf, was auch dieses Mal nicht am leisen neben ihm liegenden Schnarchen lag. „Ob er morgen wirklich am Bahnhof auf mich wartet ..."

19. Aufruhr in der Fußgängerzone

Gegen halb sieben stand Oliver auf und freute sich, zurück nach Goslar fahren zu können. Leise ging er ins Bad, duschte und packte anschließend seine Sachen. Nachdem er noch einen kurzen schriftlichen Dank an seine Freundin geschrieben hatte machte er sich auf den Weg zum Bahnhof. Der Interregio war fast menschenleer, was ihm sehr entgegenkam. Er hatte wieder ein Abteil ganz für sich allein. Sehnsüchtig blickte er aus dem Abteilfenster: „Bye bye Amsterdam, du warst eine schöne Episode!", dachte er. Ihm fiel wieder ein, dass der Zug in zwanzig Minuten in Hilversum sein musste, das wollte er unbedingt noch erleben, danach plante er die Reise zu verschlafen. Kurz vor halb neun hielt der Zug in der *Grand-Prix-Stadt*, wie Oliver sie bezeichnete. Er musste grinsen, was hätte seine alte Bekannte Christina, die in einem Drogeriemarkt ihr Dasein an der Kasse fristete, dafür gegeben sich einmal, und sei es noch so kurz, auf historischem Eurovisionsterrain zu bewegen. Sie orientiere sich mit ihren Urlauben oft dorthin, wo das jährliche Musikfestival stattgefunden hatte und war überglücklich einmal das *Spectrum* in Oslo oder das *Tivoli* in Kopenhagen betreten oder berühren zu können. „Eigentlich eine piefige Kleinstadt!", dachte Oliver als er in den Bahnhof einfuhr. Wenig später setzte sich der Zug wieder in Bewegung und er sank auf seinem Sitz zusammen. Kurz hinter Minden erwachte er. „Gott lob, gleich sind wir in Hannover, hoffentlich ist die Regionalbahn nicht wieder so voll wie am Mittwoch!", fiel ihm ein. Kurz vor Eins hielt die Bahn pünktlich auf dem Hauptbahnhof von Hannover. Die Umsteigezeit war relativ kurz, er musste sich also beeilen. Zum Glück hielt dieses Mal die Bahn nach Goslar am gegenüberliegenden Bahnsteig und trotz Freitagmittag waren die Wagen nicht so voll. Die Fahrt verlief also viel entspannter als vor zwei Tagen. Mit fünf Minuten Verspätung, die in Oliver Unbehagen und Angst auslösten, erreichte der Zug den Bahnhof in Goslar. Bereits durch das Fenster konnte Oliver Niklas erkennen. Sein Herz machte Freudensprünge. Er drängelte sich zur Tür, sprang aus dem Zug und lief direkt in die Arme seines Traumprinzen. Als wären sie allein auf der Welt küssten und umarmten sich beide. „Ich habe dich so vermisst!", seufzte Oli laut. „Du hast mir so gefehlt!", ächzte Niklas und küsste ihn erneut. Ein alter Mann mit Krückstock der vorbeiging erhob diesen und drohte den beiden: „Bei Adolf hätte es so was nicht gegeben, schämt ihr warmen Brüder euch nicht in aller Öffentlichkeit!" Normalerweise reagierte Oliver aggressiv und mit Widerstand auf solche Parolen, heute zeigte er dem Alten nur einen Vogel, was diesen noch weiter aufstachelte: „Einsperren sollte man so was wie euch, ihr Schwanzlutscher!". „Komm, lass uns verschwinden, ich vergesse mich sonst wirklich noch!", forderte Oliver Niklas auf. Hand in Hand rannten sie zum Parkplatz.

Kurz darauf fanden sie sich vor Niklas' Fiat wieder. „Und nun?", fragte Oli zaghaft. „Ich muss nach Hause, Oswald glaubt mir nicht, dass ich heute länger in Göttingen bin!" Bei diesen Worten rang Oliver mit Tränen. „Wie, du setzt in dieser Zeit die Ausbildung fort?", fragte er mit erstickter Stimme. „Was soll ich machen, mich ausschließlich unter Dickis Fuchtel stellen, da nehme ich mir lieber halbtägige Auszeiten und arbeite weiter!", antwortete er bestimmt. Oli weinte leise vor sich hin. Niklas umarmte ihn und versuchte

ihn zu beruhigen, ihm war aber selbst flau in der Magengegend. „Vielleicht geht am Sonntagvormittag was, da geht
Oswald zu einem Geburtstagsempfang von Kunden." „Das
ist noch so lange hin!", grämte Oli sich. Es half nichts, die
beiden mussten sich jetzt erst einmal trennen. Nach weiterer
Umarmungen trottete Oliver ins Parkhaus. Aus seinem Fiat
heraus warf Niklas ihm einen verklärten und traurigen Blick
zu, winkte und fuhr ab.

Als Oli seine Wohnung betrat fühlte er sich hundeelend.
Plötzlich wurde ihm richtig schlecht, er rannte ins Badezimmer und erbrach sich über der Toilettenschüssel. In diesem
Moment fiel ihm ein, dass er den ganzen Tag noch nichts
gegessen hatte, verspürte aber trotzdem keinen Hunger. Minutenlang ließ er den Wasserhahn laufen und kühlte immer
wieder sein Gesicht, das brannte. „Was nun?", fragte er sich.
Sein Blick fiel auf den Anrufbeantworter, der eine fünfund-
zwanzig anzeigte. Wie in Trance drückte er die Wiedergabe-
taste und hörte sich die Glückwünsche zu seinem Geburtstag an. „Alles liebe Menschen!", sinnierte Oliver, „Wirkliche
Freunde!" Dankbarkeit darüber kam aber nicht auf.

Obwohl der Freitag, nach Olivers Empfinden, wie ein Griff
ins Klo, war wachte er am Samstagmorgen relativ ausge-
schlafen und entspannt auf. Ohne einen Plan zu haben verließ er die Wohnung und gönnte sich im Café Muckefuck ein
Frühstück. Danach wollte er einkaufen, hatte aber keine Ahnung, was er einkaufen sollte. Im geschäftigen Treiben auf
der Fischemäkerstraße fiel sein Blick plötzlich auf Niklas.

Beide erschraken als sie fast unmittelbar voreinander standen und wurden bleich. Niklas war nicht allein, der dicke Brummer watschelte neben ihm. „Ist was!", ranzte ihn Oswald an. „Nein, ich dachte ich hätte einen Kollegen aus Göttingen gesehen!", log Niklas seinen Freund an. Oliver beschleunigte seine Schritte und fing an zu rennen, fiel fast über einen Kinderwagen. „Weg, weg, weg!", dachte er. In Brummer, der die Situation bemerkt hatte, kam ein Verdacht auf....

Nachdem Oliver stundenlang unterwegs war fand er sich gegen fünfzehn Uhr in seiner Wohnung wieder. In seinem Kopf herrschte ein völliges Durcheinander. Ihm wurde aber plötzlich klar worauf er sich eingelassen hatte. „So wie die beiden durch die Stadt spazieren, macht es den Eindruck, dass es doch ein Band zwischen Niklas und Oswald gibt!", dachte er und wählte Alex' Nummer. „Wie wars in Holland?", fragte Alex, „Ich weiß es nicht mehr!", gab Oli zu verstehen. „Und dein Geburtstag, Glückwunsch übrigens noch!" „Weiß ich auch nicht.", gab er eintönig zurück. „Was ist denn los mit dir?", wollte Alex jetzt endlich wissen. Oliver erzählte die Geschehnisse des Vormittages aus der Fußgängerzone. Alex wurde leicht ironisch. „Ja ja, die alte Frau Brummer und ihr jugendlicher Liebhaber!", spöttelte er. Unweigerlich musste Oliver lachen, wie immer, wenn Alex oft pikante Situationen ins Lächerliche zog. Alex hegte seit einigen Tagen einen gewissen Argwohn gegen dieses Gespann Stolzer/Brummer, war aber nicht in der Lage das konkret an etwas festzumachen. Außerdem wollte er den verliebten Freund noch nicht unnötig belasten. „Hast du heute noch etwas vor?", wollte Oli wissen. „Sitze noch am Schreibtisch,

wird sich bis zum Abend hinziehen, aber dann steht nichts
an oder ab!", witzelte Alex. Beide verabredeten sich für den
Abend.

20. Liebe am Vormittag

„Der gestrige Abend hat gutgetan!", dachte Oliver als er erwachte. Alex und er hatten zwar keinen konkreten Plan wie die Geschichte mit Niklas weitergehen sollte, aber es tat gut darüber zu reden. Ein Lächeln machte sich auf seinem Gesicht breit als er an seinen Traumprinzen dachte. Gegen zehn Uhr wollte sich Niklas melden.

Oliver stand auf, duschte und warf die Kaffeemaschine an. Er sah sich in seiner Wohnung um und es gefiel ihm, was er sah. Alles war sauber und aufgeräumt. „Das wird Niklas gefallen!", mutmaßte er und war glücklich über die kommenden Stunden.

Pünktlich um zehn läutete das Telefon. „Hallo, hier ist Niklas, wie geht es dir?" fragte er in seiner inzwischen bekannten zurückhaltenden Art. „Jetzt bin ich glücklich nach dem gestrigen Vormittag!", säuselte Oli zurück. „Wir sprechen nachher darüber!", entgegnete Niklas. Oliver stieß fast einen Freudenschrei aus: „Schön, wann bist du hier?" „Ich werde in zirka fünfzehn Minuten aufbrechen, dann ist Oswald weg und es lauert keine Gefahr mehr!", versicherte er. „Okay, dann bis gleich, ich freue mich so!", kam als Antwort. Obwohl alles bereits inspiziert war, ging Oliver nochmals durch die Wohnung und versicherte sich zum zweiten Mal.

Gegen halb elf betrat Niklas Olivers Appartement. Sie lagen sich minutenlang in den Armen und küssten sich. Plötzlich sagte Oliver: „Lass uns auf den Balkon gehen und ein bisschen reden. Mir liegt die Begegnung gestern noch etwas im Magen." Behutsam griff er Niklas' Hand und führte ihn ins Freie. Mit einem lang gezogenen „Ja" begann Niklas das Gespräch. „Ich habe mich erschrocken, als ich dich gestern sah, wollte auf dich zulaufen, dich umarmen, küssen, war von einer Sekunde auf die andere glücklich und habe dabei vergessen, dass Oswald neben mir ging!", formulierte Niklas unbeholfen. Oli merkte, dass die Hand, die er hielt, sichtlich merklich feucht wurde und wieder ereilte ihn dieser Gedanke, dass Niklas in seiner Situation unglücklich ist. „Mir ging es nicht anders, ich hatte eine solche Panikattacke, wäre fast auf euch zugegangen und hätte Herrn Brummer gefragt, was er hier mit meinem Freund mache!" Niklas streichelte ihm über die Wange. „Das ist momentan die Realität, ich hätte es gern anders, das musst du mir glauben!", sagte Niklas leise. „Ich weiß, BALD, BALD; BALD, aber wann ist BALD!", stellte Oli ungläubig schauend in den Raum. Niklas lächelte: „Ach ja, das Lied auf deiner Kassette!" „Nein, bleib ernst bitte, ich meine es wirklich ernst. Glaubst du, wir haben eine Chance? Und wie gehen wir zukünftig mit diesen Situationen um? Es darf nicht sein, dass ich in diesem Moment gestern quasi die Kontrolle über mich verliere!", durchbrach Olivers Stimme die Atmosphäre eine Spur zu laut. Niklas zuckte leicht zusammen und entzog Oliver seine Hand. „Gib mir bitte Zeit bis nach der Operation und der Reha, ich kann jetzt keine Entscheidungen treffen, ich weiß nur eines, dass ich dich liebe!" In diesem Moment blickte Oli in stahlblaue Augen und hätte alles gewähren lassen. Ab und zu schaute Niklas unauffällig auf seine Uhr, was Oli aber nicht entging. Trotzdem setzten sie die Unterhaltung fort. Streckenweise kam sogar eine leichte und humorige Stimmung auf, was für die Situation sehr dienlich war. Gegen halb zwölf fragte Oli, ob Niklas einen Kaffee möchte. „Was soll denn jetzt noch der blöde Kaffee, die ganze Zeit ist schon fast verplempert!", dachte er. „Ich möchte jetzt lieber dich und das ganz intensiv!", erwiderte er zärtlich. Im Nu lagen sich beide wieder in den Armen. Die Vormittagssonne, die kurz darauf durch die Lamellen der Jalousie des Schlafzimmers auf das Bett mit den beiden nackten und eng umschlungenen Körpern fiel warf Schatten in Streifen …

21. Bühne frei für Cornelia Blühmchen

Die folgende Woche wurde von Arbeit in der Redaktion beherrscht. Beate Rabe musste ihren Urlaub verschieben, da Ortrud Saubermann es vorzog ihre Sommergrippe zu nehmen. „War klar, Viola-Kristin hat Sommerferien und das Internat schickt alle Kinder nach Hause. Madame ist hoffnungslos überfordert mit ihrer Tochter!", fauchte Beate durchs Büro. Jeder im Betrieb wusste, wer gemeint war. Ortrud Saubermann war zwar immer und überall dabei, aber die Arbeit hatte sie nicht erfunden. Wahrscheinlich soufflierte ihr der Zahnarztgatte Hans-Werner sehr genau, was und wann sie zu tun und zu lassen hatte. Und jetzt waren eben Sommerferien und das Kind musste ja betreut werden, bevor es in den wohlverdienten Urlaub nach Cap d'Antibes ging, wo man natürlich einen Sommersitz besaß. Während Oliver sich mit Beate über die Gouvernante ereiferte betrat Hedwig Wang das Büro. In ihrem Gefolge hatte sie ein junges schüchtern wirkendes Mädchen, die als Cornelia Blühmchen vorgestellt wurde. Wenn Ortrud Saubermann als Gouvernante bezeichnet wurde musste man Frau Wang als Oberlehrerin bezeichnen. Sie war seit Jahren die Sekretärin des Chefredakteurs und der Typ Mensch „Ohne mich geht es nicht!". Ihren merkwürdigen Nachnamen hatte sie sich bei einem Chinesen erheiratet. Hedwig wusste generell alles besser und ermahnte sämtliche Kollegen ständig richtlinienkonform zu arbeiten. Im Gegensatz zu Ortrud konnte man ihr nicht nachsagen, dass sie die Arbeit nicht erfunden hätte. „Tüchtig ist sie ja, aber mein Fall ist diese Kuh nicht!", seufzte Beate oft, wenn sie wieder mal Material und Aufträge aus der Chefetage erhielt, was die Wang ihr immer mit

den Worten : „Der Chef bittet um zeitnahe Erledigung!"
übergab.

Hedwig Wang stellte das Mädchen als neue Praktikantin
vor und wies Oliver und Beate an, sich ihrer anzunehmen
und ihr erst mal die Grundbegriffe des Journalismus beizu-
bringen. Als die Sekretärin den Raum verließ meinte sie
noch herablassend: „Wollen wir es mal mit ihr versuchen!"
und eilte von dannen. „Sie kommen gerade richtig, Fräulein
Blühmchen!", lächelte Oliver sie freundlich an. „Frau
Blühmchen bitte! Ich nenne Sie ja auch nicht Herrchen Lauenstein oder sind Sie verheiratet?" Mit diesen relativ har-
schen Worten setzte Cornelia gleich eine Duftmarke. „Eins
zu null für Sie, Frau Blühmchen!", äußerte sich Beate Rabe
und klatschte dabei fast in die Hände. „Tut mir leid!",
meinte Oliver etwas duckmäuserisch. „Schön, dass Sie da
sind, eine Kollegin ist krank geworden und Frau Rabe wollte
eigentlich in den Urlaub. Am PC können Sie doch sicherlich
schreiben, oder …?", wollte Oliver Lauenstein wissen. „Kein
Problem, haben Sie denn etwas für mich?" Beate schaltete
sich sogleich ein und ermunterte die Neue: „Herr Lauenstein hat hier Notizen gemacht zu Bildern einer Kunstaus-
stellung, die in der Kaiserpfalz gerade stattfindet. Rufen Sie
doch mal unseren Fotografen Frank Franke an, wie weit er
mit den Bildern ist. Dann können Sie die Aufzeichnungen
von Oliver mit den Bildern abgleichen. Vielleicht fällt Ihnen
ja auch noch etwas dazu ein, scheuen Sie sich nicht, ach ja,
Franks Nummer ist dreimal die sieben!" „Sie können den
Schreibtisch mir gegenüber nehmen!", komplettierte Oliver
die Anweisungen. Sogleich griff Cornelia nach den Papier-
blättern und nahm auf dem Schreibtischstuhl Platz. Sie hatte

zunächst Mühe Olivers Schrift zu entziffern, wollte aber auch nicht permanent nachfragen. Langsam gewöhnte sie sich an die Klaue. Ihr gefielen die Gedanken, die sich Herr Lauenstein gemacht hatte und sie war gespannt, was für Fotos sie nachher dazu zu sehen bekommen sollte. Eine Stunde später rief sie Frank Franke an. „Guten Tag, Blühmchen am Apparat, Sie haben kürzlich Fotos in der Kaiserpfalz gemacht, ich rufe aus der Lokalredaktion an und soll mich jetzt um die Untertitelung kümmern, sind diese abholbereit?", erkundigte sie sich souverän. „Seit gestern Abend warte ich darauf, dass jemand den Scheiß abholt!", blaffte sie der Fotograf an. „Ja, nun bleiben Sie mal gelassen, ich komme gleich rüber und hole die Bilder ab!", konterte Cornelia und legte auf. „Können Sie mir sagen, wo ich Herrn Franke hier im Haus finde?", fragte sie die Kollegen. Beate beschrieb ihr den Weg und meinte noch: „Machen Sie sich nichts draus, der ist ein Kotzbrocken!" „Bin schon mit ganz anderen fertig geworden!", grinste sie Cornelia an. Als sie den Raum verlassen hatte sahen sich Oliver und Beate an. Wie aus einem Munde meinten beide: „Donnerwetter, die weiß aber was sie will!" Die Kollegen mussten lachen. „Sieht aus wie vom Lande, da kann man bestimmt noch was draus machen, aber sie hat Biss!", stellte Oliver beeindruckt fest. Beate fand, dass die Neue etwas Liebenswürdiges hat. „Liebenswürdig würde ich das nicht nennen!", runzelte Oliver die Stirn, aber er bestätigte seiner Kollegin, dass er das Blümchen, wie er sie schon gedanklich nannte, für jemanden mit Potenzial hielt. „Ich bin mal auf ihre erste Arbeit gespannt!", gab Beate ehrlich zu. „So jetzt widme ich mich mal den Faxeingängen von Frau Saubermann, dürfte ja nicht so viel sein"! meinte sie grinsend und ging schnellen Schrittes aus dem Büro.

Kurz darauf erschien Cornelia mit der Fotomappe unterm Arm. Sie hatte einen so leisen Schritt, dass Oliver sie erst bemerkte als sie wieder an ihrem Schreibtisch saß.

Wortlos machte sie sich an die Arbeit. Einige Minuten später sah Oliver von seinem Text auf und fragte: „Na, kommen Sie zurecht?" „Ich glaube ja, Sie haben sehr gute Anmerkungen zu den Bildern und Skulpturen gemacht, Kunst ist zwar nicht unbedingt mein Steckenpferd, aber ich kann mir eine Menge darunter vorstellen, wie Sie schreiben und was Sie meinen." Oliver fühlte sich geschmeichelt und sah etwas weltvergessen aus dem Fenster. „So viel gelingt zurzeit … Niklas, das Outing bei den Eltern, wahrscheinlich eine neue nette Kollegin … es läuft fast alles zu gut!", dachte er während sich sein Gesichtsausdruck leicht verklärte. Frau Blühmchen war so in ihre Arbeit vertieft, dass sie das nicht bemerkte. Oliver kam wieder zu sich und widmete sich erneut seinem Text. Gegen siebzehn Uhr fragte er sie, wann sie denn gehen wolle. „Ich würde gern die Zuordnung heute noch fertigmachen!", entgegnete die Praktikantin. „Das wäre toll, dann schaue ich mir das morgen früh an und wir geben dann alles in die Redaktionssitzung!", freute er sich. Zwei Stunden später machten sich beide auf den Heimweg. Auf dem Mitarbeiterparkplatz fragte er Cornelia, wie sie denn nach Hause komme. „Ich fahre ausschließlich Fahrrad, wohne Sudmerberg, das sind nur fünfzehn Minuten von hier. Muss mich jetzt sputen, Kriemhild wartet schon mit dem Abendessen!", entgegnete sie und fuhr davon. „Sie lebt mit Kriemhild!", dachte Oliver und lachte. Der Name kam ihm vor wie ein Relikt aus grauer Vorzeit. Im Auto ging ihm der Name nicht aus dem Kopf. „Kriemhild, Kriemhild, Kriemhild", sagte er immer wieder laut vor sich hin.

Als er in seiner Wohnung ankam hatte Niklas schon dreimal angerufen. Die Bandaufzeichnung klang nicht gut: „Hier ist Niklas, ruf mich bitte an. Wenn du zurückruft lass es erst dreimal klingeln, leg wieder auf und ruf noch einmal an, ich weiß nicht, ob Oswald da ist." Oliver wählte die Nummer und folgte den Anweisungen. Beim zweiten Anruf nahm niemand ab. Er drückte immer wieder die Wiederwahltaste, hörte aber nichts weiter als das Freizeichen. Beunruhigt lief Oliver auf und ab, setzte sich auf den Balkon und rauchte eine Zigarette. „Was ist denn da los, doch eine Knall-auf-Fall-OP oder hat Brummer Wind bekommen ....?" Unruhige und verrückte Gedanken eilten durch sein Gehirn. Er versuchte erneut eine Verbindung zu bekommen, aber jetzt war der Anschluss tot. „Oh Gott, die sind sich zu Hause an die Gurgel gegangen und Brummer hat Niklas' Telefonanschuss rausgerissen!" Kurzerhand griff er nach seinem Autoschlüssel und fuhr zum Haus von Brummer. Die milde Abendsonne tauchte das Anwesen in ein warmes Licht. Alles schien friedlich. Für einen Moment überlegte Oliver, ob er klingeln solle, aber als er die ersten Schritte auf das Grundstück machte überkam ihn Panik. Er drehte sich um, stieg in seinen Renault und fuhr davon. Auf dem Rückweg machte er am See Halt. Er wollte sich beruhigen, zu sich kommen, überlegen, was jetzt zu tun sei. Oliver saß mindestens eine Stunde auf einem großen Findling und ließ die nackten Füße im Wasser baumeln. Horrorszenarien liefen in seinem Kopf ab, was sich dort in der Jürgenstraße ereignet haben könnte. Gegen einundzwanzig Uhr dreißig fuhr er nochmals an der ihm bestens bekannten Adresse vorbei. Das Haus war dunkel. Niemand schien sich darin aufzuhalten. „Es wird bestimmt eine ganz einfache Erklärung dafür geben", dachte er und fuhr nach Hause.

Zurück in seinen vier Wänden stellte er fest, dass niemand angerufen hatte. Oli griff zum Hörer und rief Alex an. „Scheiße, immer dieser blöde AB!", hinterließ er leicht zornig eine Nachricht. Alex rief umgehend zurück und schaffte es sogar den Freund zu beruhigen. „Es wird etwas dazwischengekommen sein, mach dir nicht so viel Gedanken. Es ist doch schon super, dass Niklas dich jetzt doch regelmäßig anruft!", baute er Oliver auf. „Ja, im Rahmen seiner Möglichkeiten", stöhnte Oli leise auf. „Das wusstest du vorher, er ist nicht frei, ihr habt momentan lediglich eine Affäre, mehr ist noch nicht drin, mein Lieber. Denk an das Gespräch, das ihr Sonntagvormittag geführt habt und was er dir gesagt hat!", gab Alex ganz nüchtern von sich. „Morgen wird sich alles aufklären, bin mir sicher!", schon er tröstend hinterher. „Ich denke auch, bin aber etwas irritiert", meinte Oli. „Verstehe ich ja, versuch jetzt zu schlafen und morgen sehen wir weiter!" Mit diesen Worten beendete Alex die Unterhaltung. Oliver setzte sich wieder auf den Balkon, trank ein Glas Prosecco und wurde bald von Müdigkeit eingeholt. „Morgen, morgen, morgen ...", dachte er und schlief ein.

Um acht Uhr betrat Conni Blühmchen am nächsten Morgen die Lokalredaktion und war verwundert, noch niemanden anzutreffen. Sie richtete sich ihren Schreibtisch ein und nahm sich noch einmal ihre Arbeit von gestern vor. Zeile für

Zeile glich sie noch einmal die Bilderuntertitelungen ab und war zufrieden mit dem, was sie getan hatte. „Was nun?", dachte sie. „Ich kann doch hier nicht unnütz rumsitzen und Däumchen drehen!", ermahnte sich die Praktikantin selbst. Lustlos blätterte sie in der mitgebrachten Zeitung und biss gelegentlich ins Frühstücksbrot, das ihr Kriemhild bereitet hatte. Die Zeit verging langsam, Cornelia hatte bereits das Blatt einmal durch, als Beate Rabe ihren Kopf durch die Tür steckte und ein fröhliches „Morgen!" frohlockte. „Alles okay heute, den ersten Tag gut überstanden?", fragte sie wirklich interessiert. „Kann nicht klagen, ich glaube ich fühle mich wohl mit dem, was ich gemacht habe.", kam als Antwort. „Herr Lauenstein kommt gewöhnlich gegen halb zehn, also noch ein wenig Geduld, wollen wir einen Kaffee zusammen trinken?", ermunterte sie die Redakteurin. „Vielleicht später, ich lese noch die Zeitung zu Ende." Beate eilte davon und überließ Conni wieder ihrem Blatt. Um neun Uhr fünfundvierzig kam ein etwas übermüdet aussehender Oliver Lauenstein im Büro an. „Der sieht aber heute schlecht aus!", fiel der Praktikantin sofort auf. „Na, alles frisch bei Ihnen?", fragte er eine Spur zu aufgesetzt. „Bei mir ja und wie ist Ihnen?" „Reden wir nicht drüber, nicht so großartig heute, habe schlecht geschlafen und leichte Kopfschmerzen. Wollen wir uns gleich an Ihre Arbeit von gestern setzen und diese autorisieren?", bat Oliver und wollte damit auch weiteren Fragen nach seinem Befinden ausweichen. „Scheiße, jetzt sieht man mir schon an was los ist!", zischte er leise. Sogleich nahm Conni neben ihm Platz und breitete die Seiten aus, die Sie gestern Nachmittag vom PC ausgedruckt hatte. Nachdenklich vertieft blickte er auf das Papierwerk auf seinem Schreibtisch und las, las immer wieder denselben

Satz, konnte sich einfach nicht konzentrieren. Cornelia fragte irgendwann: „Ist alles okay, soll ich etwas verändern? Habe alles gespeichert auf dem Gruppenlaufwerk." „Was?", entgegnete er geistesabwesend. „Ob ich das so lassen soll oder möchten Sie Korrekturen?" „Nein, nein, alles gut.", brummte er zurück. Er war so unkonzentriert, dass er die Texte nicht lesen konnte. „Sprechen Sie doch zur Sicherheit noch einmal mit Frau Rabe darüber!", schlug der Redakteur vor. Cornelia sah ihn verwundert an sagte aber nichts. „Oder passt Ihnen das nicht!", donnerte es aus ihm heraus. Die Praktikantin zuckte zusammen, war fast verängstigt über Olivers Tonfall und die schlechte Laune. In diesem Moment erschien Beate. Auch sie hatte genug Erfahrung mit ihrem Kollegen und erahnte sofort, was wieder los war. „Können Sie sich nachher noch mal mit Frau Blühmchen zusammensetzen und die Arbeit von ihr besprechen?", bat Oliver eine Spur freundlicher. „Kein Problem, passt schon so gegen elf, okay! Lassen Sie uns erst mal einen Kaffee in meinem Büro nehmen!", schlug sie vor. Oliver stand auf und folgte Beate. Cornelia sah den beiden beirrt hinterher.

„Niklas!", stellte die Kollegin richtig fest. Oliver erzählte die Geschichte von gestern Abend. „Uff, dass Sie aussehen wie Scheiße auf Reis brauche ich Ihnen ja wohl nicht zu sagen. Mensch, nehmen Sie sich das nicht so zu Herzen. Es kann tausend Gründe geben, warum Sie gestern keinen Kontakt haben konnten!" „Ja, aber …" „Nichts, ja aber, es wird sich heute klären, haben Sie doch Geduld, verdammt noch mal!" Mit diesen Ausführungen kam eine Schärfe in Beates Worte, die Oliver nicht kannte. „Also, passen Sie auf. Sie schicken mir um elf Blühmchen und ich gehe alles noch einmal mit ihr durch, danach gehen die Unterlagen direkt in die Redaktionssitzung. Sie können sich auf mich verlassen und jetzt Abflug bitte", befahl die Kollegin. Oli verließ etwas geordneter den Raum. Zurück in seinem Büro teilte ihm Frau Blühmchen mit, dass ein Herr Stolzer angerufen hätte und um dringenden Rückruf bittet. Er griff zum Hörer und fragte: „Kann ich Ihnen die Praktikantin jetzt schon schicken, ich muss dringend etwas erledigen in der Angelegenheit die wir eben besprochen haben?" „Okay, verstehe!", lachte Beate ins Telefon. Nachdem Conni ihren Arbeitsplatz verlassen hatte wählte Oli Niklas' Nummer mit bösen Vorahnungen. „Ja!", meldete sich die vertraute Stimme am anderen Ende. „Du lebst!", ächzte Oliver zurück. „Ja natürlich lebe ich. Du ich gehe jetzt schon am Donnerstagnachmittag ins Krankenhaus, der OP-Termin ist vorverlegt auf kommenden Freitag. Oswald hat da wohl was gedreht, wofür ich ihm auch dankbar bin. Er wollte dann gestern Abend kurzentschlossen noch mit mir essen gehen. Ich hatte keine Möglichkeit mehr, dich zu informieren, tut mir so leid, du musst wohl gelitten haben!" Olivers Gesichtszüge entspannten sich, das flaue Gefühl im Magen war urplötzlich verschwunden. „Wann können wir uns noch mal sehen vorher?", fragte Oli zaghaft. Niklas fing an zu schluchzen: „Leider gar nicht mehr vorher, Oswald lässt mir keine Möglichkeiten, darf nicht mal mehr nach Göttingen fahren." „Oh je!", stöhnte Oliver. „Ich rufe dich aus dem Krankenhaus an, wenn alles vorbei ist, wenn Freitag die Operation gelaufen ist, werde ich wohl Montag wieder ansprechbar sein!", gab Niklas zuversichtlich von sich. „Ich fahre am Freitag nach Köln zum Geburtstag eines Freundes, mir ist nicht wohl dabei, dann nichts von dir zu hören, nicht in deiner Nähe sein zu können!", schluchzte jetzt Oli fast in die Muschel. „Ich sehe überhaupt keine Möglichkeiten, wie ich dir das Ergebnis des Eingriffs und meine Verfassung mitteilen könnte.", entgegnete Niklas. „Komm einfach Montagabend ins Krankenhaus und versichere dich irgendwie, dass Oswald nicht da ist!", bat Niklas. „Wie soll ich das tun?", zweifelte der Redakteur. Niklas beschrieb Brummers Daimler und das Kennzeichen und schlug vor den Krankenhausparkplatz abzugehen, um nach dem Wagen Ausschau zu halten. Ferner meinte er noch, dass sich Oli zusätzlich absichern kann, indem er vorher Oswalds Privatnummer anruft und einfach sagen würden „sorry, falsch verbunden". Oliver hatte auch keine bessere Idee und ließ sich auf die Vorschläge ein. „Ich versuche auf jeden Fall noch, dich vorher anzurufen entweder bei der Zeitung oder zu Hause.", versicherte Niklas. Das Gespräch war beendet. Oli saß minutenlang an seinem Schreibtisch und starrte aus dem Fenster. „Beate!", schoss es ihm durch den Kopf. Er sprang auf und lief ins benachbarte Büro. „Kann ich kurz mit Ihnen sprechen – allein!", forderte er die Kollegin auf. Blühmchen begriff sofort und verließ den Raum. „Was ist denn los?", fragte Frau Rabe leicht genervt. Oliver erzählte ihr alles. „Sie haben keine andere Möglichkeit, Sie können sich nur auf den Vorschlag einlassen, wird schon klappen!" Beates Worten strahlten Zuversicht aus. „Okay, zukünftig muss ich dann eben feste Zeiten für meine Besuche im Hospital festlegen, kann sein, dass ich hier zwischendurch mal rausgehe und einen Außentermin etwas verlängere oder so ähnlich.", schlug er seiner Kollegin vor. „Ich halte dicht, wird schon werden!", bekräftigte sie seine Pläne. „Um wieder geschäftlich zu werden, wie finden Sie

Blühmchens Arbeit?", wollte er wissen. „Sie hat Talent, durchaus, muss zwar noch ein wenig gefeilt werden, aber nicht schlecht fürs erste Mal!" Aus Beates Worten klang zweifelsohne Begeisterung. „Ich muss mich jetzt um mein Ressort kümmern und die Arbeit der Gouvernante noch erledigen!", verwies ihn Beate.

„Okay, Sie haben ja jetzt alles mit Frau Rabe besprochen, machen Sie die Korrekturen und legen Sie alles in eine Gittermappe. Schreiben Sie als Zuleitung fünf fünf fünf darauf, dann landet alles bis zum Nachmittag in der Sitzung!", wies Oliver die Praktikantin klar an. „Sie können sich Zeit dafür lassen, wenn Sie bis zum frühen Nachmittag fertig sind, ist das okay!", schob er noch nach. Oliver streckte seine Arme in die Höhe, beugte diese dann nach vorn und ließ seine Finger knacken. Blühmchen zuckte bei dem Knacks ein wenig zusammen. Das weitere Tagesgeschehen war relativ unspektakulär. Die Spendenaffärengeschichte zog und zog sich, es stellten sich einfach keine konkreten Fakten ein, die beweisbar waren. Oli verbrachte die Zeit mit nicht enden wollenden Telefonaten. Danach stellte er die kulturellen Veranstaltungen in und um Goslar für den Rest es Monats zusammen. Als er nach der Mittagspause zurückkam verkündete ihm Conni glücklich, dass sie alles erledigt habe und dass sie nun für neue Herausforderungen bereit sei. Oli gab ihr die Kulturtermine, diese sollte sie zeitlich und nach Kategorien zusammenstellen. Kurz darauf versank sie wieder in ihre Emsigkeit. Er selbst griff ein neues, aber ungeliebtes Thema auf. Wie jedes Jahr fand in den ersten beiden Juliwochen das Schützenfest in Goslar statt. Da die Veranstaltung Tradition hatte, musste jeden Tag ein Kollege über den Rummel laufen und nach kleinen Geschichten suchen. Die Freelancerin Annemarie Schnäutz-Mauer lieferte immer die besten Storys. Die Endvierzigerin war eigentlich Hausfrau, aber irgendwie in der ganzen Stadt bekannt wie ein bunter Hund. Sie feierte, trank und aß gern, was man ihrer Figur auch inzwischen ansehen konnte. In ihren zu engen Klamotten wackelte sie wie ein Pudding durch die Gegend. „Durchaus nicht unsexy, wenn man darauf steht ....", dachte Oliver als er ihren Bericht von gestern überflog. Franke hatte noch ein paar Fotos beigesteuert und Oli machte sich nun daran aus den drei Seiten, die die Schnäutz-Mauer eingereicht hatte, einen Fünfundzwanzigzeiler zu machen. Mit Grauen dachte er an den morgigen Abend, da er dann über das Fest laufen musste und überhaupt keine Lust dazu verspürte. Plötzlich horchte er auf. „Was summen Sie da?", fragte er Conni. *Frozen* von Madonna!" „Gardy plant den Song auf Deutsch zu covern, *Frieren* soll er heißen!", kam es über Olis Lippen. „Gardy ... Gardy Moos?", fragte die Praktikantin ungläubig. „Sie kennen Gardy Moos persönlich?", fragte sie jetzt noch interessierter. „Wir sind seit Jahren befreundet.", gab Oli einsilbig zurück. „Wow, die ist super, finde sie ganz toll, hält sich schon fast vierzig Jahre im Geschäft!" „Ja, hat neunzehnhundertachtundfünfzig ihre erste Platte gemacht!", verkündete er mit einigem Stolz, als sei das sein Verdienst. „Oh, ich hätte auch schon eine Textidee!", mit diesen Worten sprang Cornelia auf machte ein paar Tanzschritte und sang „Frieren, will nicht frieren wegen dir". Oliver musste lachen: „Mensch, in Ihnen schlummern ja ungeahnte Talente!" Conni ließ sich gar nicht einschüchtern und summte weiter. „Bravo, aber jetzt lassen sie uns weiterarbeiten!", wies der Redakteur sie an. Ab und zu trafen sich ihre Blicke, wenn sie von ihren Schreibtischen aufsahen und grinsten sich verschmitzt an. Dass daraus mal eine Freundschaft erwachsen sollte, ahnten beide natürlich noch nicht. Aber das Eis war gebrochen.

22. Flucht nach Köln und zu den Verrückten

Die nächsten beiden Tage vergingen wie im Flug. Mit Ach und Krach hatte Oliver seinen Schützenplatzbesuch hinter sich gebracht und saß jetzt an seinem Artikel über das Spektakel. Von Niklas hatte er seit vorgestern nichts gehört, was in ihm immer wieder traurige Momente aufkommen ließ. „Es geht jetzt alles seinen Gang, Montag kann ich ihn wieder in die Arme nehmen!", versicherte er sich immer wieder und sprach sich damit Zuversicht zu. Kurz vor der Mittagspause am Donnerstag klingelte sein Telefon. „Hallo, ich bin's!", klang die vertraute Stimme am anderen Ende. Oli überkam ein ganz wohliges Gefühl. „Niklas, Niklas, wo bist du?", fragte er ungläubig. „Stehe in einer Telefonzelle vor dem Bahnhof, können wir uns jetzt sehen bevor ich in die Klinik fahre?", fragte er zaghaft. „Ich bin in zehn Minuten da, warte, ich freue mich!" Beseelt ließ er den Hörer auf die Gabel sinken. „Sie wollen weg, Sie haben doch um halb zwei einen Termin mit Frau Rabe, Herr Lauenstein!", sagte Cornelia zu ihm. „Sagen Sie ihr, dass ich mich etwas verspäte, muss kurz weg, Frau Rabe weiß warum!", warf er der Praktikantin zu, die die Situation zwar nicht verstand, aber Beate informierte.

Acht Minuten später fielen sich Niklas und Oliver vor dem Bahnhof in die Arme und küssten sich, die Menschen um sie herum nahmen sie gar nicht wahr. Im Hotel *Achtermann* tranken die beiden einen Kaffee. Reden mochte keiner von ihnen wirklich, sie schauten sich nur an und hielten sich an den Händen. „Wir machen das so, wie wir am Dienstag besprochen haben!", meinte Niklas plötzlich. „Ja, was bleibt uns anderes übrig …": seufzte Oliver. „Frau Rabe ist eingeweiht und wird mich unterstützen!", fügte er noch hinzu. „Wer ist Frau Rabe, du hast jemandem von uns und unserer Situation erzählt?" Niklas sah ihn bei diesen Worten ungläubig an. „Das ist einer dieser beiden Gesichtsausdrücke, die ich an ihm liebe!", dachte Oliver. „Ja, Beate Rabe, meiner treuesten und besten Kollegin, sie ist absolut verschwiegen!". Niklas atmete tief durch: „Na dann bin ich ja beruhigt!" Oliver sah zur Uhr: „Wir müssen los, ich habe um halb zwei eine Besprechung in der Redaktion." Wieder auf dem Bahnhofsparkplatz angekommen stiegen sie beide in den pinkfarbenen Fiat. Sie konnten nicht voneinander lassen, hielten sich minutenlang an den Händen, küssten sich, Tränen flossen über Niklas Gesicht.

Eine Viertelstunde zu spät begann die Unterredung mit Frau Rabe. Schon beim Hereinkommen registrierte sie Olivers Gemütszustand. Sie runzelte die Stirn: „Na, was war?" „Später, liebe Kollegin!" Er wollte sich in Cornelias Gegenwart nicht auslassen über das eben Erlebte. „Okay, lassen Sie uns über den Plan sprechen, wer wann zu welchen Stücken ins Odeon geht. Bleiben wahrscheinlich sowieso nur wir übrig, der Gouvernante ist das ja zu provinziell!", lachte sie. Beate und Oli beratschlagten eine Stunde miteinander, Cornelia machte sich Notizen über die Theaterstücke der kommenden Saison. Das eine oder andere Mal wurde auch sie eingeplant mitzugehen, was ihr sehr gefiel.

Am späten Nachmittag fuhr Oli nach Hause. Er musste noch packen, da morgen ja die Fahrt zu Geros Geburtstag in Köln auf dem Programm stand. Samstagmorgen sollte es dann weiter nach Willingen gehen, wo Gardy und Margarete das Fanclubtreffen veranstalten wollten. Peter und Linda waren ebenfalls Mitglieder dieser Vereinigung. Sie wollten ebenfalls Samstag am Sauerlandstern dabei sein. Während er seine Sachen zusammensammelte klingelte das Telefon. „Hier ist Margarete, bleibt Samstag alles dabei?" „Ja, ja, bin gerade dabei zu packen, komme dann direkt aus Köln dorthin, vermute mal, dass ich am frühen Nachmittag vor Ort sein werde.", gab ihr Oliver zu verstehen. „Die Kaffeetassen sind auch fertig, wirklich gelungen, die Fans werden begeistert sein!", freute sich die Bottroperin. „Kaffeetassen?", fragte Oli ungläubig. „Hatte ich dir doch erzählt neulich, hast wohl nur noch deinen Traumprinzen im Kopf, was?" In diesem Moment fiel Margarete ein, dass sie sich gar nicht nach der aktuellen Situation erkundigt hatte. Da sie merkte, dass Oliver diese Tassen wohl für eine Schnapsidee hielt wechselte sie sofort das Thema: „Wie weit bist du mit deiner Kontaktaufnahme zu deinem Niklas gekommen?" „Eigentlich sehr weit, alles fast bestens!", gab er zur Antwort. „Komm, spann mich nicht auf die Folter!", spornte ihn Maggy an. Oliver erzählte und vergaß darüber die Zeit. Plötzlich fiel ihm ein, dass das Telefon jetzt schon über eine Stunde besetzt war. „Ich muss jetzt unbedingt noch packen, muss dich jetzt abwürgen, sorry!", beendete Oli das Gespräch und legte auf. „Wenn Niklas jetzt versucht hat anzurufen …", dachte er und leichte Panik stieg in ihm auf.

Den nächsten Morgen begann Oliver wie immer: Dusche, Kaffee und ab ins Büro. Er wollte gegen vierzehn Uhr Schluss machen und nach Köln fahren. Von Niklas hatte er seit Donnerstagmittag kein Lebenszeichen mehr gehört. „Wahrscheinlich hat Brummer ihn gestern Abend noch lange besucht und er konnte nicht sprechen ...", tröstete er sich selbst. Gegen zehn blickte er zur Uhr und vermutete, dass die Operation jetzt bereits in vollem Gange sei. Oli konnte sich an diesem Vormittag auf nichts wirklich konzentrieren. Immer wieder gingen seine Gedanken in die Klinik, wo Niklas jetzt operiert wurde. Beate Rabe warf ihm ab und zu einen mitleidigen Blick zu, sagte aber nichts. „Gut, dass wenigstens sie Bescheid weiß", sinnierte er immer wieder.

Gegen vierzehn Uhr verließ er das Redaktionsgebäude. Missmutig stieg er in sein Auto und trat die Fahrt zu Gero an. Bis Hannover kam er gut voran. Dann ging es Richtung Nordrhein-Westfalen. Ein Stau reihte sich an die nächste Zähflüssigkeit auf der A2. Um achtzehn Uhr machte er eine Pinkelpause hinter dem Kamener Kreuz. „Noch zirka ne Stunde und dann noch der Feierabendverkehr in Köln ...", dachte er. „Oder ob ich zurückfahre und alles sausen lasse, dann könnte ich morgen im Krankenhaus vielleicht Informationen bekommen ...", gingen die Überlegungen weiter. Er setzte sich wieder ins Auto und fuhr weiter Richtung Köln. Bis zur Leverkusener Brücke herrschte noch ein leichter Stau, der sich kurz darauf auflöste. Um neunzehn Uhr fünfzehn klingelte er in der Amsterdamer Straße 121 bei Fußer. Gero kam ihm im Hausflur mit ausgebreiteten Armen entgegen. „Hast du schon Nachricht aus dem Kranken-haus?", fragte er mit ernster Miene. „Wie sollte ich?", ant-wortete Oli bedrückt. „Lass dir erst mal gratulieren, also wünsche dir viele gute Gedanken und danke für die Einla-dung!", entgegnete er in einem sonderbaren Tonfall. Gero erkannte sofort, dass der Abend für Oli nicht leicht sein musste. „Komm rein, die ersten Gäste sind schon da, macht euch am besten selbst bekannt!", forderte er den Freund auf. Eine dralle Blondine, die einen Farbigen im Schlepptau hatte, ging schnurstracks auf ihn zu und stellte sich als Bär-bel vor. Sie schien informiert zu sein. „Du bist also der ge-heimnisvolle Detektiv, der seinen Traumprinzen gefunden hat!", sagte sie nicht ohne Bewunderung. „War ein schweres Stück Arbeit diese Suche!", meinte Oliver leise. „Warum hast du ihn nicht mitgebracht?", wollte sie wissen. In diesem Moment wurde ihm übel und er rannte aus dem Zimmer Richtung Toilette. Über der Schüssel erbrach er sich und fing bitterlich zu weinen an. Nach einiger Zeit hörte er Geros Stimme vor der Tür: „Ist alles in Ordnung mit dir?", fragte er besorgt. „Ich komme gleich wieder zu euch!", rief Oliver. „Nein, mach mal auf bitte, ich komme rein!" Der Satz seines Freundes klang wie ein Befehl. Oli schloss die Klotür auf und beide setzten sich auf den Badewannenrand. Olivers Schluchzen wurde lauter. Immer wieder strich ihm Gero über den Kopf: „Tut mir leid, Bärbel war nicht umfassend informiert über die Situation, habe dir einen Cognac mitge-bracht, trink den, kühl dein Gesicht und dann komm wieder zu uns, bitte!", bat ihn das Geburtstagskind verständnisvoll. „Okay, gib mir noch ein paar Minuten, bin dann gleich wie-der bei euch!", versprach Oli.

Als er die Party quasi zum zweiten Mal betrat hatten sich fast alle Gäste eingefunden. Bärbel kam erneut auf ihn zu und entschuldigte sich. „Ist schon gut, konntest du ja nicht wissen!", beruhigte Oliver sie. „Komm, lass uns auf den Balkon gehen, stelle dir meinen Freund Bryan vor. Er ist Amerikaner!", lud sie ihn ein. Die Abendsonne tauchte die Loggia in ein wohltuendes Licht aus orange und braun. Langsam fand Oli wieder zu sich. „Ach, so müsste man immer aussehen!", platzte er in die Runde. „Wie meinst du das!", wollte Bryan wissen. „Na ja, dieses abendliche Sonnenlicht macht einen wunderbaren Teint, man braucht keinen Weichzeichner für Fotografien. Der Farbige sah ihn verständnislos an. Oliver versuchte die Äußerung auf Englisch zu wiederholen. Ein unglaublich breites Lächeln, das eigentlich nur aus den herrlichsten weißen Zähnen bestand und einen tollen Kontrast zur Bryans dunkler Haut widerspiegelte, meinte: „Nee nee, du kannst Deutsch sprechen, lebe seit fünfzehn Jahren hier!" Oliver erklärte nochmals, was er mit der Äußerung gemeint hatte. „Oh, ein Ästhet!", lächelte ihn Bärbel an. „Sind wir das nicht alle?", konterte der Redakteur. „Hat man trotzdem bei Männern selten, dass denen so etwas auffällt, na ja und Bryan sieht unabhängig vom Licht immer gut aus!", kicherte sie und gab ihrem Freund einen Kuss. „Wie immer, entweder in der Küche oder auf dem Balkon findet man bei jeder Party die besten Plätze", wurde das Gespräch plötzlich von Gero unterbrochen. Leise flüsterte er Oliver ins Ohr: „„Wenn du dich erst mal ein wenig hinlegen möchtest tu dir keinen Zwang an, in meinem Arbeitszimmer habe ich die Schlafcouch für dich bezogen." „Nicht nötig, ich fange gerade an ein bisschen Abstand zu bekommen und unterhalte mich hier mit Bryan und Bärbel"

Oliver war in diesem Moment selbst ein wenig überrascht über sich, er hatte mit diesem Satz nicht einmal gelogen. Gero wandte sich wieder den anderen Gästen zu. „Woher kennt ihr euch?", erkundigte sich Bärbel. „Ach, eine lange Geschichte.", entgegnete Oli. „Ich habe mal für eine Musikzeitschrift in München gearbeitet, Gero ist ja Sprecher hier bei WDR4, er rief mich damals an, weil ihm ein Artikel gefiel, na ja und so entwickelte sich unsere Freundschaft!" „Was macht ihr beruflich?" Bryan setzte Oliver in Kenntnis, dass er Komponist sei und auch schon Erfolge zu verbuchen hätte. Er berichtete von einer Band, die er gerade in Düsseldorf aufgetan hat und für die er jetzt schreibe. „Ich kann dir gern mal eine Kassette schicken mit meiner Musik, wenn du magst!" „Gern, mach mal!", entgegnete Oli und gab ihm seine Visitenkarten. „Ich arbeite bei Karstadt in der Tonträgerabteilung, wie es immer so schön heißt, Scheißarbeitszeiten, kann ich dir sagen, aber der Job ist okay und ergänzt sich gut in unserem gemeinsamen Zusammenleben, sind eben beide irgendwie mit der Musik verheiratet.", gab die Blondine zu verstehen. Die Unterhaltung auf dem Balkon verlief entspannt. Oliver merkte gar nicht wie die Zeit verging. Es war schon nach Mitternacht als sie wieder ins Wohnzimmer traten, einige Gäste waren schon gegangen, Oli hatte sie gar nicht mitbekommen. Bärbel hatte inzwischen einiges an Alkohol in sich und drehte immer mehr auf. Plötzlich zog sie sich die Schuhe aus und fing an auf dem Wohnzimmertisch zu tanzen. Erst jetzt merkte Oliver, dass gerade *Frozen* von Madonna lief und er musste grinsen. Kurz darauf machte sich der lange Tag aber doch bemerkbar. Er gab Gero einen Wink, dass er sich jetzt ins Arbeitszimmer zurückziehe. Gero nickte und Oliver verschwand.

Obwohl er todmüde war, überkam ihn plötzlich das schlechte Gewissen. Hatte er in den letzten Stunden zu wenig an Niklas gedacht …?

Am nächsten Morgen bot sich Oliver ein Schlachtfeld als er das Wohnzimmer und später die Küche betrat. Gero, der bereits aufgestanden war meinte nur: „Kein Problem meine Zugehfrau kommt um elf und macht wieder klar Schiff!" „Lass uns unten im Café etwas frühstücken!", schlug er seinem Freund vor. Nachdem sie sich halbwegs restauriert hatten gingen sie hinunter. Das Café war gut besucht an diesem Morgen, sie hatten Mühe noch einen Platz zu finden, machten es sich dann aber unter einem Sonnenschirm etwas abseits des Treibens gemütlich. „Wie geht es dir heute Morgen?", fragte Gero. „Habe ganz gut geschlafen, würde so gern im Krankenhaus anrufen, um zu erfahren …." Weiter kam er nicht, Tränen liefen wieder über sein Gesicht. Gero gab ihm eine Serviette, zögerte aber die Unterhaltung weiterzuführen, da er nicht wusste, wie er reagieren sollte. Plötzlich meinte er: „Ruf doch an, gib dich als Verwandter aus, vielleicht bekommst du Auskunft!" „Glaubst du das wirklich?", entgegnete Oliver etwas trotzig. „Hast du einen besseren Vorschlag?" „Nein!". Gero gab Oliver den Wohnungsschlüssel. Er rannte sofort hinauf und wählte die Nummer des Krankenhauses in Jürgenohl. Eine freundliche Stimme konnte und wollte ihm keine Auskunft geben, als diese Olivers Ansinnen angehört hatte. „Ich bitte um Verständnis Herr Stolzer, aber ich kann über ihren Neffen nichts sagen, wenden Sie sich bitte an die engsten Angehörigen, einen schönen Tag noch, auf Wiederhören!", vernahm Oli geknickt. Er trottete wieder die Treppe hinunter und ließ sich neben Gero fallen. „Fehlanzeige, kriege am Telefon keine Auskunft, bin kein Verwandter ersten Grades und als sein Vater konnte ich mich ja wohl schlecht ausgeben", bedauerte er. Gero sah ihn an: „Wenn du noch bis morgen bleiben möchtest, kannst du das gern tun, dann unternehmen wir heute Abend etwas, was dich ablenkt." „Hm, muss ja nachher nach Willingen zu diesem Clubtreffen, selbst meine Nachbarn Peter und Linda haben zugesagt. Ist aber nett von dir, danke." Der gestrige Abend und die Ereignisse der letzten Tage förderten nicht gerade den Appetit der beiden Freunde. Die Köstlichkeiten, die sie geordert hatten, gingen fast unberührt in die Küche zurück. Um zwölf Uhr verabschiedeten sich Gero und Oli mit dem Versprechen, dass Oliver ihn Montag direkt nach dem Krankenhausbesuch anruft.

Die Fahrt nach Willingen dauerte länger als geplant. Auf der Sauerlandlinie regnete es Bindfäden. „Na, das wird wohl nichts mit der Kaffeetafel im Freien und den neuen Tassen mit dem Konterfei von Gardy!", dachte Oliver sich. Der Regen wurde stärker, die Scheibenwischer hatten Mühe das Unwetter zu bewältigen. Kurz vor Bad Berleburg parkte er auf einem Rastplatz, musste aber im Wagen sitzen bleiben, da er draußen in Sekunden total durchgeweicht worden wäre. Weltuntergangsstimmung herrschte nicht nur draußen. Oli fühlte sich elend. Am liebsten hätte er das Treffen in Willingen sausen lassen und wäre schnurstracks nach Goslar ins Krankenhaus gefahren. Es verging eine gute halbe Stunde, da riss plötzlich der Himmel auf. Er setzte seine Reise fort. Die Sauerlandlinie war streckenweise total abgefahren und es bildete sich Aquaplaning. Oliver musste die

Geschwindigkeit seiner alten Klapperkiste drosseln, was ihn erst gegen halb drei am Sauerlandstern ankommen ließ.

Der Ort machte einen verschlafenen Eindruck und wirkte auf ihn wie ein piefiger Harzkurort. Im Hotel, wo das Treffen stattfinden sollte, herrschte schon hektisches Treiben. Oliver hatte vergessen, dass Gardy nicht ausschließlich wegen ihres Fanclubs angereist war, sondern hauptsächlich zu einer Schlagerveranstaltung, die am Abend angesagt war. Im Foyer kam ihm Margarete aufgeregt und mit hektischen roten Flecken im Gesicht entgegen. Oli verspürte etwas Ekel, als sie ihn an sich drückte. „Na, allet klar?", fragte sie im breitesten Ruhrpottdialekt. „Ihre Unsensibilität geht mir auf den Sack, sie weiß doch was los ist", dachte er. Sogleich wollte sie ihn in die Vorbereitungen für das Kaffeetrinken einbinden. Oliver brauchte aber erst einmal Abstand. „Gardy ist noch auf ihrem Zimmer, es geht ihr nicht so gut, aber sie kommt gegen sechzehn Uhr runter", versicherte ihm die Fanclubleiterin. „Okay, ich gehe erst mal spazieren, werde dann um vier zu euch stoßen." Oli trat ins Freie. Direkt neben dem Hotel befand sich eine Eissporthalle. „Witzig, mitten im Sommer Schlittschuhlaufen ....", grinste er. Ein paar Minuten später mietete er sich ein paar Schlittschuhe und betrat die Eisfläche. „Schweben, schweben, schweben ... sich fallen lassen aber nicht hinfallen!", überkam ihn ein Gefühl von Freiheit und Fliegen. Er drehte einige Runden auf dem glatten Terrain, ließ sich von der Musik treiben und vergaß völlig die Zeit. Kurz vor sechzehn Uhr sah er Margarete an der Bande stehen, die hektisch winkende Bewegungen machte. Er fuhr auf sie zu. „Wo bleibst du denn, alle Fans sind bereits da und Gardy hat schon nach dir gefragt!", keifte sie ihn an. „Immer mit der Ruhe, ich komme gleich!", nahm er ihr den Wind aus den Segeln. Margarete lief davon und ließ ihn einfach stehen. Auf dem kurzen Weg zum Hotel stellte Oliver fest, dass ihm der Ausflug aufs Eis gutgetan hatte. Vor einem Clubraum, wo der Nachmittag stattfinden sollte, begegnete er seinem Nachbarn Peter, der gelangweilt eine Zigarette rauchte. Die beiden umarmten sich flüchtig. „Wo ist Linda?", wollte Oli wissen. „Ach schon drin, sie tauscht gerade mit Gardy Moos Schminktipps aus!" Oliver musste lachen. Er mochte Linda und Peter sehr gern, fand aber, dass Lindas Optik manchmal grenzwertig war. Alles an ihr war eine Spur zu viel. Zu blond, zu viel Make-up, manchmal zu viel auf zu jung getrimmt mit ihren achtunddreißig, aber nett und hilfsbereit, dafür liebt er sie. Peter und Oliver betraten den Raum. Gardy kam auf Oli zu und umarmte ihn. „Dir geht es nicht gut!", sie schaute ihn prüfend an. „Nee, sogar eher beschissen!", entgegnete Oli. Maggy hatte der Sängerin ein paar Einzelheiten aus Olivers jüngster Vergangenheit erzählt. „Lass uns nachher mal ein paar Worte unter vier Augen reden, wenn sich der Trubel hier etwas gelegt hat", lächelte ihn Gardy an. Dann überließ sie sich dem Bad in der Menge. Oliver setzte sich etwas abseits und beobachtete die Hysterie mit einem gewissen Vergnügen. „Sind Sie der Manager von Frau Moos?", kam eine Endfünfzigerin auf ihn zu. „Nein!", gab Oli einsilbig als Antwort, er hatte überhaupt keine Lust sich mit ihr zu unterhalten. Sie drehte sich um und steuerte mit ihrer Kamera auf den Star des Nachmittags zu. „Was Gardy heute alles ertragen muss ...", kam ihm in den Sinn. Ein Foto von vorn, eines von hinten, Gardy im Stehen,

Gardy im Sitzen, Gardy mit Fan A, Gardy mit Fan B, tausende von Unterschriften auf uralten Plattencovers, die in dreckigen Plastiktüten mitgebracht wurden. Sie tat ihm fast leid, andererseits war das auch ihre Basis, was wäre sie ohne Fans, sie hätte sich nicht schon fast vierzig Jahre im Geschäft gehalten. Linda ließ gar nicht von Gardy ab. Sie tuschelte mit ihr wie ihre älteste Freundin, obwohl sie sich doch an diesem Nachmittag erst kennen gelernt hatten. Argwöhnisch wurden die beiden von Margarete beäugt. Ihr passte es gar nicht, wenn sich jemand ihrem Star zu sehr näherte. Oliver fand die Atmosphäre mehr und mehr amüsant. „Ich bin Holger aus Oldenburg und soll demnächst im Internet etwas für Frau Moos tun!", vernahm er plötzlich eine Stimme neben sich. „Ach ja, seit wann bist du Fan von ihr?", wollte Oli wissen. „Seit mindestens zwanzig Jahren, suche immer noch alte englische und französische Platten von ihr, deshalb bin ich eigentlich hier, aber sieht wohl schlecht aus!", beklagte sich dieser Holger. „Dann haben wir etwas gemeinsam, ich suche auch nach diesen Aufnahmen", grinste ihn Oli an. „Mir kommt das hier vor als seien das gar keine Fans, sondern alles beste Freundinnen von Gardy, kann das sein?" Oliver musste lachen, was Holger nicht so recht verstand. „Warum lachst du?", wollte er wissen. „Weil ich das auch denke, aber weiß, dass Gardy das anders sieht!", spöttelte der Redakteur. Irgendwie fand Oliver Gefallen an diesem Oldenburger, sie schienen bezüglich ihres Musikgeschmacks eine ähnliche Meinung zu haben. Oli gab ihm seine Visitenkarte und meinte, dass man sich ja ab und zu mal über die News im Musikgeschäft unterhalten könnte. Wie aus dem Nichts kommend stand plötzlich Gardy vor ihnen mit einer Kaffeetasse aus Maggys Kollektion in der

Hand. „Schaut mal hat Margarete für die Fans gemacht!",
sagte sie mit leicht ironischem Unterton. Oliver kniff seine
Lippen zusammen, wollte lachen. „Sag nichts!", zischte ihn
die Sängerin an. Maggy stand nur ein paar Meter entfernt,
ihr entging nichts. „Darf ich mich Ihnen kurz vorstellen, ich
bin Ella Springfield, war selbst viele Jahre auf der Bühne und
trete heute noch regelmäßig auf. Ich bin eine große Bewunderin ihrer Kunst!", sprach eine elegante Frau um die siebzig
Gardy von hinten an. „Oh, vielen Dank, was singen Sie?",
wandte sich Gardy Moos ihr zu. „Ach, eigentlich alles, sogar
eine Coverversion von *In private,* ich bin schon seit Jahrzehnten eine große Bewunderin von Dusty Springfield, daher
auch mein Name!" Dabei strotzte die Alte nur so vor Stolz.
„Also ist Ihr Repertoire auch sehr umfangreich?", fragte
Gardy interessiert. „Ja, ja, man ist eben Künstlerin und
Kunst kommt von Können!", schmierte sie der Sängerin Honig ums Maul. „Das ist übrigens Michaela, meine Tochter!",
verkündete die alte Diseuse stolz. „Singen Sie auch?", wollte
Gardy wissen. „Nein, nein, aber sie begleitet mich immer auf
meinen Reisen!", wehrte Ella gleich ab. „Schön, Sie kennen
gelernt zu haben!", stahl sich Gardy Moos freundlich profes-
sionell aus der Begegnung. Um achtzehn Uhr war der Zau-
ber vorbei. Einige Fans blieben noch, um das anschließende
Konzert zu sehen. Linda, Peter und Oli verabschiedeten sich
von Maggy und Gardy. „Lass uns morgen telefonieren,
heute war keine Zeit und Ruhe über dich zu sprechen!", bat
Gardy den Redakteur. „Sehr gern, aber ich muss jetzt los,
habe noch zirka zweieinhalb Stunden Fahrt vor mir!" Er umarmte auch Peter und Linda beim Gehen. Beim Verlassen
des Foyers bekam Oliver noch mit wie Margarete resolut die

Fans anwies sich jetzt von Gardy fernzuhalten, sie sollen etwas essen gehen und um zwanzig Uhr ins Konzert kommen.
„Die lernt es nicht …!", dachte Oliver kopfschüttelnd.

23. Operation geglückt, Patient wohl auf!

Oliver hatte lange geschlafen, er fühlte sich körperlich kaputt von den letzten beiden Tagen. Gegen Mittag rief Gardy an, die gerade zu Hause in München angekommen war. Sie erkundigte sich eingehend nach Olivers Befinden. Die Unterhaltung dauerte fast zwei Stunden, während dieser Zeit hatte er immer wieder Bilder der vergangenen Wochen vor sich, die ihm wie ein Déjà-vu-Erlebnis vorkamen. Guten Mutes beendete er das Gespräch und war über die Sensibilität der Künstlerin erstaunt. Gleichzeitig machte er sich Gedanken: „Wenn Niklas nun versucht hat während der vergangenen Stunden anzurufen ..."

Draußen verzog sich das schlechte Wetter und Oliver verspürte Lust sich aufs Fahrrad zu setzen. Gedacht getan! Er schwang sich aufs Rad und fuhr Richtung Jürgenohl. Vor dem Krankenhaus hielt er an und schob sein Fahrrad langsam über den Besucherparkplatz. Mit Argusaugen hielt er Ausschau nach einem dunkelblauen Mercedes mit dem Kennzeichen GS-OB-58. Der Parkplatz war riesig. Er lief nun schon seit zwanzig Minuten umher und sah sich um. Plötzlich zuckte er zusammen. „Da, Oswalds Auto, alles passt, Farbe, Kennzeichen, Hersteller!" Er fing an zu zittern. Es dauerte etwas bis er seinen Drahtesel angeschlossen hatte und eilte dann zum Haupteingang des Hospitals. Direkt neben der Anmeldung befand sich ein Fernsprecher. Oli warf ein Markstück in den Schlitz und wählte Oswalds Privatnummer. Er ließ es mindestens zwanzig Mal klingeln, bevor die Verbindung zusammenbrach. Schweiß stand ihm auf der Stirn, er fühlte sich am ganzen Körper klitschnass und zitterte wieder. Eine vorbeikommende Krankenschwester schaute ihn besorgt an und fragte: „Soll ich einen Arzt holen?" „Nein, nein, ich muss mich nur einen Augenblick hinsetzen!", antwortete er. Das Mädchen in weiß bot ihm einen Stuhl an auf den er sich fallen ließ wie ein nasser Sack. „Dann scheint ja wohl alles gut gegangen zu sein, wenn Brummer zwei Tage nach der OP hier auftaucht!" Bei diesem Gedanken kehrte langsam wieder Ruhe in ihm ein. Zu gern hätte er an der Anmeldung nach der Zimmernummer von Herrn Stolzer gefragt, aber, so klar war er wieder – das wäre viel zu riskant gewesen. Er verweilte noch einen Augenblick auf dem Sitzmöbel und erschrak. Direkt vor ihm hastete Brummer mit wehendem Trenchcoat vorbei. Instinktiv senkte Oli seinen Kopf. „Schwein gehabt!", dachte er. „Dann kann ich doch jetzt ...": verwarf aber diesen Gedanken sofort wieder. Er wollte jetzt nichts Unüberlegtes tun, auch wenn das noch so reizvoll gewesen wäre. Alles sollte bei den ursprünglichen Plänen am Montagabend belassen werden. Kurz darauf verließ er das Krankenhaus und fuhr nach Hause.

„Es scheint alles in Ordnung zu sein!", informierte er Alex sofort am Telefon. Oliver beschrieb ihm die eben erlebte Situation und Alex stimmte seinen positiven Gedanken zu. „Wie war das Fanclubtreffen?" „Nicht der Rede wert, langweilig bis lustig, ich glaube Linda hat eine neue Freundin in München!", spöttelte Oliver. Alex verstand nicht so recht und Oli musste die Begegnung zwischen Gardy und Linda ausführlicher erklären. „Typisch Linda!", lachte der Freund. „Halt mich auf dem laufenden, du kannst ja morgen Abend nach dem Krankenhausbesuch anrufen!" „Ach, danke, dass du da bist, tschüss!", verabschiedete sich Oli. Dann sank er auf seine alte Ledercouch und schlief ein.

Montagmorgen fühlte er sich ausgeruht und war bereit dem Tag ins Gesicht zu sehen. Als er sein Büro betrat saß das Blühmchen schon an ihrem Schreibtisch und las die Zeitung. „Wie war ihr Wochenende und wie wars bei Gardy Moos?", Die Art, wie sie fragte war Oliver zu euphorisch. Er erzählte ihr ein paar Einzelheiten aus Willingen, die sie begeistert aufnahm. „Guten Morgen, meine Lieben!", flötete plötzlich jemand in den Raum. Ortrud Saubermann betrat das Büro und begrüßte zunächst Oliver. „Ach, und Sie sind Frau Blühmchen!", ging sie auf Cornelia zu. Ohne zu fragen schob sie einen Stuhl neben die Praktikantin und setzte sich. Oliver verdrehte die Augen und verließ den Raum und steuerte direkt Beate Rabes Büro an. „Die Gouvernante ist wieder da!", witzelte er. „Schon mitgekriegt, ist ja nicht zu überhören und jetzt führt sie gerade eines ihrer berühmten Interviews mit Blühmchen!" Die Kollegin blickte von ihrer Arbeit auf. „Sieht so aus, die nächste halbe Stunde brauche ich nicht zurückzukommen, das arme Blühmchen!", sinnierte Oliver. „Dann lassen Sie uns erst mal einen Kaffee trinken gehen!", schlug Beate vor.

Nebenan war das Interview bereits in vollem Gange. „Wie lange dauert Ihr Praktikum bei uns?", erkundigte sich Ortrud katzenfreundlich. „Wohnen Sie in Goslar?", „Ist ihr lieber Mann auch aus der Branche?". Eine Frage reihte sich an die andere. Cornelia war schon leicht genervt, fand die Frau vor ihr aber auch faszinierend. Das graue Leinenkleid mit dem passenden Pashminaschal mit Pasleymuster passte perfekt zusammen. „Ganz schön teuer der Fummel, aber die hat es wohl geschafft!", dachte sie während sie recht einsilbig die Fragen beantwortete. Connis Traum hatte sich noch nicht erfüllt. Seit einiger Zeit war sie auf der Suche nach einem passenden männlichen Gegenstück, das möglichst vermögend war. Frau Wang beendete das Gespräch als sie das Büro betrat. „Frau Blühmchen, ich habe hier einige Statistiken, die der Chef bis heute Nachmittag ausgewertet haben möchte, kriegen Sie das schon hin?" „Kein Problem!", entgegnete die Praktikantin. „So dann will ich mal starten, ist sicher eine Menge liegen geblieben!", setzte Ortrud Saubermann sich in Positur. „Komisch, lauter Fragen, aber von ihr habe ich nichts erfahren", ärgerte sich Conni, als Ortrud das Geschehen verließ.

Bis zum Nachmittag waren alle gut beschäftigt. Blühmchen stellte ihre Auswertungen zusammen, Oliver saß mal wieder an der zähflüssigen Spendenaffäre, Beate hörte man ab und zu fluchen, weil etwas überhaupt nicht klappte. Ortrud hatte seit ihrem Ankommen noch keinen Handschlag getan, lief von Büro zu Büro und erzählte jedem von ihrem demnächst anstehenden Aufenthalt in Cap d'Antibes. Gegen siebzehn Uhr verließ Oliver die Redaktion.

Zu Hause sprang er unter die Dusche, rasierte sich noch einmal und sprühte sich einen Hauch Zino hinter die Ohren. Als er in Unterhosen vor dem Kleiderschrank stand überlegte er lange, was Niklas gefallen würde an ihm. Er entschied sich dann für ein kariertes Hemd und Jeans. Um achtzehn Uhr fuhr er zum Krankenhaus. Am Telefon neben der Anmeldung wählte er Brummers Nummer. „Oh, tut mir leid, ich habe mich verwählt!", sagte er zaghaft als er ein unfreundliches „Brummer" vernahm. Die Luft war also rein. „Chirurgische Station fünf Zimmer zwölf!", erhielt er von der Dame an der Rezeption als Antwort als er nach Herrn Stolzer fragte. Er eilte die Treppe hinauf, hüpfte, wie sein Herz, von Stufe zu Stufe und fand sich vor einer Tür wieder, auf die eine große zwölf gemalt war. Vorsichtig klopfte er an und vernahm keine Reaktion. Leise drückte er die Türklinke nach unten, sofort fiel sein Blick auf Niklas, der dösend aus dem Fenster sah. Am liebsten wäre Oliver ihm sofort um den Hals gefallen, zwei weitere Patienten im Zimmer hielten ihn aber von seinem Überschwang ab. Niklas drehte seinen Kopf Richtung Tür und strahlte. Als Oliver sich dem Bett näherte hörte er Niklas mit leiser Stimme sagen: „Jetzt ist alles gut!". Sie hatten sich wieder, wenn auch in diesem Moment eine Wand aus Glas zwischen Ihnen zu sein schien.

Als die beiden anderen Bettnachbarn das Zimmer verließen, um zu rauchen, richtete sich Niklas auf und streckte Oliver die Hände entgegen. Oli erwiderte die Geste und sie küssten sich innig. Er hatte seinen Stuhl ganz nah neben Niklas' Bett gestellt, so konnten sie während des ganzen Besuches ihre Hände unter der Bettdecke halten, was Niklas sichtlich guttat. „Dicki war heute schon hier, ich habe mit ihm vereinbart, dass er immer direkt aus der Bank herkommt, also jeweils gegen siebzehn Uhr, lange bleibt er nie, er hasst Krankenhäuser, wir sind also in Sicherheit!", bekräftigte er zunächst das Gespräch. „Wie geht es dir denn überhaupt, hast du Schmerzen?", erkundigte sich Oli besorgt. „Jetzt ist alles gut, du bist da!", wiederholte Niklas immer wieder während er vom Ergebnis der Operation erzählte. „Sie haben quasi ein kleines Loch im Herzen geschlossen, wenn ich dem Oberarzt glauben kann, werde ich damit jetzt hundert Jahre alt!", äußerte er sich. „Ich würde gern aufstehen und etwas auf dem Gang laufen, aber du müsstest mich noch stützen!", bat Niklas. Vorsichtig stand er auf, Oli suchte seine Hausschuhe und den Bademantel und zog Niklas an. Mit kleinen Schritten gingen sie eingehakt über den Flur. Am Ende des Korridors standen sie plötzlich in einer uneinsehbaren Nische. „Küss mich bitte!", forderte ihn Niklas auf und hielt ihm seinen Mund hin. „Du schmeckst nach Erdbeere!" stellte Oli fest und lachte. „Hat Oswald vorhin mitgebracht!", antwortete Niklas. Langsam gingen sie zurück ins Zimmer zwölf, vorsichtig legte sich der Patient wieder ins Bett. Oliver fiel es schwer, sich aus dieser Atmosphäre zu lösen, wusste aber, dass seine Zeit hier heute begrenzt war, er wollte Niklas auf keinen Fall überanstrengen. „Kommst du morgen wieder?", hauchte Niklas zaghaft. „Natürlich, ich bin jetzt jeden Tag hier", strahlte ihn Oliver an. Er streichelte ihm über den Kopf und sagte leise: „Bis morgen neunzehn Uhr!" Niklas sank glücklich auf sein Kopfkissen zurück.

Oliver konnte seinen Zustand nicht beschreiben, aber er fühlte sich so glücklich wie lange nicht, vielleicht wie noch nie in seinem Leben. Er genoss die inzwischen untergehende Sonne auf seinem Balkon mit einem Glas Prosecco. Er hatte das dringende Bedürfnis die ganze Welt zu umarmen, während er ein Telefonat nach dem anderen führte, reihte sich Zigarette um Zigarette aneinander. Auch die Flasche war bald leer. Er ging zum Kühlschrank und wollte die zweite öffnen, wurde aber vom Klingeln des Telefons davon abgehalten. „Gut so!", dachte er und griff zum Hörer. „Mit wem führst du Dauergespräche?", vernahm er Alex' leicht genervte Stimme. „Ich musste doch allen sagen wie es mir geht!", entschuldigte sich Oli. „So, so und mich hast du als Letzten auf deiner Liste, schöner Freund!", knirschte Alex sichtlich verärgert. „Tut mir leid, aber wem das Herz überläuft aus dem sprudelt es nur noch heraus!", entschuldigte sich Oliver. „Finde ich wirklich nicht gut, ich begleite dich seit Wochen in dieser Angelegenheit, bin dein seelischer Mülleimer und du sprichst erst mit der ganzen Welt. Ich warte seit über zwei Stunden auf deinen Anruf!" „Ich glaube es ist besser, wir telefonieren ein anderes Mal.", gab Oliver bereits leicht lallend zurück und legte auf. In diesem Moment war er wieder vollkommen nüchtern und erschrak über sein Verhalten. Nachdem er sich die nächste Zigarette angezündet hatte rief er Alex zurück. „Tut mir echt leid, was ich eben gesagt und getan habe, verzeih mir bitte!", bat er kleinlaut. Alex brummte ein wenig in die Muschel. Er dachte schon er hätte sich verwählt. „Dachte ich mir, dass du es bist, haben wohl beide ein wenig überreagiert, aber ich hätte trotzdem erwartet, dass du mir Bescheid gibst, wie es Niklas geht, schließlich geht es um ein Menschenleben und nicht nur um eure Beziehung zueinander!", konterte Alex ganz sachlich. In diesem Augenblick wurde Oli überhaupt erst die Schwere bewusst, was Niklas in den letzten Tagen durchgemacht hatte. Es hätte auch alles ganz anders ausgehen können. Er begann zu schluchzen. „Du hast absolut Recht, ich bin ein Arschloch, danke, dass wir noch mal sprechen, du hast mir gerade die wichtigste Erkenntnis der Situation vermittelt!", sagte Oliver kleinlaut. „Schon gut, nun erzähl aber mal wie es ihm geht!", hörte Oli eine Spur freundlicher. Über Alex ergoss sich jetzt ein fünfzehnminütiger Redeschwall, der von seiner Frage „Wie viel rauchst du eigentlich zurzeit?" unterbrochen wurde. Oliver hielt inne: „Frag lieber nicht, ab morgen hoffentlich wieder weniger, diese ganze Konstellation, vor allem der letzten Tage, hat ziemlich an den Nerven gefressen, das merke ich eben erst!" So ärgerlich die Unterhaltung begann, so versöhnlich endete sie. Die zweite Flasche blieb an diesem Abend geschlossen.

24. Angst vor Brummer

Trotz der geleerten Flasche ging es Oliver am nächsten Morgen prächtig. Als er in die Redaktion kam, saß Annemarie Schnäutz-Mauer schon in seinem Büro und unterhielt sich mit Cornelia. Die beiden waren so in ihr Gespräch vertieft, dass sie den ankommenden Redakteur nicht bemerkten. Ein zu tiefer Rückenausschnitt, den Annemaries Baumwollkleid freigab, zeigte viel, zwar gebräunte, aber zu speckige Haut. In einem Anflug von geistiger Umnachtung fuhr Oli über Frau Schnäutz-Mauers Rücken. In diesem Moment vernahm die gesamte Büroetage einen Aufschrei, der einem Multiorgasmus gleichkam. Ortrud und Beate standen sogleich in der Tür und wollten wissen was passiert war. Oliver grinste, Annemarie plusterte sich auf: „Herr Lauenstein hat …!", holte sie aus, konnte den Satz aber nicht vollenden, denn Blühmchen schaltete sich geistesgegenwärtig ein: „Herr Lauenstein wäre fast gestolpert und auf Frau Schnäutz-Mauer gefallen!" „Oh Gott, oh Gott!", schüttelte die Saubermann den Kopf und rauschte davon. Beate lachte und verschwand. „Was fällt Ihnen ein Herr Lauenstein, das ist ja sexuelle Belästigung am Arbeitsplatz!", beschimpfte Annemarie den Verursacher ihres Schreis. „Es war nicht so gemeint, meine Liebe, aber ich fand ihr Rückendekolleté einfach hinreißend!", säuselte er die Kollegin an. In diesem Moment zauberte die Schnäutz-Mauer ein Lächeln auf ihr Gesicht. „Ach!", hauchte sie sichtlich geschmeichelt, stand auf und schob ihre Puddingfigur in Richtung Oliver. Ehe er noch denken konnte: „Was passiert jetzt …?", versetzte ihm die Freelancerin einen Klaps auf den Po und lachte laut: „So jetzt sind wir quitt!" Mit offenem Mund sah er der Schnäutz-

Mauer hinterher, wie sie aus dem Büro wackelte. „Doch, doch, sie hat was ... wer's mag!", dachte er.

„Danke, dass Sie mir den Arsch gerettet haben!", sagte Oliver beiläufig zu Cornelia Blühmchen. „Die Situation war schon zu komisch, aber wir haben sie wirklich nicht bemerkt, als Sie reinkamen.", entgegnete die Praktikantin. Wie zwei Verschworene trafen sich ihre Blicke. „Ich heiße übrigens Oliver und denke, wir sollten uns duzen!" schlug er seinem Gegenüber vor. „Okay, ich bin Cornelia, Conni reicht auch." „Gut Conni, bist du mit Arbeit versorgt oder brauchst du Hilfe?" „Nein alles klar, Frau Saubermann hat mir Ablage gegeben, hole mir jetzt die Ordner aus dem Archiv", antwortete Conni. Oliver dachte sich verhört zu haben. „Sie hat was", keifte er Cornelia an. „Ablage ...?" „Ortrud Saubermanns Ablage!", redete sich Oli in Rage. „Ich glaube ja!", sagte sie zögernd. „Kommt überhaupt nicht in Frage, gib mal her den Scheiß!" und griff nach dem Papierstapel. Schnurstracks ging er eiligen Schrittes in Ortruds Büro und knallte ihr die abzuheftenden Belege auf den Schreibtisch. „Was ist das?", fragte sie ganz damenhaft, während sie ein privates Telefonat mit einer ihrer besten Freundinnen unterbrach. „Frau Blühmchen ist nicht ihre Sekretärin, Ihre Ablage machen Sie bitte selbst!", herrschte Oli die Kollegin an. Ortrud griff wieder zum Hörer: „Hannelore ich rufe dich nachher zurück, muss hier nur kurz was klären, grüß doch bitte deinen lieben Mann von mir und Hans-Werner!" „Ich habe nur gesagt, es müsste mal wieder Ablage gemacht werden!", wandte sie sich wieder an den Kollegen. „Ja, dann machen Sie die eben, Frau Blühmchen ist mit anderen Dingen beschäftigt", teilte ihr Oli mit. Ortrud zog die Augenbrauen hoch und schüttelte den Kopf: „Tststs …"

„So, das ist vom Tisch!", strahlte der Redakteur die Praktikantin an. „Was soll ich jetzt machen?" „Heute Nachmittag habe ich mit Franke einen Außentermin mit dem Vorsitzenden des Ausschusses der Gewerbetreibenden. Stell doch mal über das Adressbuch die, wie du meinst, wichtigsten Geschäfte in Goslar zusammen und schreib ein paar Notizen dazu, was dir so einfällt", bat er. „Ich brauche die Informationen bis fünfzehn Uhr, danach bin ich außer Haus und komme heute nicht mehr rein. Du machst dann bis siebzehn Uhr den Telefondienst hier im Büro!", wies er sie an. Wie nicht anders zu erwarten, vertiefte sich Conni gleich wieder in ihre Aufgaben.

„Kommen Sie mit zum Essen?" Beate steckte gegen halb eins ihren Kopf durch die Tür. „Ich bin schon unterwegs, ja!" Kurz darauf saßen die beiden Kollegen mal wieder bei ihrem Lieblingsitaliener. „Wir sind noch gar nicht dazu gekommen über gestern Abend zu sprechen.", stellte Frau Rabe fest. Oliver erzählte in einem nicht enden wollenden Monolog von den gestrigen Ereignissen und seiner Erkenntnis. Irgendwann klatschte Beate wieder in die Hände und rief: „Toll, uff, dann ist ja alles wunderbar verlaufen, ich freue mich, wird bestimmt alles gut!" Oliver lachte, er kannte diese Geste seiner Kollegin nur zu gut, wenn sie es ganz besonders nett und ehrlich meinte klatschte sie in die Hände. Zurück im Büro teilte ihm Cornelia mit, dass ein

Herr Stolzer angerufen hatte. Oli schaute sie leicht verwundert an. „Der kann doch nicht schon zu Hause sein …", murmelte er. Die Nummer, die ihm Conni daraufhin nannte, kannte er nicht. Es klingelte nur zweimal dann hörte der Redakteur das ihm inzwischen so vertraute lang gezogene „Ja". „Hier ist Oliver!" „Ich wollte dir nur meine Nummer hier mitteilen, habe jetzt Telefon am Bett!" „Schön!", säuselte Oliver in die Muschel „Kommst du nachher?" „Ja, gegen sieben, wenn … na ja, du weißt schon!", gab Oliver zurück. Mit den Worten „Erhol dich, bis nachher, freue mich" beendete er das Gespräch mit Niklas. „Was Ernstes?", fragte Cornelia mit besorgter Mine. „Ja, sehr sehr ernst!", lächelte Oliver sie verschmitzt an. Conni verstand gar nichts mehr.

Als Oliver um kurz vor sieben langsam den Parkplatz des Krankenhauses abfuhr und nach Brummers Auto Ausschau hielt war er ziemlich unkonzentriert. „Die Situation ist so schwierig, an was alles gedacht werden muss, dass wir uns sehen können!", fluchte er. Im Schritttempo war er jetzt schon zehn Minuten unterwegs auf dem Terrain. Weit und breit war kein blauer Daimler zu sehen. Oli stieg aus seinem Wagen und steuerte die Telefonzelle neben der Anmeldung an. Wieder wählte er Brummers Nummer und wieder vernahm er Oswald live und unfreundlich am anderen Ende. „Haben Sie sich nicht gestern schon verwählt!", blaffte ihn der Bankdirektor an. Oli legte einfach auf. „Scheiße, auf Dauer ist das keine Lösung, der wird misstrauisch!", dachte Oliver und bekam es mit Angst zu tun. Er wollte aber Niklas nicht belasten mit seinen Gedanken, noch nicht. Langsam wurden Oliver die Räumlichkeiten hier vertraut. Schnell fand er den Weg zu Niklas' Zimmer wieder. Wie bereits gestern trat er nach einem kurzen Klopfen ein. Niklas saß gerade am Tisch und verspeiste sein Abendessen. Als er das Schließen der Tür hörte wandte sich sein Blick dorthin und ein Strahlen empfing Oliver. Da die beiden anderen Betten gerade leer waren, befanden sie sich allein im Zimmer zwölf, fielen sich wortlos in die Arme und küssten sich.

Erst als Schwester Gaby in den Raum kam lösten sie sich voneinander. „Na, geht doch besser und besser und Hunger haben Sie auch wieder!", munterte sie Niklas auf. „Wollen wir ein wenig über den Flur gehen, ich stütze dich auch wieder?", schlug Oli vor. Niklas war glücklich über diese Abwechslung und stimmte zu. Als sie erneut in der Nische ankamen kannte ihr Verlangen aufeinander keine Grenzen mehr. Eng umschlungen liebkosten sich ihre Lippen. Dass Niklas dabei fast eifriger war als er fiel ihm erst auf, als er dessen Hand unter seinem Hemd auf seiner nackten Haut spürte, was Oli verängstigte und gleichzeitig erregte. „Vorsicht, junger Mann, wir sind hier nicht allein!", ermahnte er Niklas zärtlich. „Du fehlst mir so!", stöhnte Niklas auf, zog aber in diesem Moment seine Hand aus Olis Hemd. „Wir müssen unsere Pläne ändern!", sagte Oliver plötzlich. Niklas zuckte ein wenig zusammen. „Pläne?", sagte er zweifelnd. „Ich kann deinen Freund nicht jeden Tag anrufen und sagen, dass ich mich verwählt hätte, das fällt auf mit der Zeit!", entgegnete Oliver bestimmt. „Brauchst du doch gar nicht mehr!", lachte ihn Niklas an. „Warum?" „Weil ich dich anrufen kann, wenn Dicki bei mir war!" Das fand Oliver logisch. „Und das ist sicher, nicht, dass er dann noch ein zweites Mal am Abend kommt!", argwöhnte Oli. „Dafür hasst

Dicki Krankenhäuser viel zu sehr!" Irgendwie störte es Oliver, dass Niklas Oswald in seiner Gegenwart oft Dicki nannte, konnte sich aber noch nicht erklären, was ihm daran etwas ausmachte. Langsam gingen sie zurück ins Krankenzimmer. Die beiden anderen Herren lagen bereits in ihren Betten und schliefen. „Haben die hier eigentlich feste Besuchszeiten?", fragte Oliver. „Nein, glaube ich nicht. Außerdem stören wir doch keinen!", entgegnete Niklas. „Und die uns auch nicht!", grinste Oliver und gab ihm einen Kuss. „Es ist halb zehn, ich gehe jetzt nach Hause, muss Alex noch anrufen!" „Aber du kommst doch morgen wieder, oder?", fragte Niklas leicht verängstigt. „Natürlich mein Prinz, ich bin ab zirka achtzehn Uhr zu Hause, ruf mich dort oder vorher im Büro an, wenn dein Freund hier war, ich eile dann sofort zu dir!" Mit einer Umarmung verabschiedeten sie sich. Als Oli das Zimmer verließ sah Niklas ihm mit sehnsüchtigem Blick hinterher.

Am nächsten Morgen herrschte helle Aufregung im Büro. Magnus Schiller, der Chefredakteur der Niederlassung Goslar war, war nicht wie gewohnt zur Arbeit erschienen. Aufgeregt eilte Hedwig Wang über die Flure und trommelte alle um elf Uhr zu einem Meeting im Konferenzraum zusammen. „Ich weiß auch nicht, was los ist, aber es ist unbedingte Anwesenheitspflicht, habe einen Anruf von der Konzernspitze aus Hannover von Doktor Purper höchstpersönlich erhalten!", keifte sie sichtlich stolz. Ortrud, die gerade mal wieder mit einer ihrer Freundinnen telefonierte, schaute nur kurz auf, machte eine abweisende Handbewegung in Richtung der Wang. „Was ist los?", kam sie mit verdrehten Augen und kopfschüttelnd in Olivers Büro. „Um elf Uhr zum

Rapport ins Konferenzzimmer!", räusperte sich Oliver knapp. Beate, Conni und er standen schon eine Weile zusammen und schenkten der Kollegin keine weitere Beachtung. Diese begriff schnell und zog davon, um ihr Telefongespräch wiederaufzunehmen. „Was kann denn das bedeuten?", warf Beate leicht verängstigt in den Raum. „Bestimmt nichts Gutes!", entgegnete Oliver und zog dabei seine Stirn in Falten. „Soll ich auch mitkommen?", fragte Cornelia zaghaft. „Du gehörst doch dazu, natürlich!", lächelte sie der Journalist an. „Rufen Sie Frau Schnäutz-Mauer bitte an, Sie muss auch kommen!", streckte Hedwig Wang noch mal den Kopf durch die Tür. „Mache ich!", rief ihr Beate Rabe hinterher.

Punkt elf Uhr war das Sitzungszimmer gerammelt voll. Da nicht ausreichend Stühle vorhanden waren, mussten einige Kollegen stehen. Doktor Purper betrat den Raum mit nachdenklicher Miene, im Gefolge Hedwig Wang. „Guten Morgen meine Damen und Herren, liebe Kollegen! Ich möchte Ihnen mitteilen, dass Herr Magnus Schiller mit sofortiger Wirkung aus der Redaktion ausgeschieden ist. Wir haben gestern Abend einvernehmlich entschieden, dass er ab sofort neue Aufgaben in einem anderen Unternehmen wahrnehmen wird. Frau Charlotte Beil-Landauer wird sich Ihnen morgen als ihre neue Redaktionsleiterin vorstellen und den bisherigen Aufgabenbereich ihres Vorgängers übernehmen. Ich wünsche Ihnen eine gute Zusammenarbeit und danke für Ihre Aufmerksamkeit, guten Tag!", mit diesen Worten drehte er sich um und verließ den Raum, Hedwig Wang eilte hinterher. Niemand im Raum glaubte seinen Ohren zu trauen, es herrschte eine gespenstische Stille. Als erste fand

Ortrud Saubermann ihre Sprache wieder: „Die kenne ich entfernt aus unserem Golfclub, ihr Mann ist auch Zahnarzt, macht einen recht unscheinbaren Eindruck!" Beate und Oli grinsten sich an. Leise meinte er zu ihr: „Wen kennt die nicht!"

„Komisch, jemanden einfach so gehen zu lassen ...!", weiter kam Beate kurz darauf in Olivers Büro nicht. „Vermute mal Unkorrektheiten, die sich Schiller geleistet hat, ganz clean kam er mir nie vor!", entgegnete der Kollege. Weitere Spekulationen wurden durch das Klingeln des Telefons unterbunden. „Lokalredaktion Lauenstein, guten Tag!" „Guten Morgen Herr Lauenstein, mein Name ist Beil-Landauer, wir kennen uns noch nicht persönlich, ich bin ihre neue Redaktionsleiterin!" Oli schaute etwas irritiert in Richtung Beate Rabe und legte seinen Zeigefinger auf seine Lippen. Sogleich verstummte das Geplapper zwischen ihr und Conni. „Herr Lauenstein, es wäre nett, wenn bis morgen alle leitenden Redakteure ein paar ihrer Artikel der letzten Wochen zusammenstellen würden und diese Frau Wang übergeben, geben Sie das bitte an die Kollegen weiter, herzlichen Dank, freue mich auf Sie, bis morgen!", verabschiedete sich Frau Beil-Landauer. Ihre Stimme klang angenehm, aber energisch und duldete keine Widerworte, das verstand Oliver sofort. „Das war die Neue!", sagte Oliver baff in die Runde. „Und?", sahen Cornelia und Beate ihn fragend an. Oliver erzählte, was ihm soeben aufgetragen worden war. „Ich ahne nichts Gutes!", zischte Frau Rabe und verschwand. Oliver rief seine Kollegen nach und nach an und wies die Aufgabe für morgen an. „Der Tag ist nicht unser Freund!", meinte Conni nachdenklich. „Sei nicht so skeptisch, wir werden sehen, was passiert, können eh nichts ändern!", reagierte er. Tatsächlich war es schwierig sich heute noch auf seine Arbeit zu konzentrieren, alles ging irgendwie schwer von der Hand. Die Zeit zog sich in die Länge. Um siebzehn Uhr ging Oliver nach Hause.

Es dauerte gar nicht lang bis Niklas anrief: „Oswald war heute schon früher da, wenn du magst, kannst du jetzt schon kommen!" „Und ob ich will, ich eile, bin in zwanzig Minuten da!", freute sich Oliver. Er hatte einige Mühe auf dem Parkplatz des Krankenhauses sein Auto abstellen zu können, fuhr nun schon zum dritten Mal die Wege ab. Plötzlich zuckte er zusammen. Sein Blick fiel auf den dunkelblauen Mercedes mit dem Kennzeichen GS-OB-58. „Scheiße, was mache ich jetzt, denke der war schon hier!", fuhr es Oliver durch den Kopf. Kopflos dreht er noch eine Runde über den Parkplatz danach verließ er das Gelände. An der nächsten Telefonzelle sprang er aus seinem Renault und wählte Niklas' Nummer. „Ja!", hörte er seine Stimme, nahm aber vor lauter Aufregung den Unterton nicht wahr. „Was ist los, habe das Auto deines Freundes vor dem Krankenhaus entdeckt!", schrie er Niklas an. „Ach das ist ja schön, dass Sie sich melden. Ja, die Operation ist sehr gut verlaufen, danke!", sagte Niklas freundlich. „Was ist los!", schrie Oliver. „Nein, Besuch möchte ich noch keinen haben, vielleicht nächste Woche. Ich bin etwas müde, freue mich, wenn Sie in den nächsten Tagen vorbeikommen wollen, tschüs!", mit diesem Satz beendete Niklas das Gespräch. Zitternd hängte Oliver ein. „Was nun, Brummer muss noch da sein, eine andere Möglichkeit gibt es nicht!", versicherte er sich. Er griff erneut zum Hörer und wählte Alex' Nummer. „So ein Mist, nur dieser dämliche AB!", fluchte er. Langsam schleppte er sich zu seinem Wagen zurück, stieg ein und wendete das Fahrzeug Richtung Krankenhaus. Noch immer stand Oswalds Wagen dort. Oliver kam langsam wieder zu sich: „Okay, irgendwann muss er ja abhauen!" Er stellte sein Auto so ab, dass er Oswalds Stellplatz gut einsehen konnte. Sekunden wurden zu Minuten, Minuten zu Stunden, jedenfalls gefühlt. Gegen neunzehn Uhr wurde es ihm zu bunt. Er stieg aus und ging Richtung Haupteingang. Als er den Eingangsbereich betrat, kam ihm ein leicht verschwitzter Brummer eiligen Schrittes entgegen. Als dieser Oliver erblickte musterte er ihn von Kopf bis Fuß. Oli zuckte zusammen. „Er hat alles rausgekriegt und haut mir jetzt in die Fresse!", fuhr es ihm durch den Kopf. Panik und Angst, wie kürzlich in der Fußgängerzone, machte sich breit. Oli überlegte kurz, ob er wieder türmen sollte, fasste sich aber ein Herz und ging einfach weiter. Als er ein paar Schritte zurückgelegt hatte, hatte er den Eindruck, dass Brummer ihm hinterher sah. Er drehte sich vorsichtig um und tatsächlich ... Brummer hatte sich ebenfalls gewendet sah ihn und zog auffordernd eine Augenbraue hoch. Flugs lief Oliver weiter und steuerte die nächste Toilette an. In der Kabine ließ er sich auf die Kloschüssel fallen und fing an tief durchzuatmen. Ihm war es in diesem Moment egal, dass das Rauchen hier verboten war und, dass Niklas nach Nikotin schmeckende Küsse nicht mochte, er zündete sich eine Zigarette an und machte einen tiefen Lungenzug. Nach einiger Zeit verließ er die Örtlichkeit und fand sich auf dem Parkplatz wieder. Brummers Wagen war weg. „Durchatmen und jetzt aber!", sagte er laut vor sich hin.

Niklas sah Oliver beim Hereinkommen betreten an. Da das Zimmer ansonsten leer war begrüßte Oli ihn mit einem Kuss. „Du schmeckst nach Zigaretten!", klang Niklas' Stimmer leicht vorwurfsvoll. „Weißt du, welche Ängste ich in der letzten Stunde ausgestanden habe!", verteidigte sich Oliver. Niklas lächelte ihn an. „Du ich war auch ganz überrascht, dass Oswald noch einmal zurückgekommen ist!", erwiderte der Patient. „Was war denn los!", wollte Oli wissen. „Ach, er hatte nur seinen Terminer hier vergessen!" „Uff, worauf man alles achten muss!", stöhnte Oliver laut vor sich hin. Als sich in diesem Moment die Tür öffnete bekamen beide einen Schreck. Sollte Oswald Brummer noch mal ...., erleichtert stellten beide fest, dass sich lediglich jemand in der Tür geirrt hatte. „Du hast ja richtiges schauspielerisches Talent!", sprach ihm Oliver seine Glückwünsche aus. Niklas schaute ihn verschmitzt an: „Ach das Telefongespräch, ja, ich wusste ja, dass du unterwegs warst, konnte dich also nicht erreichen und hatte mir das schnell überlegt, aber wie hast du denn mitbekommen, dass Oswald noch hier sein musste?" „Durch sein Auto unten, du Schaf!", ironisierte Oliver. „Mensch, wir müssen uns etwas überlegen. Dieses Mal ging alles gut. Wenn ich das nächste Mal in diese Situation komme rufe ich nicht an, sondern warte, bis er weggefahren ist!", versicherte Oliver

Nachdem das abendliche Ritual auf dem Korridor und viel verbale und körperliche Zärtlichkeit ausgetauscht worden waren, verließ Oliver das Krankenhaus und überließ sich später der warmen Julinacht auf seinem Balkon.

25. Die Neue

Hedwig Wang hatte einen kleinen Begrüßungsimbiss orga-
nisiert, den sie im Sitzungszimmer aufgebaut hatte. Eilenden Schrittes lief sie schon wieder von Zimmer zu Zimmer
und tat jedem kund, dass er sich um zehn Uhr dreißig dort
einzufinden hätte. „Frau Beil-Landauer hält eine Ansprache!", betonte sie etwas aufgesetzt. Beate und Oli, die gerade
bei ihrem Morgenkaffee saßen, sahen sich verdutzt an. „Viel
Lärm um nichts!", sagte Beate etwas schnippisch. „Nun lassen Sie uns doch erst mal abwarten, am Telefon gestern
klang die gar nicht so übel!", meinte der Redakteur daraufhin. „Sie werden von der Unscheinbarkeit überrascht sein,
ich meine ihr Mann ist doch schließlich Zahnarzt, Hans-
Werner meinte, dass die Praxis sehr gut laufen soll in Hannover!", drängelte sich Ortrud Saubermann in das Gespräch. Oli und Beate ließen sich nicht beeindrucken und
setzten ihre Unterhaltung fort. Ortrud merkte, dass sie nicht
erwünscht war und zog davon. „Die geht mir auf den
Sack!", zischte Oliver. Beate Rabe verdrehte die Augen
„Und mir erst, bin schon gespannt, wie sie sich nachher ins
rechte Licht setzt und wie sie es anstellt ihr berühmtes Interview zu machen!", kicherte sie. „Ich muss Cornelia noch ihre
Aufgaben für heute geben", beendete er das Gespräch.

Kurz vor halb elf war der Konferenzraum wieder gerammelt
voll. Cornelia wunderte sich über die vielen Kollegen, da sie
einige von denen noch nie gesehen hatte. Die Mitarbeiter
standen in Grüppchen zusammen und palaverten. Mit zehn
Minuten Verspätung erschien Frau Wang im Schlepptau

von Charlotte Beil-Landauer. „Donnerwetter!", dachte Oliver und sprach es aus. Ortrud warf ihm einen vernichtenden Blick zu. Da stand sie nun: Ende dreißig, blond, Topfigur, gekleidet in eine kobaltblaue Designer-Lederminikreation, das Ganze auf ungefähr zehn Zentimeter hohen Stilettos. „Guten Tag, meine Damen und Herren, verehrte Kollegen, mein Name ist Charlotte Beil-Landauer, ich übernehme ab sofort die Aufgaben von Herrn Schiller. Herzlichen Dank, dass mir einige von Ihnen bereits Auszüge Ihrer Arbeiten der letzten Wochen überlassen haben. Ich denke, ich werde im Laufe dieser Woche auf jeden einzelnen von Ihnen zukommen und persönliche Gespräche führen, dann werden wir auch über Zielvereinbarungen sprechen! Frau Wang hat hier einen Imbiss vorbereitet, greifen Sie zu!" Nach dieser Ansprache herrschte Stille im Raum. Langsam setzten sich die Kollegen aber in Bewegung Richtung Buffet. Das Klappern des Geschirrs übertönte ein wenig die doch wieder aufkommenden Gespräche. „Die sieht ja geil aus!", gab Oliver gegenüber Beate mit Bewunderung zu. „Na ja, das wird bestimmt nicht alles echt sein!", zweifelte die Kollegin und grinste. „Ich glaube, die trägt gar nichts drunter!", kam Blühmchen auf die beiden zu, „nicht, dass du wieder sexuell übergriffig wirst wie neulich bei Frau Schnäutz-Mauer!", spöttelte sie weiter. Beate prustete so los, dass sie fast Teile ihres Brötchens ausgespuckt hätte. Oliver klopfte ihr vorsichtig auf den Rücken und sie kam wieder zu sich. „Es zeichnet sich kein Slip ab!", setzte Conni noch eins drauf. Beate gackerte erneut los. Sekunden später fiel ihr Blick auf Ortrud Saubermann, die in ein Gespräch mit Frau Beil-Landauer vertieft schien. „Oh Gott, jetzt schon!", stellte Beate nicht wirklich überrascht fest. Ihre Neugier trieb sie in Richtung der beiden Frauen. Zunächst vernahm Frau Rabe nur Fragmente wie Golfplatz, Zahnarzt. Ihre Wissbegier ließ sie noch einen Schritt auf die beiden zugehen. „Wir sind ja quasi doppelte Kolleginnen!", strotzte Ortrud gerade. Worauf der Beil-Landauer nur ein knappes „Warum?" über die Lippen kam. „Ihr werter Gatte ist doch auch Zahnarzt, hörte ich, erinnern Sie sich nicht mehr an das Golfturnier in Dingolfing vor ein paar Jahren?", bohrte sie weiter. „Ja, mein Mann und ich spielen Golf soweit es unsere Zeit erlaubt.", wich sie der Frage der Saubermann aus. Charlotte konnte und wollte sich beim besten Willen nicht daran erinnern, dieser Frau schon einmal begegnet zu sein und wandte sich von Ortrud ab. „So meine Herrschaften, wenn ich sie dann wieder an ihre Arbeit bitten dürfte!", beendete sie die Zusammenkunft.

„Also mir ist die zu sexistisch!", rümpfte Ortrud kurz darauf die Nase in Olis Büro. „Die sieht gut aus, hat Geschmack, ich weiß nicht, was Sie haben, Frau Saubermann. Außerdem betonten Sie doch, dass sie vollkommen unscheinbar sein soll, wenn ich Sie erinnern darf!", betonte Oliver bewusst lässig. Die Kollegin merkte, dass ihre Gehässigkeiten hier nicht ankamen, trotzdem fuhr sie fort: „Muss ziemlich teuer gewesen sein, was die alles an sich hat machen lassen, na ja hat wohl alles der Zahnarztgatte geblecht!". Oliver ignorierte die Kollegin einfach und widmete sich seinem Schreibtisch. Ortrud zog von dannen. „Ganz schön billig!", lachte Conni über den Schreibtisch. „Was meinst du?", wollte Oli wissen. „Na ja, die hat zum einen Haare auf den Zähnen und zum anderen muss ich Frau Saubermann Recht geben!" „Frauen sollten nicht über Frauen urteilen, das hat immer etwas Stutenbissiges!", würgte Oliver sie ab und legte ihr einige Seiten zum Korrekturlesen auf den Schreibtisch.

Nach der Mittagspause wurde Oliver als erster Mitarbeiter zu Frau Beil-Landauer zitiert. „Viel Glück!", rief ihm Conni beim Verlassen des Büros zu. Seine Chefin erwartete ihn mit einem lasziven Gesichtsausdruck, wie der Redakteur fand, als er ihr Büro betrat. Irgendwie erinnerte ihn die Szene an den Film *Basic Instinct* mit Sharon Stone. „Nehmen Sie Platz!", forderte sie ihn freundlich auf; „Sie wundern sich bestimmt, dass Sie der Erste sind, aber Doktor Purper sagte mir, dass Herr Schiller Sie mal als seinen Stellvertreter genannt hat." „Ja, Magnus Schiller stellte mir das in Aussicht.", gab Oliver zurück. „Ich habe mir Ihre Texte angesehen, vor allem die über diese Spendenaffäre und muss sagen, dass Sie sehr sensibel schreiben, das gefällt mir!" „Oh, vielen Dank!", entgegnete der Redakteur etwas duckmäuserisch. „In Ihnen steckt viel Herr Lauenstein, so etwas erkenne ich sofort!", baute ihn die Beil-Landauer schnell wieder auf. „Erzählen Sie doch mal in ein paar Sätzen ihren Werdegang und was Sie sich zukünftig vorstellen könnten!", forderte sie ihn auf. Oliver riss sein berufliches Leben in einigen Sätzen ab und stellte fest, dass sie sichtlich interessiert zuhörte. „Und privat?", fragte sie plötzlich ziemlich unvermittelt. Oli glaubte sich verhört zu haben und zuckte ein wenig zusammen. „Ich lebe in erster Linie für meine Arbeit!", fing er sich wieder. „Also Herr Lauenstein, seien Sie versichert, dass ich Ihre Arbeit schätze. Noch kurz zu den bereits erwähnten Zielvorgaben. Ich habe mir überlegt, dass Sie alle vierzehn

Tage den Wochenenddienst übernehmen und, dass Sie täglich einen Fünfzigzeiler über die Kulturszene in Goslar schreiben, also Kritiken, Hinweise und so weiter. Können Sie damit leben?" „Auf jeden Fall!", versicherte ihr der Kollege. „Dann hoffe ich auf gute Zusammenarbeit, ich wünsche Ihnen noch einen schönen Tag!", verabschiedete sie sich, indem sie aufstand und ihm die Hand reichte. Olis Blick fiel sofort auf den leicht hoch gerutschten Ledermini, der preisgab, dass sie halterlose Strümpfe trug, die ihre makellosen Beine noch betonten. „Geil!", hörte Oliver sich plötzlich laut sagen und stand mit offenem Mund da. Frau Beil-Landauer glaubte sich verhört zu haben, sagte aber nichts. Ihr Lächeln bestätigte ihm, dass sie es wohl als Kompliment verstanden hatte. „Diese Sprache versteht sie also!", dachte er nachdem er die Tür hinter sich geschlossen hatte und musste grinsen.

Zurück in seinem Büro teilte ihm Conni mit, dass ein Herr Stolzer um Rückruf bittet. Olivers sah zur Uhr und stellte fest, dass es bereits siebzehn Uhr dreißig war. Er rief Niklas an, der ihm mitteilte, dass die Luft rein sei. Mit einem sanften Lächeln legt er den Hörer auf. „Ich muss jetzt los!", verabschiedete er sich von Blühmchen. „Bis morgen!" „Ich komme morgen nicht, muss mit Kriemhild nach Hannover!", entgegnete sie, aber Oli war bereits verschwunden.

Der abendliche Besuch bei Niklas ging reibungslos von statten. Es tat nicht nur Niklas' Genesung gut, diese Zeiten zusammen zu verbringen, sondern auch Oliver, der immer wieder den Eindruck hatte, dass sich eine völlig neue Welt auftat für ihn. Ab und zu kamen Momente des Zweifels auf, aber er wischte diese Gedanken gern vom Tisch. Es war einfach schön, Niklas neu erblühen zu sehen. Eigentlich brauchte er bei den Gängen über den Korridor keine Stütze mehr. Aus einem Gefühl der Nähe umfasste er aber jedes Mal Olivers Hand und suchte Schutz. Noch ahnte Oliver nicht, wie sehr er diesen Schutz wirklich brauchte.

26. Verzweifelt gesucht: Kriemhild

Kriemhild Blühmchen war eine kleine rundliche Frau von Ende fünfzig. Zusammen mit ihrer Tochter Cornelia und ihrem Mann Adalbert lebte sie seit über zwanzig Jahren im selbst errichteten Eigenheim Ahornweg fünf. Adalbert, den sie meistens kurz Addy nannte, hatte sich mit Beginn seines Rentnerdaseins der Pflege des Grundstücks und seinen Kaninchen und Hühnern verschrieben. Am wohlsten fühlte er sich draußen in der Natur. Kriemhild war bei allen Nachbarn beliebt und pflegte zu ihnen auch gute Kontakte. Sie war eigentlich zufrieden mit ihrem Leben, ab und zu überkam sie aber ein Gefühl von Enge und sie musste raus. An diesem Donnerstag war es wieder einmal soweit. Cornelia hatte sich einen Tag frei genommen, um mit ihrer Mutter einen Einkaufsbummel in Hannover zu machen. Bereits am Mittwoch hatte Frau Blühmchen für ihren Mann vorgekocht. Leicht aufgeregt saß sie schon um halb sieben am Morgen vor ihrem Frisiertisch und machte sich stadtfein, wie sie es gern nannte. Im Spiegel blickte sie immer wieder auf Adalbert, der hinter ihr im Bett lag und schnarchte. „So, sitzt alles, Haare, Lippenstift, müsste so gehen!", dachte sie. Leisen Schrittes ging sie zum Kleiderschrank und nahm ein beigefarbenes Kostüm von der Stange. Vorsichtig zog sie die darüber schützende Plastikhülle ab. Nachdem sie sich angezogen hatte stieg sie die Treppe hinunter und bereitete das Frühstück vor. Sie war dabei sehr umsichtig, da sie auf keinen Fall ihr Outfit beschmutzen wollte. Als sie wenig später vor dem gedeckten Küchentisch stand freute sie sich. Die Zeitansage im Radio schreckte Kriemhild auf: „Oh, schon viertel vor acht!" Eilig lief sie die Treppe hinauf und erblickte Adalbert im Badezimmer, dessen Gesicht halb mit Rasierschaum bedeckt war. „Guten Morgen, mein Lieber!", flötete sie. „Morgen!", brummte ihr Mann zurück. Leise öffnete sie die Tür zu Connis Zimmer. Sie trat an ihr Bett und streichelte ihrer Tochter über den Kopf. „Hallo, guten Morgen mein Schatz, du musst aufstehen, es ist gleich acht Uhr, wir müssen bald los!" Cornelia blinzelte und streckte sich. „Morgen Mama!", entgegnete sie verschlafen. Kriemhild riss die Vorhänge auf und Cornelia stöhnte laut auf: „Noch so früh, kann ich nicht noch ein bisschen …?" Weiter kam sie nicht. Kriemhild hatte nun mal einen Tagesplan, der unbedingt eingehalten werden musste und wiederholte: „Wir müssen bald los, also auf, alte Schlafmütze!" Die Tochter merkte, dass jeder Widerstand zwecklos war und stand auf. Wenig später saßen sie alle am Frühstückstisch.

Cornelia war ein wenig morgenmuffelig. Die Autofahrt verlief deshalb überwiegend wortlos. Kurz vor Hannover fragte sie aber ihre Mutter, was sie denn nun eigentlich kaufen wolle. „Ach dies und das, erst mal ein bisschen bummeln.", gab Kriemhild fröhlich zur Antwort. „Du bist ja bei mir, da kann nichts passieren!", fuhr sie fort. Cornelia musste lachen. „Ja, ja du und dein Orientierungssinn, findest dich gerade mal im Ahornweg zurecht.", spottete sie. „Kind, ich kann doch auch nichts dafür, dass ich manchmal nicht genau weiß in welche Richtung ich gehen muss, bin eben nicht so weltgewandt wie du!", gab sie leicht gereizt zurück. Kriemhild war durchaus gutmütig, ärgerte sich aber

immer wieder, wenn jemand die Sprache auf ihre Orientie-
rungslosigkeit brachte. „Ich meine ja nur ...!", entgegnete
die Tochter etwas netter.

Um halb elf fuhr Cornelia in ein Parkhaus am Hauptbahnhof. Bis zum Kröpke trottete Kriemhild neben ihrer Tochter
her. Als sie ein Bekleidungsgeschäft auf der Georgstraße betraten, hakte sich die Mutter bei ihrer Tochter ein. „Man
merkt eben doch, dass sie quasi vom Dorf kommt und sich
in dieser Umgebung ein wenig unwohl fühlt, aber da muss
sie jetzt durch, war ja ihre Idee!", dachte Conni bei sich.

Sichtlich interessiert sah sich Mutter Blühmchen Abendklei-
der an. „Wo willst du so was denn anziehen?", fragte Conni
entsetzt. „Lass mich doch mal schauen!", ließ sich Kriemhild
gar nicht beirren und zeigte ihrer Tochter einen Traum aus
grünem Chiffon. „Hm hm, das ist Größe sechsunddreißig!",
grinste Cornelia. „Kann ich helfen?". Eine ältere Verkäuferin
kam auf die beiden zu. „Nee nee, wir schauen nur mal", gab
Conni leicht mürrisch von sich. „Ich kann Ihnen gern etwas
in sechsundvierzig zeigen, das ist wohl eher ihre Größe", be-
harrte die Frau. „Nein wirklich nicht, danke!", sagte Cornelia schroff. „Dann eben nicht!", vernahmen Mutter und
Tochter den zickigen Tonfall der Angestellten.

Kurz darauf setzten die beiden ihren Bummel eingehakt
fort. Das Bild, das sie dabei abgaben, erinnerte an den Buchstaben Q. Cornelia mit ihrer zierlichen Figur wirkte wie das
kleine Häkchen unten rechts des Ovals. Immer wenn das

Gedränge zu dicht wurde, hatte Conni den Eindruck, dass Kriemhild sich festkrallte an ihr. „Bedenklich, bedenklich!", dachte sie. Sie besuchten die unterschiedlichsten Läden hatten aber bis auf zwei Strumpfhosen noch nichts erstanden. „Lass uns ins Restaurant gehen und etwas essen!", schlug die Tochter ihrer Mutter in einem großen Kaufhaus vor. „Das wäre gut!", stöhnte Kriemhild auf. Bald darauf saßen sie in der Kantine des Warenhauses. Gelangweilt stocherte Conni auf ihrem Teller herum. „Schmeckt es dir nicht?", erkundigte sich Mutter Blühmchen besorgt. „Nicht besonders.". „Weißt du, wo hier die Toiletten sind?", fragte Kriemhild. „Da vorne am Eingang, glaub ich.", wies Conni sie zurecht. Frau Blühmchen erhob sich und ging zu der Örtlichkeit. Conni räumte den Tisch ab und brachte das Tablett zum Geschirrrückgabelaufband. Danach setzte sie sich wieder an den Tisch und wartete auf Kriemhild.

Es verging eine Viertelstunde, von Kriemhild war nichts zu sehen. Conni wartete noch zehn Minuten dann ging sie zu den Damentoiletten. Sie klopfte an zwei verschlossenen Kabinen und rief: „Frau Blühmchen sind sie da drin?". Beide Male erhielt sie keine Antwort. „Es wird doch wohl nichts passiert sein?", fuhr es ihr durch den Kopf. Cornelia ging vor der Tür in die Warteposition. Kurz darauf schaute sie wieder nach. Jetzt waren beide Kabinen leer. „Wo ist die denn?", ärgerte sie sich. Sie schaute noch einmal zum Tisch herüber, der aber verwaist war. Verwirrt verließ sie das Restaurant und eilte zum Informationsschalter, wo sie ihre Mutter ausrufen ließ. Conni wartete eine halbe Stunde, aber nichts passierte, von ihrer Mutter keine Spur.

Unterdessen befand sich Kriemhild auf der Georgstraße und war den Tränen nahe. „Was soll ich nur tun, kenne mich hier überhaupt nicht aus, dass Conni aber auch nicht warten konnte!" Verzweiflung und Ärger machten sich bei diesem Gedanken breit. Nachdem sie sich einigermaßen gefasst hatte steuerte sie auf ein Taxi zu. „Bringen Sie mich bitte sofort zum Hauptbahnhof!", trug sie dem Fahrer auf. „Vorder- oder Hintereingang?", fragte der Typ in gebrochenem Deutsch. „Ist mir egal, fahren Sie!", schrie Kriemhild ihn fast hysterisch an. Tränen rollten wieder über ihr Gesicht.

Als sie einige Minuten später die Bahnhofshalle betrat wurde ihr ganz mulmig. Sie fragte einen vorbeikommenden Passanten wo man denn hier eine Fahrkarte kaufen könnte. Dieser verwies mit einer Handbewegung Richtung Reise- center. Ungeduldig reihte sich Cornelias Mutter in eine end- lose Schlange ein. Als sie endlich an der Reihe war kaufte Sie eine Fahrkarte nach Goslar und ließ sich genau beschreiben wann und wo der Zug abfährt. Zur Sicherheit ließ sie sich noch eine kleine Zeichnung für den Weg zum Bahnsteig von der verwunderten Bahnberaterin anfertigen. Ihren ganzen Mut zusammennehmend verließ sie den Schalter und ging zum Bahnsteig fünf. Die dort bereits wartende Bahn kam Kriemhild nicht geheuer vor. Zur Sicherheit fragte sie noch mehrere Mitreisende, ob es ich um die Verbindung nach Go- slar handeln würde. Als der sechste Reisegast das auch be- stätigte suchte sie sich einen Sitzplatz und atmete erst ein- mal tief durch.

Inzwischen war Cornelia im Polizeirevier angekommen. Sie war fest entschlossen eine Vermisstenanzeige aufzugeben. „Wie lange ist Ihre Mutter denn schon weg!", hörte sie den Wachtmeister fragen. „Zirka eine dreiviertel Stunde!", meinte Conni. Der Polizist musste ein wenig grinsen: „Junge Frau, da kann ich Ihnen nicht helfen, noch nicht. Ihre Frau Mutter muss mindestens achtundvierzig Stunden fort sein. Dann kann ich eine Suchaktion einleiten lassen!" „Und was mache ich jetzt?", fragte Conni vorwurfsvoll. „Wie sind Sie denn nach Hannover gekommen?", wollte der Beamte wissen. „Mit dem Auto, das steht im Parkhaus!", entgegnete sie eine Spur freundlicher. „Dann schauen Sie doch dort erst einmal nach, Ihre Mutter wartet dort bestimmt auf Sie!", versuchte er es und sah dabei sehr zuversichtlich aus. „Da findet sie gar nicht hin …", sagte Conni leise. „Was?", wollte der Mann wissen. „Ach nichts!". Die Suchende stand auf und verabschiedete sich. Vor dem Gebäude überlegte sie, was nun zu tun sei. „Okay, ich gehe jetzt zum Parkhaus, danach rufe ich zu Hause an und frage Papa, ob Mama schon wieder da ist." Als sie auch an ihrem Auto nicht fündig wurde, suchte sie die nächste Telefonzelle auf. Mit zittriger Hand wählte sie die Nummer ihrer Eltern. „Blühmchen!", hörte sie am anderen Ende die brummige Stimme ihres Vaters Adalbert. „Hier ist Cornelia!" Ihr Vater lachte laut. „Was ist, was hast du, warum lachst du!", fragte Conni zaghaft. Adalbert erklärte ihr, dass Kriemhild eben vom Goslarer Bahnhof angerufen hat und er schon auf dem Wege sei, sie dort aufzulesen. „Nächstes Mal gebe ich dir eine Hundeleine für deine Mutter mit!", ächzte ihr Vater in die Muschel. Cornelia ging beruhigt zum Parkhaus zurück und fuhr nach Hause.

27. Neue Sorgen um Niklas

Niklas Genesung schritt voran, der Oberarzt stellte sogar in Aussicht, dass er in etwa zwei Wochen entlassen werden könne. Oliver dachte jetzt oft daran, wie es tatsächlich weitergehen solle, wenn sein Freund wieder zu Hause ist, diese Gedanken bereiteten ihm Unbehagen. Oswald Brummer befand sich ein paar Tage auf einer Dienstreise, sodass keine übertriebene Vorsicht nötig war, die abendlichen Rituale auszuleben. Die Gespräche zwischen den beiden Liebenden wurden intensiver. Oft verbrachte Oli drei bis vier Stunden im Hospital. Besonders schön war es, wenn Niklas und er im Garten des Krankenhauses bis zum Einbruch der Dunkelheit verbringen konnten. Hier waren sie fast ungestört und beide genossen das in vollen Zügen. Der Redakteur hatte inzwischen so etwas wie Bekanntheit auf der Station erlangt, besonders Schwester Gaby schien Oliver zu mögen. Jedes Mal, wenn sie ihn erblickte, strahlte sie und verwickelte den Besucher in ein kleines Gespräch. „Was glaubst du eigentlich, was deine Bettgenossen denken, wenn nachmittags Oswald und abends ich an dein Krankenbett kommen?", wollte er wissen. Niklas grinste: „Die denken, der eine ist der Vater, der andere der Liebhaber!" „Wie, die wissen …?" „Nein, aber die sind doch nicht blöd!", tat Niklas kund. „Und mir ist es auch egal, was die denken!", fuhr er fort. Immer wieder kam die Sprache darauf, was werden würde, wenn Niklas sich im Alltag bei Brummer wiederfinden wird. Dem Patienten ging es manchmal auf die Nerven, wenn Oliver danach bohrte, er traute sich aber nicht, das wirklich zu vertreten. „Mich plagt ein wenig das schlechte Gewissen!", stellte er eines Abends ohne große Umschweife fest. „Was meinst du damit Niklas?", schaute ihn Oliver überrascht an. Niklas zögerte: „Na ja, die Beziehung zu Oswald ist nicht mehr gut, aber ich lebe hier quasi auf seine Kosten und es geht mir vordergründig betrachtet ausgezeichnet damit. Ich bin in den sechs Jahren unserer Beziehung auch oft verwöhnt worden mit Reisen, Geschenken und so weiter. An einen bestimmten Luxus habe ich mich gewöhnt!" Oliver glaubte seinen Ohren nicht zu trauen. „So materiell denkst du!", fauchte er ihn fast an; „Du lebst in einer Art goldenen Käfig und genießt das!", konnte er sich gar nicht wieder beruhigen. „Ich meine ja nur ...!" „Was meinst du nur!", erwiderte Oli wieder eine Spur schärfer. „Was ich sagen will ist, dass ich auch ein schlechtes Gewissen habe, Oswald ständig mit dir zu betrügen, er hat auch gute Seiten!" Oliver schaute ihn dabei sprachlos an. „Gib uns noch etwas Zeit, es wird sich alles finden!", bat Niklas und griff nach Olis Händen. Sie saßen lange schweigend nebeneinander. Oliver mochte sich ein Leben ohne Niklas nicht mehr vorstellen, das war ihm sonnenklar. Aber es kam auch der Gedanke auf, dass er natürlich nicht in Niklas Kopf schauen konnte und vielleicht irrten sich sein Gefühl und seine Liebe zu ihm auch. Nach diesem Gespräch gingen beide Hand in Hand zurück auf die Station. Die Verabschiedung fiel an diesem Abend etwas kühler und distanzierter aus als sonst.

Am nächsten Morgen klingelte bereits gegen halb sieben das Telefon in Olivers Wohnung. Es dauerte lange bis er erwachte und vernahm, dass es sich nicht um den Wecker handelte. Mürrisch und schlaftrunken griff er zum Telefon: „Ja?" „Hier ist Niklas, es tut mir leid, dass ich so früh anrufe.", vernahm Oliver die gequält klingende Stimme. Sofort war er hellwach. „Was ist denn los?", wollte er wissen. Niklas schluchzte, mit erstickter Stimme meinte er: „Habe heute Nacht neununddreißig fünf Fieber bekommen und entsetzliche Schmerzen in der Herzgegend, man will heute wohl noch mal operieren!" Oliver war fassungslos. „Soll ich kommen?", schrie er ins Telefon. „Ja, gleich, bitte komm!", hörte er Niklas fast flüstern. Er knallte den Hörer auf. „Jetzt bloß einen klaren Kopf bewahren. Also Brummer ist noch unterwegs, kann mir nicht in die Quere kommen.", ging es ihm durch den Kopf. Trotz der frühen Tageszeit rief er Beate Rabe zu Hause an und sprach auf den Anrufbeantworter, dass er heute später zur Arbeit kommen würde, da etwas mit Niklas passiert sein könnte. Danach suchte er in Windeseile seine Klamotten und zog das an, was er gerade fand. Dann rannte er aus der Wohnung, schmiss sich in seinen Renault und fuhr ins Krankenhaus.

Direkt vor Zimmer zwölf traf er auf Schwester Gaby. „Herr Stolzer ist bereits im OP, aber er hat mich vorher gebeten, Ihnen Auskunft zu erteilen!" Sie sah ihn mitleidig an. „Was ist denn passiert?", forderte Oliver sie auf weiter zu sprechen. „Ich weiß noch nichts, er wird jetzt operiert. Mein Dienst geht bis vierzehn Uhr. Rufen Sie mich in zirka zwei Stunden an, dann weiß ich mehr!", vertröstete ihn die Schwester. „Danke, Sie sind ein Engel!", sagte Oliver etwas erleichtert und hätte sie fast an sich gedrückt. Als er wieder vor dem Eingangsbereich stand zitterte er am ganzen Körper. Oliver setzte sich auf eine der Stufen und verweilte dort. Er rauchte eine Zigarette, wurde aber etwas ruhiger. „Immerhin haben wir dieses Mal eine Verbündete, Schwester Gaby, gut so!", dachte er stand auf und ging zu seinem Auto.

Erst gegen halb elf erschien er in seinem Büro. Beate Rabe kam reingestürmt und wollte wissen, was los ist. Oliver erzählte von den Erlebnissen der vergangenen Stunden. „Jetzt machen Sie sich doch nicht verrückt, gegen elf rufen Sie diese Schwester an und dann wissen Sie mehr!", versuchte die Kollegin ihn zu beruhigen. Conni, die das Gespräch mitbekommen hatte, verzog keine Miene und widmete sich ganz ihrer Arbeit. „Ich in heute gar nicht gut drauf, muss wahrscheinlich auch eher gehen, aber mach dir keine Gedanken!", wandte er sich an die Praktikantin. „Schon gut, ich übernehme dann den Telefondienst für dich, kein Problem!", kam als knappe Antwort. „Bewundernswert, jede andere hätte weitergebohrt, vor allem solche Frauen wie die Saubermann!", musste er anerkennend feststellen.

Punkt elf Uhr wählte er die Nummer von Schwester Gaby. „Nein, ich kann noch nichts sagen, Herr Stolzer ist noch im OP!", wieder klang ihre Stimme mitleidsvoll. Sie versicherte ihm aber, dass sie ihn anrufen werde sobald sie etwas wisse. Als er den Hörer aufgelegt hatte vergrub er sein Gesicht in seinen Händen. Fast hätte er wieder angefangen zu weinen, riss sich aber zusammen, denn Cornelia sollte seine derzeitige Schwäche nicht merken. Es war ihm unmöglich sich auf seine Arbeit zu konzentrieren. Immer wieder las Oli den gleichen Satz auf dem Blatt Papier, das vor ihm lag. Er blätterte weiter, hatte aber keine Ahnung, was er da eigentlich tat. Ortrud Saubermann kam herein und wollte von ihrem Gespräch mit Frau Beil-Landauer berichten. Er schmiss sie fast aus dem Raum. „Ich bin dermaßen beschäftigt, dass ich für ihre Ausführungen jetzt überhaupt keine Zeit habe und auch nichts hören möchte!", schrie er die Kollegin an. Ortrud entgleisten die Gesichtszüge, sie schnappte nach Luft. „Raus jetzt!", schrie er noch einmal. Die Kollegin drehte sich um und knallte die Tür hinter sich zu. „Willst du reden?", fragte Cornelia schüchtern. „Nein, wirklich nicht, möchte jetzt nur arbeiten. Kommst du mit deiner Aufgabe zurecht?", erwiderte er wieder normaler klingend. „Ich werde wohl heute noch den ganzen Tag brauchen.", kam als knappe Antwort. In diesem Moment fiel ihm überhaupt nicht mehr ein, was er der Praktikantin aufgetragen hatte, er war aber beruhigt, dass sie beschäftigt war. Als Beate gegen halb eins in Olis Büro kam, um mit ihm zu Mittag zu essen, erhielt sie einen Korb mit den Worten: „Habe noch keine weiteren Infos und möchte deshalb hierbleiben!" Die Kollegin wandte sich an Conni: „Wollen Sie mich begleiten?" Cornelia nahm die Einladung gern an. Jetzt war Oliver allein in seinem Büro und fühlte sich nicht mehr so eingeengt. Er ließ seinen Tränen freien Lauf und starrte aus dem Fenster. Die dunkelsten Gedanken machten sich breit. Das plötzliche Klingeln des Telefons erschreckte ihn, nicht nur, weil es läutete.

„Spreche ich mit Herrn Lauenstein?" „Ja, selbst am Apparat!", antwortete er und erkannte sofort die Stimme der Krankenschwester. „Also die Operation ist vorbei, Herr Stolzer liegt jetzt im Aufwachraum, ob er noch auf die Intensivstation verlegt werden muss ist noch nicht klar. Mein Dienst endet um vierzehn Uhr. Ich werde meiner Kollegin Schwester Hanna Bescheid geben, dass Sie Auskunft erhalten. Wenn Sie heute Abend kommen, wenden Sie sich bitte an sie!" Noch ehe Oliver sich bedanken konnte hatte

Schwester Gaby bereits wieder aufgelegt. Er sank erleichtert auf seinem Schreibtischstuhl zusammen, zündete sich eine Zigarette an und sah wieder hinaus ins Grüne. Als die Damen Rabe und Blühmchen aus ihrer Mittagspause zurückkamen, brauchte Oliver gar nichts zu sagen. Beate erkannte sofort, dass er gute Nachrichten erhalten hatte und nickte ihm aufmunternd zu. Jetzt konnte er sich doch noch seinen Aufgaben widmen, die den ganzen Nachmittag ausfüllten.

Als er gegen neunzehn Uhr Zimmer zwölf auf der Krankenstation ansteuerte fiel ihm ein, dass er eine Schwester Hanna ansprechen solle. Er kehrte um und suchte das Schwesternzimmer. Die Tür stand weit offen, er vernahm lautes Frauenlachen. „Darf ich kurz stören?" Oliver trat ein. „Ich suche Schwester Hanna." „Das bin ich!", stellte sich eine korpulente Rothaarige vor. „Mein Name ist Oliver Lauenstein ..." „Ach ja, ich weiß, alles klar, alles gut!", lächelte sie ihn an. „Über die Operation kann und darf ich Ihnen nichts sagen, aber seien Sie unbesorgt, Herr Stolzer liegt in seinem alten Zimmer und schläft. Gehen Sie ruhig kurz hinein und überzeugen Sie sich. Es wird ihm guttun, er wird es merken, dass Sie da waren und morgen können Sie mit ihm sprechen!", lächelte ihn Hanna hintergründig an. Oliver strahlte! Auf dem Weg ins Krankenzimmer dachte er: „Die weiß also auch Bescheid!" Er musste grinsen. Leise öffnete er die Tür zu Niklas' Zimmer. Tatsächlich, alles war friedlich, Niklas schlief. Oliver kam es vor als zauberte sich ein Lächeln auf das Gesicht seines Freundes als er ihm über den Kopf strich und hauchte: „Jetzt wird alles gut ..."

Durch die vorangegangenen Ereignisse hatte sich sein Tages- beziehungsweise sein Abendablauf verändert. Das fiel Oliver aber erst auf, als er gegen zwanzig Uhr bei einem Glas Prosecco auf seinem Balkon saß. „Oh, ich muss unbedingt Alex anrufen", fiel ihm siedend heiß ein. Die beiden Freunde hatten sein Tagen nicht miteinander telefoniert. Natürlich erreichte er nur wieder einmal den Anrufbeantworter. Oliver hinterließ eine Nachricht und bat um Rückruf. Kurz darauf klingelte es auch schon. „Hallo Alex ...!" „Nein mein Schatz, hier ist Elsa! Ich muss dir unbedingt ...!" Oli fühlte sich ernsthaft gestört und unterbrach die Künstlerin schroff: „Ich habe überhaupt keine Zeit für dich, warte auf einen dringenden Anruf!" Danach schmiss er den Hörer auf die Gabel. Als es erneut läutete war er von Elsas Hartnäckigkeit genervt und wollte schon anfangen sie anzublaffen, aber er vernahm Alex' sonore Stimme. „Du lebst ja noch, schwebst wohl nur noch auf Wolke sieben.", frotzelte er Oliver an. „Ja ich lebe und Niklas auch!", erwiderte er aufatmend. „Wieso, was ist denn?", fragte Alex besorgt. Oli begann einen endlosen Monolog über die vergangenen vierundzwanzig Stunden. „Bist du noch da?", fragte er Alex plötzlich, da er keinerlei Reaktionen vernahm. „Ja, bin ein wenig geschockt über das was passiert ist!", kam als Antwort. Oli fuhr fort mit seinen Ausführungen auch über die Gespräche, die er in den letzten Tagen immer wieder mit Niklas geführt hatte. „Lass uns doch am Wochenende etwas unternehmen, gern auch einfach nur reden. Jürgen hat Wochenenddienst in Hamburg, bin also Strohwitwer!", schlug Alex vor. Gern ging Oliver auf den Vorschlag ein.

Am Nachmittag des folgenden Tages rief Niklas Oliver aus dem Krankenhaus an. Als Oli die Stimme hörte, verklärte sich sein Gesichtsausdruck. „Du, es ist alles gut jetzt, kommst du heute Abend, wenn Oswald weg ist?", fragte er zaghaft. „Ja, natürlich, was für eine Frage. Aber ich wusste nicht, dass dein Freund schon zurück ist.", entgegnete Oli. „Das Krankenhaus hat ihn informiert, da ich ja noch mal operiert wurde. Er hat die Dienstreise dann abgebrochen und ist hierhergekommen.", erzählte der Patient. Oliver schwante bei diesem Satz nichts Gutes. „Dann also wieder äußerste Vorsichtsmaßnahmen, Scheiße!", dachte er. „Ich rufe dich an, wenn er gegangen ist, achte zur Sicherheit bitte wieder auf sein Auto auf dem Parkplatz!", beendete Niklas das Gespräch.

Um viertel vor sieben erreichte Oliver den Krankenhausparkplatz, den er zweimal kontrollierend abfuhr. Auf dem Stationsflur begegnete ihm Schwester Gaby. Er bedankte sich noch einmal für ihre Unterstützung. „Ist ja alles gegangen!", strahlte sie in wieder an. Dann klopfte er an die Tür des Zimmers zwölf und trat ein. Niklas strahlte wie ein Honigkuchenpferd als er seinen Freund erblickte und streckte ihm die Arme entgegen. Dass seine Bettnachbarn ebenfalls im Zimmer waren vergaß er dabei total, wie auch Oliver. Ohne irgendwelche Rücksichten zu nehmen fielen sie sich in die Arme. Die beiden älteren Herren in den Betten auf der anderen Seite des Zimmers merkten sowieso nicht einmal, dass Oliver den Raum betreten hatte, da sie mit Kopfhörern Fernsehen schauten. „Ich darf leider noch nicht aufstehen.", sagte Niklas traurig. „Nicht schlimm, wir bleiben einfach hier und reden", schlug Oli vor und schob seine

Hand unter Niklas' Bettdecke, um seinen Arm zu streicheln. „Was war denn nun los?", erkundigte sich Oli ungeduldig. „Es lag an einer aufkommenden Entzündung des Herzmuskels, die hat das Fieber verursacht. Man hat jetzt eigentlich nichts gemacht. Die Operation war aber nötig, um quasi noch einmal nachzusehen, ob etwas schief gelaufen ist beim ersten Mal.", erklärte Niklas umständlich. „Das kann ich mir nicht vorstellen", entgegnete Oliver. „Du, ich weiß es jetzt auch nicht genau, mir ist wichtig, dass ich lebe, dass du da bist. Ich werde mich später noch einmal nach Einzelheiten erkundigen oder lasse Oswald das machen" Bei diesem Satz zog Oliver seine Hand unter der Bettdecke hervor. „Oswald, ich kann diesen Namen nicht mehr hören!", ärgerte er sich, sagte es aber nicht. „Ist was?", schaute ihn Niklas leicht irritiert an. „Nein, alles gut!", log Oliver und steckte seine Hand wieder dorthin wo er sie eben fortgezogen hatte. Da sich die beiden Herren aus den gegenüber liegenden Betten heute nicht aus dem Raum bewegten und Niklas seinen Schlafplatz noch nicht verlassen durfte, blieben die zaghaften Berührungen heute der einzige Austausch von Zärtlichkeit. Früher als sonst verabschiedeten sie sich, da Niklas von dem gestrigen Eingriff noch sehr geschwächt war und schlafen wollte. Als Oliver über den Parkplatz zu seinem Auto ging, ging ihm Brummer nicht aus dem Kopf …

28. Start ins zweite Leben

Die Zeit verging, der Sommer drehte voll auf. Inzwischen war es August geworden. Die Redaktionsarbeit wurde vom typischen Sommerloch beherrscht. Die meisten Artikel flatterten von der DPA ins Haus und brauchten nur noch umgeschrieben zu werden. Goslar lag im Sommerschlaf. Alex fragte Oliver bei einem Cappuccino auf dem Marktplatz, ob er denn seinen Geburtstag dieses Jahr gar nicht nachfeiern wolle. „Daran habe ich überhaupt noch nicht gedacht, vollkommen vergessen!", entgegnete er missmutig. Seit Alex denken konnte, waren Olivers Geburtstagspartys immer das Highlight des Sommers gewesen. „Mensch, raff dich auf, ich helfe auch bei den Vorbereitungen!", versuchte ihn der Freund zu begeistern. „Ich weiß nicht, vielleicht, wenn Niklas aus dem Krankenhaus entlassen ist, dann könnte er .....” „Glaubst du das wirklich?", zweifelte Alex. Oli antwortete mit einem Achselzucken, Enttäuschung machte sich auf seinem Gesicht breit. Alex ließ nicht locker: „Wäre doch klasse, alle wären da, die Boulanger hätte ihren Auftritt, Linda im Glitzerlook, deine neue Kollegin Conni, die wollte ich sowieso schon kennen lernen!" „Ich überlege es mir!", ließ sich Oliver breitschlagen und nahm so erst einmal Abstand von dem Thema. Alex holte wieder aus: „Übernächsten Samstag wäre perfekt!" „Okay, gewonnen, aber bitte deine Mutter, dass sie diesen griechischen Salat macht und bring ihn mit!", forderte Oliver ein. „Macht sie, verlass dich drauf!" Es wurde irgendwann zu heiß und der Marktplatz bot wenig Schatten. Oliver und Alex trieften faul vor sich hin. „Ich muss ins Kühle, mir wird es zu stickig hier!", verabschiedete sich Alex Pohn von seinem Freund.

Das darauffolgende Wochenende war für Besuche bei Niklas im Krankenhaus gesperrt, jedenfalls für fast spontane Besuche. Niklas' Familie aus Leipzig hielt sich in der Stadt auf, um ihn zu besuchen. Umständlich und zögerlich hatte Niklas versucht Oliver die familiäre Situation zu erklären. Er sprach von zwei Schwestern, eine davon wisse Bescheid und fände es romantisch, wie Niklas lebt. Den Vater schilderte er als Tyrannen, der bei Niklas' Outingversuch fast durchgedreht sei. Wie er erzählte habe er versucht Schritt für Schritt bei seinem Vater das Thema anzuschneiden und biss immer wieder auf Granit. Bei der letzten Auseinandersetzung lief sein Vater schreiend aus dem Zimmer, rannte auf den Hof und drehte drei Hühnern den Hals um. Das Verhältnis zu seiner Mutter schilderte Niklas als freundschaftlich, obwohl er sich nie getraut hatte ihr die Wahrheit zu sagen. Besonders schlimm fand Oliver die Lüge über ihn und Oswald. Niklas hatte die Beziehung einfach als Wohngemeinschaft dargestellt. „Wie viel Angst steckt in diesem Niklas!", überlegte er; „und wie hält man so etwas aus." Brummer musste sich an diesem Wochenende auch an Niklas' Anweisungen halten, was ihm überhaupt nicht passte, wie der Patient Oliver versicherte.

Oliver hatte also genügend Zeit die Gäste für nächsten Samstag einzuladen. Trotz der Urlaubzeit hatte er am frühen Abend bereits zwanzig Zusagen erhalten. Auch Frauke, eine Kollegin aus früheren Zeiten in der Redaktion, freute sich auf das Fest. Nachdem sie ihren Sohn bekommen hatte, hatte sie zunächst freiberuflich wieder angefangen, später dann aber ganz aufgehört. Jetzt war sie lediglich Hausfrau und Mutter zweier Söhne. Ihr Mann Thomas litt an Rheuma, ließ sich das aber ungern anmerken. Nur wenn wieder mal ein Schub zu heftig war, ging er ein paar Tage für eine Cortisonbehandlung ins Krankenhaus. Oli rief Beate Rabe an und fragte nach einem Partyservice, der bezahlbar ist. Sie nannte ihm Metzgerei Schmalz, was er sich notierte, um dort am Montag seine Bestellung aufzugeben. „So, das wäre geschafft, jetzt könnte ich eigentlich zu Niklas fahren", seufzte er, verwarf den Gedanken aber wieder, da er weder Brummer noch der Familie begegnen durfte. Er sank auf sein Sofa und schlief ein. Gegen neun hatte er den Eindruck, dass er vom Knurren seines Magens aufgewacht sei. Im Tiefkühlfach fand er noch eine längst vergessene Pizza, die er in den Backofen schob. Während aus dem Eisklumpen etwas Essbares werden sollte läutete das Telefon. „Ich wollte dir nur noch gute Nacht sagen", flüsterte Niklas, der sehr erschöpft klang. „Alles gut überstanden mit deiner Familie?", wollte Oli wissen. „Die kommen morgen Vormittag noch mal, nachmittags kommt Oswald, aber am meisten freue ich mich morgen Abend auf dich!" Niklas Stimme wurde leiser und leiser. „Schlaf schön und träum von mir!", verabschiedete sich Oliver. Ein merkwürdiger Rauchgeruch lag plötzlich im Raum. „Oh Scheiße … die Pizza!" Oliver rannte in die Küche, alles war verbrannt.

Der Sonntag war zunächst mit Arbeit versehen. Beate Rabe bat Oliver den halben Wochenenddienst zu übernehmen, da sie sich um ihre Mutter kümmern müsse. So fand er sich gegen elf Uhr vormittags in der Redaktion ein und sichtete zunächst die eingegangenen Faxe. Lediglich der zukünftige Assistent von der Beil-Landauer, dem Oliver bisher kaum Beachtung geschenkt hatte, war noch anwesend. Lutz Basse war ein kleinwüchsiger leicht untersetzter Typ von Mitte vierzig. Seine blonde Meckifrisur sah für sein Alter noch erstaunlich voll aus. „So so, Sie hat es also auch getroffen!", sagte Basse plötzlich hinter ihm. „Was soll man machen, Dienst ist eben Dienst!", gab Oliver die Floskel zurück und hoffte, dass der Typ gleich wieder verschwindet. Tat er aber nicht. Er stellte sich vor Olis Schreibtisch und vergrub seine Hände im Inneren seiner Hose auf seinem Hintern, dabei wippte er permanent von den Zehen auf die Fersen. Argwöhnisch betrachtete Oliver diese Bewegungen und dachte: „Will der mich angraben? Nur gut, dass er mir vorhin schon die Hände gegeben hat, jetzt, nachdem er sich wohl offensichtlich an seinem Arsch rumspielt möchte ich die nicht mehr anfassen!" Bei dieser Vorstellung überkam ihn Ekel. „Wie lange sind Sie schon bei der Zeitung?", fragte der Typ beiläufig. „Schon einige Jahre.", antwortete Oli einsilbig während er sich in seine Faxe vertiefte und nicht aufblickte. „Ich werde ja demnächst der persönliche Assistent von Frau Beil-Landauer!", verkündete er mit geschwellter Brust. „Ich habe davon gehört.", meinte Oliver beiläufig. „Da Frau Wang ja bald in den Ruhestand geht, habe ich genug Zeit mich einzuarbeiten!", fuhr er fort. „Hau endlich ab du kleines Arschloch!", dachte Oliver und schaltete seine Ohren auf Durchzug. Es dauerte nicht lange, bis Basse merkte, dass Oliver beschäftigt war, wortlos verließ er das Zimmer. Der Tag bis zum Dienstschluss verlief ohne Probleme. Was von der DPA kam, war nicht der Rede wert. Plötzlich stutzte er als das Faxgerät erneut ratterte. „Das Management von Lilly Hartlieb teilte mit, dass die siebenundachtzigjährige Schauspielerin bereits am Samstag sanft entschlafen sei", las Oliver überrascht und konnte sich kaum vorstellen, dass das wahr sein solle, hatte er doch vor einigen Wochen noch mit ihr telefoniert. Er griff zum Hörer, um Alex die Meldung mitzuteilen, erreichte aber nur den Anrufbeantworter. Plötzlich schwelgte Oliver wieder in Kindheitserinnerungen und sah die Hartlieb als Tierärztin in der damaligen Serie vor sich. „Alles ist so vergänglich!", sinnierte er.

Gegen neunzehn Uhr fuhr er zu Niklas. Nachdem er sich überzeugt hatte, dass der bekannte Daimler nicht auf dem Parkplatz stand stellte er seinen Wagen ab und stieg aus. Die Abendstimmung war friedlich. Langsam bewegte er sich zum Haupteingang. Schwester Gaby, die gerade Dienstschluss hatte, kam ihm entgegen und grüßte. „Herr Stolzer freut sich schon!", lächelte sie ihn verschmitzt an und ging weiter. Oliver grinste und schüttelte den Kopf. Wenig später betrat er Niklas Krankenzimmer und fand ihn schlafend vor. Die beiden anderen Betten waren leer und Oliver küsste seinem Freund auf die Stirn. Niklas schlug die Augen auf und lächelte, langsam richtete er sich auf und forderte einen Kuss ein. „Wie geht es dir heute?" „Ach, ich hatte das ganze Wochenende keine wirkliche Ruhe. Meine Familie und Oswald wechselten sich ständig mit Besuchen ab. Die beiden anderen dort drüben in den Betten hatten ganze Scharen von Gästen, es war ein ziemlicher Trubel, ich bin ein wenig kaputt!", erzählte Niklas. „Wie war's mit deinem Vater?", wollte Oli wissen. „Der war gar nicht da, ist in Leipzig geblieben. Meine Mutter hat viel geweint und meine Schwestern waren ständig bemüht zu fragen, was sie denn für mich tun können.", gab Niklas preis. „Meinst du, deine Mutter weiß jetzt Bescheid?", Oliver sah bei dieser Frage zweifelnd aus. „Ich muss Klartext mit ihr reden demnächst zu Hause, wird schwierig, habe auch Angst davor!", gab Niklas zögernd zu und fuhr fort: „Oswald hat gestern und heute nur schlechte Laune verbreitet und mir Vorwürfe gemacht, dass meine Familie nichts weiß über mich" „Wieso, stimmt doch auch!", stutzte Oli. „Ja, stimmt!", kam von Niklas etwas genervt zurück. „Kannst du aufstehen und ein bisschen laufen? Wir können in den Garten gehen!", schlug Oliver vor, um dieses Thema jetzt nicht vertiefen zu müssen. Außerdem war die Luft draußen viel besser als die vom vielen Besuch abgestandene im Krankenzimmer. „Dann lass uns aber den Rollstuhl nehmen, der steht dort neben dem Schrank, holst du ihn bitte!", bat Niklas. Er zog sich seinen Bademantel an und setzte sich in den Stuhl.

Die Luft im Garten tat wirklich gut und ein laues Lüftchen schien die eben aufkommende Gesprächsproblematik hinwegzuwehen. Oliver schob Niklas bis zur Parkbank, auf der er Platz nahm. Niklas war wirklich erschöpft vom Wochenende, das merkte Oliver ganz deutlich. Sie sahen sich schweigend an und hielten sich an den Händen. „Ich werde übernächsten Freitag definitiv entlassen!", meinte der Patient ganz plötzlich. Oliver erschrak: „Dann ist es also soweit!" „Ja, würde dann gern direkt in die Reha gehen, aber Oswald ist dagegen und meint, dass ich mich zu Hause am besten erholen würde. Ich weiß noch nicht, was ich machen werde. Würde auch gern zu meiner Mutter fahren, zumindest für ein paar Tage!", fuhr er fort. „Niklas, du entscheidest das ganz allein was für dich jetzt am besten ist!" Oliver sah ihn bei diesen Worten eindringlich an. Niklas zuckte ein wenig zusammen, Oli spürte die Angst seines Freundes deutlich und umarmte ihn. Vom nahe gelegenen Kirchturm vernahmen sie neun Glockenschläge. Oliver blickte zur Uhr. „Ich glaube, es ist jetzt Zeit für dich ins Bett zu gehen.", empfahl er Niklas, der gerade gähnte. „Fahr mich bitte zurück!", bat er. Behutsam legte er sich kurz darauf in sein Bett. Oli streichelte ihm über den Kopf, da war Niklas aber schon eingeschlafen.

Die nächsten Tage schlichen so dahin. Es war immer noch sehr heiß. Mittwochabend rief Frauke an und teilte Oliver mit, dass Thomas einen Rheumaschub hat und sie am Samstag nicht zur Party kommen könnten. „Ist er wieder im Krankenhaus?", wollte Oliver wissen. „Ja, wie letztes Mal in Jürgenohl.", entgegnete sie. „Ach dann fahre ich morgen Abend früher hin und besuche ihn.", teilte er Frauke mit. „Das wird ihn freuen. Wie geht es Niklas?", fragte sie vorsichtig. „Kommt übernächsten Freitag aus dem Krankenhaus!" „Schade, dann kommt er ja am Samstag auch nicht zu deiner Party!", bedauerte die Freundin. „Damit wäre sowieso nicht zu rechnen gewesen.", antwortete Oli traurig. „Du, es wird schon, sei zuversichtlich, so wie du gekämpft hast wird sich alles zum Guten wenden!", versicherte Frauke. „Dein Wort in Gottes Ohr, bye bye!", entgegnete er und legte auf.

Donnerstag und Freitag glitt Oliver seine Wochenenddienste ab, er hatte frei und war vollends mit den Vorbereitungen für seine Geburtstagsnachfeier beschäftigt. Ab und zu hielt er inne und spürte, dass ihm die Ablenkung guttat. Die Besuche bei Niklas waren in den letzten Tagen schwierig, weil Brummer sich mit seinen Zeiten nicht festlegte. Gestern Abend konnte Oliver erst gegen neun ins Krankenhaus huschen und nur eine Viertelstunde bleiben. Er war darüber frustriert und ahnte Böses für die nahe Zukunft.

Am Samstagnachmittag klingelte Frau Schmalz samt Gefolge pünktlich um siebzehn Uhr. Als Oliver die Wohnungstür öffnete hatte er den Eindruck, dass ihn eine Donnerwolke überrollte. Die Metzgermeisterin schob sich in die Wohnung und bahnte sich eigenständig einen Weg in die Küche. „Oh, junger Mann, das ist aber eng hier, wird knapp mit den Platten und Schalen!", stöhnte sie während sie bereits anfing die Reste vom Küchentisch zu räumen und die Arbeitsplatte neben dem Herd freizumachen. „Wo soll das hin?", fragte sie Oli. Ihr Tonfall duldete keine Widerworte. „Hier in den Karton, den stelle ich dann ins Schlafzimmer.", entgegnete er. „Wenn Sie meinen ...", zischte sie zurück. Binnen einiger Minuten hatte die Dame mit ihren drei Helfern alles aufgebaut und hübsch dekoriert. Genauso schnell wie ihn der Donnerhall ereilte war er auch wieder verflogen. „Sie bringen dann spätestens am Dienstag die leeren Platten und Schalen zurück ins Geschäft, abgewaschen!", befahl die Schmalz und verschwand. Oliver war noch ganz benommen und empfand den Zusatz „abgewaschen" wie eine Ohrfeige.

Jürgen und Alex waren die ersten Gäste, die um achtzehn Uhr ankamen. Nach einem Begrüßungsschluck mit den beiden überkam Oliver eine plötzliche Sehnsucht nach Niklas. „Ihr kennt euch ja hier in der Wohnung aus und könnt die nächsten Gäste reinlassen, die meisten kennt ihr ja!", erklärte sich Oli den Freunden etwas umständlich. Jürgen schaute ein wenig irritiert, Alex verstand sofort: „Du willst noch mal zu Niklas, oder?" „Ja, ist mir ein Bedürfnis.", seufzte er. „Ist das abgesprochen, denk dran Brummer könnte dort sein!", ermahnte Jürgen Oliver. „Ich passe schon auf, danke bis nachher!" Oli griff nach seinem Autoschlüssel und verschwand.

Als er auf den Parkplatz des Krankenhauses fuhr sah er gerade noch wie Brummers Auto an ihm vorbeizog. „Glück muss man haben!", freute sich Oli. In der Eingangshalle begegnete er Thomas. Sofort bekam der Journalist ein schlechtes Gewissen. „Hallo Thomas, sorry, ich wollte dich auch besuchen, war aber in den letzten Tagen etwas durch den Wind und konnte keine genauen Besuchszeiten bei Niklas festlegen. Wie geht es dir?" „Die Schmerzen in den Beinen waren heftig dieses Mal, jetzt geht es schon, werde wohl Montag wieder rauskommen!", antwortete Fraukes Mann. Die beiden standen noch ein paar Minuten zusammen und redeten. Oliver versprach morgen mehr Zeit zu haben. „Nun geh schon zu deinem Niklas, Frauke und die Kinder kommen eh gleich!", beendete Thomas das Gespräch. Oli ging schnellen Schrittes davon.

Als er Zimmer zwölf betrat fiel milde Spätnachmittagssonne auf einen schlafenden Niklas. Oliver ging zum Bett und strich leicht über Niklas' Kopf. In diesem Moment erwachte er und strahlte seinen Besucher an. „Ich denke, du hast heute deine Feier!", sagte er verdutzt. „Ja, schon, aber ich wollte dich unbedingt noch sehen!" „Schön!", zog Niklas das Wort in die Länge und lächelte wieder. „Oswald ist gerade gegangen." „Ich weiß, habe ihn vom Parkplatz fahren sehen." „Ich kann nicht lange bleiben heute, zu Hause warten die Gäste. Alex und sein Freund halten aber die Stellung." Niklas ergriff Olivers Hand und sah ihn plötzlich traurig an: „Ich wäre so gern dabei gewesen heute bei dir!" „Das bist du doch in Gedanken und in meinem Herz, mein Prinz!" Bei diesem Satz spürte Oliver die Kraft von Niklas Hand. Er hatte das Gefühl nie wieder losgelassen zu werden. Niklas Äußerung, dass er gern gekommen wäre, erweckte in Oliver wieder neue Hoffnungen auf die Zukunft.

Gegen halb acht war Oliver wieder zu Hause. Die meisten der Gäste waren bereits da. Auf dem Balkon hörte er das laute Gackern von Beate Rabe, die sich mit Cornelia unterhielt. „Ich muss Cornelia jetzt unbedingt einweihen!", dachte er sich. Als die beiden Frauen ihn sahen kamen sie auf Oliver zu und übergaben ihr Geschenk. „Cornelia, ich muss dir kurz was erklären, kommst du mal mit in die Küche!" forderte Oliver sie auf. „Also, es gibt da einen Niklas Stolzer …", fing er umständlich an. „Das ist dein Freund, der ab und zu in der Redaktion anruft!", fiel sie ihm ins Wort. Oliver nickte und grinste: „Okay, dann ist ja alles klar!". Oli war froh über dieses kleine Outing. Es klingelte wieder an der Tür. In die Gegensprechanlage fragte er wer da ist und bekam keine Antwort. Wieder klingelte es, dieses Mal läutete es Sturm. Über den Lautsprecher vernahm Oliver wieder keine Reaktion. Er riss die Wohnungstür auf und bekam einen Lachkrampf. Elsa Boulanger saß auf einem durchsichtigen aufblasbaren Sessel, schlug die Beine übereinander, hielt eine Zigarette mit Mundstück in der mit einem schwarzen langen Satinhandschuh überzogenen Hand. Sie trug Stilettos, bei denen selbst Frau Beil-Landauer Probleme gehabt hätte und einen Glitzerfummel, der Lindas Klamotten bei weitem übertraf! „Herzlichen Glückwunsch, mein Lieber!", schrie sie, sprang auf und fiel ihm um den Hals. „Und der ist für dich!", Elsa zeigte bei diesem Satz auf das aufblasbare Möbelstück. Oliver konnte lediglich ein trockenes „Danke" entgegnen. Ganz Diva schritt Elsa durch die Wohnung und genoss es sichtlich bewundert zu werden. Conni schaute sie irritiert an, dann suchte sie Olivers Blick, der die Stirn krauszog und sie vorsichtig anlächelte. Conni grinste zurück und beide mischten sich wieder unter die Gäste. Trotz Vorbereitungen und Besuch bei Niklas wollte bei Oli nicht so recht Stimmung aufkommen sich in seine Feier fallen zu lassen. Er blickte sich um und sah Elsa, die heftig gestikulierend in ein Gespräch mit Jean Pfeiffer verwickelt war. Jean war der Sohn des Aufsichtsratsvorsitzenden einer Versicherung und gehörte, aufgrund seiner Herkunft, zu oberen Schicht von Goslar. Das war auch schon alles, was er vorweisen konnte. Zugegeben, er war attraktiv, aber kreuzdumm und glaubte alles, was man ihm erzählte. Vor Monaten hatte Oliver ihn mal in Hannover in einem Club kennen gelernt, daraufhin folgte eine mehrtägige Affäre, aber das war es dann auch schon. Der höhere Sohn war mit seinen zweiundzwanzig einfach unreif und bekam von Mami und Papi alles mit dem goldenen Löffel serviert. Nach etlichen Internatsaufenthalten hatte er letztes Jahr mit Ach und Krach sein Abitur gemacht. Jetzt lebte er die Rolle des Sohnes aus reichem Hause voll aus. „Na, da haben sich ja die richtigen gefunden!", dachte Oli und grinste. Langsam kam die Party etwas in

Schwung. Wie üblich hielt sich das Gros in der Küche und auf dem Balkon auf. „Sie denken an Niklas", kam Beate auf ihn zu. „Ach ja, wäre schön, wenn er auch hier wäre!", seufzte Oli. „Nicht so ungeduldig, mein Lieber!", versuchte ihn die Kollegin aufzumuntern. „Übrigens, ich heiße Beate, das wollte ich dir längst schon mal gesagt haben!" „Ich weiß!", musste Oli lachen, „ich bin Oliver, im Geiste waren wir ja schon lange per du!", setzte er nach. Beate küsste ihm auf die Wange und meinte: „Ach, gut so, schöner Abend heute!" Wieder grinste Oliver vor sich hin und freute sich über die Vertiefung der Beziehung zu seiner Kollegin. Auf dem Balkon entdeckte das verspätete Geburtstagskind Alex und Jürgen, die wie immer abseits vom Trubel standen und sich unterhielten. Oli ging mit drei Gläsern Prosecco auf die beiden zu: „Schön, dass ihr da seid, auf euch ist immer Verlass!" Er stieß mit den Freunden an. Im Hintergrund lief gerade das Lied „Lieben Sie Partys", Alex horchte einen Moment auf und meinte trocken: „Ich finde sie auch unbequem!" „Wen?", wollte Jürgen wissen. „Partys", entgegnete Alex und fing an zu singen: „Keiner kennt keinen, doch jeder sagt angenehm, man steht herum, stumm das Glas in der rechten Hand – und wer zuerst schläft, das ist meistens der Verstand…" „Oh, das ist wohl die Showeinlage für den heutigen Abend", spöttelte Oliver. „Nein, nein, Alex ist nur wieder mal auf seinem Daliah-Lavi-Trip, geht schon seit Tagen so!", warf Jürgen ein. Oliver schaute ein wenig verdutzt was Jürgen zu der Äußerung hinreißen ließ: „Ihr und eure alten Diven!" Alex und Oli blickten sich verschwörerisch an. „Eure Lilly Hartlieb hat jetzt auch das Zeitliche gesegnet!", schob Alex' Freund noch nach. „Ja, wir sind auch ganz betroffen!", konterten Oli und Alex wie aus einem Munde.

„Mensch, mischt euch doch ein wenig unters Volk!", forderte der Gastgeber die beiden auf und bewegte sich Richtung Küche. Dort am Fenster stand Isabell und rauchte. „Fühlst du dich wohl hier?", fragte Oliver die Bekannte aus dem Moderationskurs. „Ach, ja schon, obwohl ich hier ja keinen kenne. Sag mal, lebst du hier allein?", fragte sie beiläufig ohne wirkliches Interesse zu zeigen. Oli sank ein wenig in sich zusammen. Isabell merkte, dass sie wohl einen wunden Punkt getroffen hatte und faselte etwas von „tut mir leid". „Ja, es gibt da seit ein paar Wochen jemanden, aber er liegt im Krankenhaus und kann deshalb nicht hier sein.", gab Oli mit leiser Stimme von sich. „Schlimm?", fragte sie schon eine Spur interessierter. „Möchtest du mehr hören, ist aber eine lange Geschichte!", sagte er. Isabell nickte und Oliver fing an seine Erlebnisse der letzten Wochen zu schildern. Plötzlich waren beide so in das Gespräch vertieft, dass es ihm ab und zu vorkam, Isabell sei heute Abend die einzige, die sein Problem versteht. „Mensch, hammerhart, da kann ich dir nur die Daumen drücken!", beendete sie die Unterhaltung und sah zur Uhr. „Oh schon kurz nach zwölf, ich muss los. Ich habe dem Babysitter meiner Tochter gesagt, dass ich spätestens um halb eins wieder zu Hause bin!" Sie umarmte Oli flüchtig und machte sich auf den Heimweg.

Im Wohnzimmer herrschte ein buntes Treiben. Elsa hatte Jean den ganzen Abend nicht aus ihren Klauen gelassen. Wange an Wange tanzten sie den Tango d'Amour. Daneben schmissen Conni und Beate die Beine in die Höhe und fuhrwerkten grotesk mit ihren Händen herum. „Oh, schon ziemlich angeschickert die beiden!", dachte Oliver und grinste.

Conny sprang plötzlich auf den Tisch und sang laut: „Frieren, ich will nicht frieren!" Die Boulanger reichte ihr die Hand und geleitete sie wieder von der Tafel herunter. Auch Linda hatte sich im Laufe des Abends gelockert und forderte die Anwesenden nach und nach zum Tanzen auf. Ihr Mann Peter saß wie üblich leicht desinteressiert in der Ecke. Oliver mochte Peter ganz gern, war aber doch ab und zu ein wenig genervt von ihm, da er ein Typ war, der um des Redens Willen redete und meistens waren es Floskeln. Aber Lindas Mann war ein verlässlicher Typ, den man zu jeder Zeit anrufen konnte, wenn es einem schlecht ging oder man etwas brauchte. Das schätzte Oliver an ihm.

Gegen drei Uhr morgens waren fast alle gegangen. Oliver, Alex und Jürgen saßen noch auf ein Glas auf dem Balkon und ließen die vergangenen Stunden Revue passieren. Die Freunde genossen die milde Sommerluft an diesem frühen Morgen.

29. Niklas' Gedanken

Niklas' Genesung schritt voran. Er verbrachte die meiste Zeit des Tages nicht mehr in seinem Krankenlager. Der Patient ging viel im Krankenhauspark spazieren und genoss den Hochsommer. Ab und zu wandte er sich seinen Lehrbüchern zu, las und lernte. Schließlich musste er Anfang September seine Ausbildung in Göttingen wiederaufnehmen. Es war nicht unerheblich, was er versäumt hatte. Die abendlichen Besuche von Oliver ließen ihn immer wieder in anderen Sphären schwelgen, was ihm sehr guttat. Wenn er tagsüber allein mit seinem Buch auf der Parkbank saß, legte er dieses immer wieder zur Seite und blickte ins Weite. „Was soll nun werden, wie geht es weiter?", dachte er immer wieder. Ein Unwohlsein in der Magengegend machte sich dabei oft breit. Manchmal hatte Niklas den Eindruck nicht mehr unterscheiden zu können wo die Realität aufhört und der Traum beginnt. Er wünschte sich eine Zukunft mit Oliver, das war ihm klar. Andererseits hatte er auch Angst Oswald die Wahrheit zu sagen, weil er dessen Sanktionen und Reaktionen fürchtete. Dem Patienten war klar, dass er am Punkt Null stehen würde, würde er sich von Dicki trennen, um zu Oli zu ziehen. „Was kann Oliver mir bieten?", fragte er sich oft. Ihm wurde immer bewusster, dass er die Annehmlichkeiten, die der Haushalt von Oswald bot, genoss. Er bekam neben seinem Ausbildungsgehalt ein fürstliches Taschengeld von seinem Freund, wurde gelegentlich zu Einladungen, die nicht zu verfänglich werden konnten, mitgenommen und Dicki unternahm mit ihm die tollsten Reisen. Trotzdem war es ein Leben im goldenen Käfig und fern ab seiner eigentlichen Identität. Was hatte neulich eine Kollegin aus Göttingen zu ihm gesagt, die ihn besucht hatte und eingeweiht war: „Auch eine Art Prostitution auf sehr hohem Niveau!" Diese Äußerung verletzte Niklas, insgeheim war ihm aber klar, dass sie Recht hatte. Was sollte er also tun? Auf seiner Parkbank wünschte er sich immer wieder, dass Oliver neben ihm sitzen würde und seinen Kopf aufklappt, um die tatsächlichen Gedanken von Niklas zu begreifen. Er hatte selbst oft vor Oliver Angst dieses zu verlautbaren. Sein Lernpensum empfand er als Flucht vor der Realität. Das Nachholen des Unterrichtsstoffes schien ihm immer wieder das einzig Richtige zu sein womit er sich im Augenblick beschäftigen wollte. Seine Entlassung aus dem Krankenhaus war in vier Tagen geplant. Niklas überkam ein Gefühl der Übelkeit, wenn er daran dachte. Er hatte den sehnlichsten Wunsch zu seiner Familie zu fahren und dort zu genesen, abseits von Dicki, abseits von Oliver, abseits von allem.

Am darauffolgenden Abend versuchte Niklas während Olivers Besuch die Sprache auf seine Pläne und Gedanken zu bringen. „Ich werde ja am Montag entlassen", sagte er vorsichtig, „was passiert dann?". Oliver sah ihn verwundert an „Ja, was passiert dann, hm?", gab er die Frage zurück. „Ich glaube nicht, dass es leichter wird für uns!", zögerte Niklas und hatte den Eindruck, dass sein Satz bei Oli wie ein Pfeil ankam. Oliver starrte ihm direkt ins Gesicht und Niklas bemerkte die aufkommende Panik in Olivers Augen. Er erzählte von seinem Vorhaben erst einmal nach Leipzig fahren zu wollen, um zu genesen und mit seiner Familie ins Reine kommen zu wollen. Oli merkte irgendwie, dass Niklas auswich und ihm etwas Anderes sagen wollte. „Was ist wirklich los?", forderte er den Patienten auf. Nach minutenlangem Schweigen durchbrach Niklas' Stimme die Stille: „Ich weiß nicht, ob das alles richtig ist, was wir machen, was ich mache, was du willst, was ich will!" Oliver hörte zwar die Worte, aber sie kamen bei ihm nicht an. Er vernahm Fragmente wie „ich weiß nicht" oder „ist alles richtig" und ärgerte sich, wurde richtig wütend. In diesem Moment hatte er das Gefühl Niklas zu rütteln, ihn vielleicht sogar zu verprügeln. „Was machst du eigentlich mit mir, wer bin ich für dich, jemand der dir hier wochenlang jeden Abend das Händchen hält, dich streichelt und wenn der Mohr seine Schuldigkeit getan hat, darf er sich zurückziehen!", schrie er Niklas an, sprang auf und lief davon. Niklas war nicht in der Lage aufzustehen, zitterte am ganzen Körper und fing an bitterlich zu weinen.

Gegen zweiundzwanzig Uhr klingelte Olivers Telefon. „Hier ist Niklas, ich wollte dich nicht verletzen.", vernahm Oli die zaghafte Stimme. „Ich bin traurig!", entgegnete er schroff. „Lass uns alles langsam angehen, ich bin einfach noch nicht so weit!", bat der Anrufer. „Worauf sollen wir warten, es ist doch alles gut wie es ist!", klang Oli jetzt etwas gemäßigter. „Ich lasse dir morgen alle Zeit dieser Welt, um nachzudenken, nachzudenken darüber, was du tatsächlich willst. Aber versteh mich bitte auch, dass ich nicht ewig warten möchte auf ein definitives Zeichen von dir. Übermorgen komme ich dich wieder besuchen und wir reden weiter, ist das okay für dich?", wollte er wissen. Oli vernahm lediglich ein leises Schluchzen und dann einen Klick. Niklas hatte aufgelegt. Oli empfand das wie eine Ohrfeige und war im Begriff seinen Freund erneut anzurufen, ließ es aber bleiben. Er kramte nach seinen Zigaretten und zog sich mit einem Glas Frascati auf seinen Balkon zurück. Er hatte das dringende Bedürfnis nach Frischluft.

Die Nacht im Zimmer zwölf verbrachte Niklas fast schlaflos. Ihn quälten seine Gedanken, die ihn nicht zur Ruhe kommen ließen. Sollte er Oswald schon morgen alles gestehen, mit einem Rausschmiss rechnen oder auf Vergebung hoffen? Sein Kopf fuhr Achterbahn. Er war nicht in der Lage einen klaren Gedanken zu fassen. Als er morgens um sechs von der Schwester geweckt wurde fühlte er sich gerädert. Die schlechten Werte bei der morgendlichen Visite wunderten ihn nicht. Fast widerwillig bewegte er sich in den Park, dieses Mal ohne Lektüre. Er hatte einen kleinen Notizblock bei sich und wollte versuchen sich erste Schritte des weiteren Vorgehens aufzuzeichnen. Er teilte das weiße Blatt vor sich in zwei Spalten, über die einen schrieb er Dicki über die andere Oli. Niklas versuchte Vor-und Nachteile beider Personen aufzuschreiben. Nach einer halben Stunde las er in Olivers Spalte: Liebe meines Lebens, zärtlicher Mann, schöne Hände, viel Verständnis, etwas chaotisch, aber liebenswert. Zu Oswald wollte ihm gar nichts einfallen, hier blieb die Seite unbeschrieben. Niklas überkam ein wohliges Gefühl, er fühlte sich plötzlich sicher in seinem Vorhaben und war nun bereit Oliver offen und ehrlich gegenüber zu treten.

Da es am Nachmittag regnete verbrachte Niklas die Zeit in seinem Bett und lernte. Immer wieder fiel sein Blick aufs Telefon, das aber keinen Ton von sich gab. Der Patient wurde nervös. Punkt siebzehn Uhr dreißig erschien Oswald, der eigentlich nur körperlich anwesend war. Nicht eine Frage nach Niklas' Befinden, ein einziger Monolog über seine Arbeit und was ab Montag zu Hause alles gemacht werden muss. Den Patienten erschöpfte der Besuch. Nachdem Brummer das Zimmer verlassen hatte, schlief er ein. Als er drei Stunden später wieder erwachte, stand er auf und ging ins Schwesternzimmer. Er wollte sich erkundigen, ob jemand angerufen hatte oder ihn besuchen wollte. Die Nachtschwester verneinte seine Fragen. Traurig drehte sich Niklas um und ging zurück in sein Zimmer. „Dann hat er also Wort gehalten ....", waren seine letzten Gedanken bevor er in den Schlaf versank.

30. Ist ein Abschied auch ein Anfang?

Als sich Oliver am nächsten und übernächsten Tag nicht meldete, ereilte Niklas Panik. Übermorgen sollte er entlassen werden. Der Stationsarzt wunderte sich an beiden Tagen über seinen hohen Blutdruck. Niklas gab aber preis, dass er dafür keine Erklärung habe. Er hatte keinen Appetit, konnte nicht in seinen Büchern studieren und empfand Oswalds Besuche als Zumutung. Heute am Samstagnachmittag bat ihn Niklas sogar nach einer Viertelstunde zu gehen, da er schreckliche Kopfschmerzen hätte. Mit den Worten „dann eben nicht!" verließ Dicki genervt das Krankenhaus. Niklas nahm seinen ganzen Mut zusammen und wählte Olivers Nummer.

„Hallo, hier ist Niklas, es tut mir leid, können wir sprechen?", begann er zaghaft die Unterhaltung. „Ich vermisse dich auch!", fiel ihm Oli ins Wort. „Kannst du heute noch kommen?", fragte der Patient. „Ach, mein Prinz, bin schon unterwegs, geht es denn jetzt sofort?", wollte er wissen. „Ja, Oswald ist weg und kommt auch heute nicht mehr!", versicherte Niklas. „Bin in einer halben Stunde bei dir!" Von jetzt auf gleich hellte sich Niklas' Stimmung auf.

Niklas wartete auf Oliver am Haupteingang. Als er den alten Renault auf den Parkplatz fahren sah machte sein Herz einen Freudensprung. Ohne zu überlegen lief er seinem Freund entgegen und fiel ihm um den Hals. „Nicht so stürmisch Herr Patient, Vorsicht, Vorsicht!", schaute ihn Oli leicht besorgt an. „Lass uns zu unserer Bank im Park gehen, ich muss dir so viel sagen!", forderte er Oli auf. Hand in Hand schlenderten die beiden zu ihrem Refugium.

„Du warst sauer!", begann Niklas das Gespräch. „Nein, traurig und verletzt und kam mir vor wie im Regen stehen gelassen!" „Ich habe mir viele Gedanken über dich, mich und uns gemacht und diese sogar aufgeschrieben.", fuhr er fort. Oliver griff nach seiner Hand: „Ich auch, aber fang an!" In den nächsten drei Minuten ergoss sich eine Lawine von Liebenswürdigkeiten über Oliver, die er nie in so konzentrierter Form über sich gehört hatte, er lächelte. „Ach, das klingt alles so schön, was du sagst, aber wie geht es denn nun weiter?", wollte Oli wissen. „Ich verlasse am Montag das Krankenhaus, gehe dann erst mal zu Brummer zurück, werde eine Woche entspannen und dann für ein paar Tage nach Leipzig fahren.", erklärte Niklas ganz nüchtern. „Okay und wir, wann sehen wir uns?" Oliver war verwundert, dass Niklas Oswald erstmals nur bei seinem Nachnamen nannte. „Ich habe ja Tagesfreizeit, werde ihm sagen, dass ich viel spazieren gehen möchte, dann haben wir Möglichkeiten uns zu sehen, kann dann auch zu dir kommen." „Klingt gut!", warf Oliver ein. „In Leipzig werde ich mir Gedanken machen, wie ich es Oswald sage und wann ich dort ausziehen werde." „Boing, das haut rein, du hast dich also entschieden!" Mit diesen Worten küsste er Niklas heftig auf die Stirn. „Ja, ich will dich, weiß zwar konkret noch nicht wie, aber ich bin mit mir im Reinen!", versicherte Niklas. Die Art wie er das aussprach ließ keinen Zweifel an seinem Vorhaben aufkommen. Beide lagen sich minutenlang in den Armen. Als sie sich lösten hatten sie Tränen in den Augen.

„Und du?", wollte Niklas wissen. „Ich habe lange überlegt, ob ich allein weiterleben möchte. War ein verflixt hartes Stück Arbeit, aber ich kann und will dich nicht aufgeben!". Wieder fanden sich ihre Hände. Als sie gegen einundzwanzig Uhr den Park Richtung Krankenzimmer verließen fühlten sich beide wie von Lasten befreit. „Morgen Abend also letzte Runde hierher!", meinte Oliver und gab seinem Freund einen Kuss. Niklas lächelte …

Beschwingt stieg Oliver ins Auto und fuhr heim. Zu Hause griff er sofort zum Hörer und rief Alex an, um ihm die gute Botschaft mitzuteilen. In seiner Euphorie merkte Oli nicht, dass Alex' Äußerungen eher zurückhaltend waren. „Wenn das nur gut geht!", dachte er immer wieder und fing an sich ernsthafte Sorgen um Oliver zu machen.

Der Sonntagmorgen lag Oli ein wenig schwer im Magen. Er hatte für einen halben Tag den Wochenenddienst mit Beate getauscht, allerdings war Ortrud Saubermann auch anwesend. Als er die Redaktion betrat war die Kollegin bereits da und führte ein Privatgespräch mit einer Emmi, wie er vernahm. Obwohl Frau Saubermann im Nachbarbüro saß war ihre Stimme nicht zu überhören. Genervt knallte Oli die Tür seines Zimmers zu. Kurz darauf wurde diese von Ortrud wieder geöffnet. „Guten Morgen lieber Kollege, na lief es gestern Abend nicht so gut mit der Favoritlady?", flötete sie katzenfreundlich. „Was?", blaffte er zurück. „Ich meine ….", weiter kam sie nicht, da Oliver ihr ins Wort fiel und ihr klar und unmissverständlich mitteilte, dass sie sich doch um ihren eigenen Scheiß kümmern solle. Ortrud schnappte nach

Luft, drehte sich um und ließ die Tür zum zweiten Mal knallen. „Gott sei Dank!", grinste er.

Die Zeit bis fünfzehn Uhr verging wie im Flug. Ständig ratterte das Faxgerät, ab und zu legte er der Kollegin die Seiten zur weiteren Bearbeitung wortlos hin. Ohne sich zu verabschieden verschwand er pünktlich aus der Redaktion. Bevor er zu Niklas fuhr wollte er in seiner Wohnung noch ein paar Hemden bügeln und aufräumen. Gegen sechs rief Niklas an und gab Entwarnung für die letzte Runde.

Der Abend auf der Parkbank verlief herrlich harmonisch wenn auch ohne viele Worte. Beide waren sich ihrer sicher, das war mit jeder Geste und Mimik zu merken. Wie bereits gestern Abend begleitete Niklas Oliver zum Parkplatz und versprach, dass er Montagmittag in der Redaktion anrufen werde und abends sowieso. Mit einem ähnlichen Gefühl fuhr Oliver vom Parkplatz. Im Rückspiegel erblickte er einen winkenden Niklas der kleiner und kleiner wurde ....

31. Charlotte dreht auf

Als Oliver Lauenstein Montagmorgen das Büro betrat spürte er sofort Hektik und Unruhe. Hedwig Wang, die seit Wochen ihrem Ruhestand gelassen entgegensah rannte hektisch von Zimmer zu Zimmer und trommelte für halb elf alle im Konferenzraum zusammen. „Frau Beil-Landauer besteht auf vollzähliges Erscheinen!", schob die Assistentin überall nach. Beate, Frau Saubermann und Conny standen ratlos beisammen und setzten finstere Minen auf. „Was kann die sich schon wieder ausgedacht haben!", keifte Ortrud plötzlich los und erntete von den beiden anderen lediglich ein Achselzucken. Oliver versuchte zu besänftigen: „Was wird schon sein, vermute mal, dass sie mit ihrem klaren betriebswirtschaftlichen Verstand einiges hier in der Redaktion bemerkt hat, was sie verbessern will." „Sie hasst Frauen!", brach es aus Blühmchen heraus. „So würde ich das nicht bezeichnen, sie denkt eben sehr strukturiert!" „Eben wie ein Mann in Frauengestalt!", setzte Beate noch eins drauf. Cornelia hatte in den vergangenen Wochen die eiserne Hand der neuen Chefin oft zu spüren bekommen, ständig wurde sie zu Einzelgesprächen in Charlottes Büro zitiert und erhielt Anweisungen. Oft kam sie mit hochrotem Kopf wieder zurück an ihren Schreibtisch. Da Olis Gedanken aber viel bei Niklas waren bekam er das nicht wirklich mit. Er war froh, seine eigene Arbeit zu bewältigen und fand, dass Conni in den letzten Wochen eine echte Unterstützung gewesen war. „Na ja, wir werden ja sehen, ich muss noch rasch mit Hans-Werner telefonieren, haben uns heute Morgen gar nicht gesehen", meinte Ortrud und verschwand. Beate, Conni und

Oli grinsten sich verschmitzt an. „Das hört zukünftig bestimmt auch auf!", meinte Frau Rabe spitz.

Im Konferenzraum herrschte Stille obwohl bereits ungefähr zwanzig Mitarbeiter anwesend waren. Frau Beil-Landauer betrat die Szenerie: „Guten Morgen meine Damen und Herren, liebe Kollegen. Wir haben uns heute hier zusammengefunden, weil ich Ihnen Dinge mitteilen muss, die mir einfach sehr negativ aufgefallen sind und die ich für unbedingt verbesserungswürdig halte. Punkt eins: die Wochenenddienste werden sich nur noch jeweils auf den Samstag oder den Sonntag beziehen, das heißt, dass sich jeweils zwei Kollegen absprechen müssen. Herr Lauenstein, Sie erstellen bitte einen Einsatzplan nach Absprache mit den Kollegen. Punkt zwei: Privatgespräche sind ab sofort zu unterscheiden von dienstlichen, wenn Sie also unbedingt mal privat telefonieren müssen, melden Sie das hinterher Frau Wang beziehungsweise später Herrn Brasse, dort wird eine Liste geführt. Punkt drei: ab nächster Woche werden Zeitstempeluhren eingeführt, das erleichtert Ihnen ein strenges Arbeiten nach der Uhr, Sie können also Ihre Arbeitszeit selbst gestalten. Ich muss Sie aber darauf hinweisen, dass zwischen neun und sechzehn Uhr Kernzeit herrscht. Punkt vier: in unserer neuen Niederlassung in Ilsenburg wird dringend Unterstützung gebraucht, diesbezüglich führe ich nachher noch Einzelgespräche mit Ihnen. Punkt fünf: die Auflagenzahl hat sich um fünfzehn Prozent in diesem Jahr verschlechtert. Ich appelliere an Sie alle, viel mehr Sachverstand und Pfiff in Ihre Artikel zu bringen. Punkt sechs: die jeweiligen Gruppenleiter haben mir täglich um siebzehn Uhr sämtliche Artikel vorzulegen, die für die nächste Ausgabe relevant sind, sollte ich verhindert sein, übernimmt diese Tätigkeit Herr Brasse. So das war's auch schon, ich wünsche Ihnen einen erfolgreichen Arbeitstag!" Die Chefredakteurin drehte sich um und steuerte auf die Tür zu. Kurz vorm Verlassen des Raumes drehte sie sich noch einmal um: „Fräulein Blühmchen kommen Sie bitte gleich mit in mein Büro!" Conni folgte der Aufforderung und trottete hinterher.

„So Fräulein Blühmchen …" Conni fiel Frau Beil-Landauer ins Wort: „Frau Blühmchen bitte!", wies die Praktikantin sie zum hundertsten Mal hin. „Okay, Frau Blühmchen. Sie sind doch unabhängig, ledig und wollen noch etwas erreichen, ich habe mir überlegt, dass Sie ab übernächstem Monat nach Ilsenburg gehen, ich denke dort können Sie optimal gefordert und gefördert werden." Conni schluckte und glaubte sich verhört zu haben. „Aber ich bin doch lediglich im Praktikum!" „Und spekulieren darauf hier ab dem nächsten Jahr einen Ausbildungsplatz zu erhalten!", konterte Charlotte scharf, „Sie bekommen hier monatlich fünfhundert Mark, als Ungelernte ist das doch viel Geld, aber ich bin bereit einen Fahrtkostenanteil zu übernehmen!" „Das kann ich nicht machen, die augenblickliche Aufwandsentschädigung reicht nicht mal für eine eigene Wohnung!" „Was meinen Sie, junge Frau, welche Entbehrungen ich in meiner Studienzeit hinnehmen musste!", blaffte Frau Beil-Landauer zurück. „Dann müssen Sie wenigstens eine Unterkunft in Ilsenburg stellen!", forderte Blühmchen. „Gut darüber lässt sich reden, vielleicht gibt es ein kleines WG-Zimmer oder etwas in der Art", kam eine Spur freundlicher. „Dieses Miststück!", dachte Conni und hätte ihrem Gegenüber am liebsten ins Gesicht gespuckt. „Also machen wir es kurz, ich kümmere mich um eine Übernachtungsmöglichkeit für Sie und Sie wirken ab ersten November in der neuen Redaktion und wer weiß, vielleicht springt dann im nächsten Jahr ein Ausbildungsvertrag für Sie dabei heraus!", stellte die Chefin in Aussicht. „Noch irgendwelche Fragen, nein?" „Im Augenblick nicht!", gab Conni verunsichert von sich. „Dann zurück an die Arbeit, viel Spaß!"

Oliver und Beate erkannten sofort, dass etwas passiert war als Blühmchen ins Büro zurückkam. Mit gesenktem Kopf setzte sie sich an ihren Schreibtisch und sagte missmutig: „Ich muss nach Ilsenburg!" „Du bist doch nur Praktikantin!", entgegnete Oli verwirrt. Beate schüttelte den Kopf. Ortrud die das Geschehen von der Tür aus beobachtete meinte spitz: „Wieso, die ist doch so jung, soll sich in der Ferne mal ein wenig die Hörner abstoßen!" „Ich glaube, liebe Kollegin, das geht Sie gar nichts an!", fuhr Oliver ihr in die Parade. „Tststs, Sie wieder!". Mit blasiertem Gesichtsausdruck verließ Frau Saubermann den Raum. „Was hat die sich denn ausgedacht für dich?" Oli schaute Cornelia mitleidig an. Sie war den Tränen nahe. Mit erstickter Stimme meinte sie: „Finde es ja gar nicht so schlecht, aber ich fühle mich hier wohl und dachte, dass ich nächstes Jahr hier bei euch meine Ausbildung beginne und in Goslar bleibe!" „Nun warte es erst einmal ab, nichts wird so heiß gegessen, wie es gekocht wird!", versuchte Beate Blühmchen zu beruhigen. „Ist aber alles in allem starker Tobak, was Madame vorhat!", warf Frau Rabe in den Raum. „Irgendwo auch notwendig!", versuchte Oli die Schärfe aus der Situation zu nehmen. „Na ja, Männer denken eben anders was diese Dame angeht, da reicht ein wenig Minirock, ein paar Strapse und so weiter und gleich verliert ihr Kerle den Kopf!", ärgerte sich Beate. „Ich auch?", wollte Oliver wissen. „Ja, da scheinst du als schwuler Mann keine Ausnahme zu sein!" Beate war sichtlich genervt von Lauensteins Äußerungen. Oliver vertiefte sich wieder in seine Arbeit und versuchte einen Wochenendarbeitsplan für den Rest des Jahres aufzustellen. Seine Stärke waren Statistiken und Tabellen nicht, das musste er wieder einmal feststellen, als er gegen siebzehn Uhr zur Uhr sah und längst noch nicht fertig war.

Inzwischen hatten auch Beate und Ortrud ihre Einläufe von der Chefin bekommen. „Was erdreistet die sich, mir ständig private Telefonate zu unterstellen!", prustete Frau Saubermann beim Verlassen der Redaktion los. „Ich muss hier nicht arbeiten, kann meine Zeit durchaus sinnvoller verbringen!" Ihre Worte verpufften bei den Kollegen. Insgeheim gaben die meisten der Beil-Landauer Recht.

Über die Hektik im Büro und die anstehenden Umwälzungen hatte Oliver gar nicht bemerkt, dass Niklas sich mittags nicht gemeldet hatte. Als er am Abend auch kein Telefonat auf seinem Anrufbeantworter vernahm wurde er stutzig. Er wählte Niklas' Nummer und ließ es klingeln bis die Verbindung zusammenbrach.

32. Kein Zeichen von Niklas

Die nächsten Tage kamen beruflich wieder in ruhigeres Fahrwasser. Frau Beil-Landauer war einige Tage unterwegs und bereiste mit Lutz Brasse die Außenstellen in der Region. Olivers Stimmungen und Launen entwickelten sich mehr zu einem Spiegelbild von Niklas' An- oder Abwesenheiten. Oli war meist missmutig und wortkarg. Das fiel hauptsächlich Beate und Cornelia auf. Da sie den Grund kannten nervten beide nicht mit Fragen oder Ratschlägen, sondern ließen ihn gewähren. Seine redaktionelle Arbeit strengte ihn an. Er war oft stundenlang nicht in der Lage einen klaren Gedanken zu fassen oder gar einen Text zu formulieren. Gelegentlich nahm ihm Frau Rabe das eine oder andere ab. Oliver mochte diese Art von Mitleid nicht, war aber froh, wenn die Kollegin ihm unter die Arme griff.

Jetzt war Niklas schon vier Tage zu Hause und hatte sich nicht gemeldet. Wut und Traurigkeit vermischten sich in Olivers Gedanken, oft wurde ihm sogar übel. Da er aber kaum etwas aß bestand auch keine Gefahr sich zu erbrechen. Donnerstagmorgen sagte die Praktikantin plötzlich und unvermittelt: „Du hast doch bestimmt fünf Kilo abgenommen!" „Kann sein!", gab Oli mürrisch zurück. Dann erstarb die Unterhaltung wieder. Die Mittagspause verbrachte er mit Beate bei Natale. „Na, er hat sich wohl immer noch nicht gemeldet?", eröffnete sie halb fragend halb wissend das Gespräch. „Nein.", entgegnete er einsilbig. „Mensch, es kann tausend Gründe dafür geben, wenn er bei diesem Brummer lebt, wird der ihn im Schach halten, das weißt du doch!", fuhr Beate fort. Oli schlug mit der Faust auf den Tisch sodass die Gläser klirrten: „Verdammte Scheiße, es wird doch wohl mal Momente geben in denen er unbeobachtet ist, er hat doch meine Telefonnummern!" „Hast du wirklich die leiseste Ahnung, wie dieser Dicki ist und sich verhält?" „Ein egozentrischer Unsympath und dickes Schwein!", fauchte Oliver zurück „Eben!", bestätigte ihn die Kollegin, „du kannst nur die Füße stillhalten und abwarten, sei zuversichtlich!" „Verdammt schwer!", stöhnte Oli. Obwohl seine Stimmung gedrückt war schafften es die beiden Kollegen doch noch ein halbwegs entspanntes Mittagessen hinzukriegen. Etwas gelöster gingen beide kurz danach in die Redaktion zurück. Als Oliver das Büro betrat strahlte ihn Blühmchen an: „Er hat sich gemeldet, du sollst bis vierzehn Uhr zurückrufen!" Im Nu schnellte Olis Stimmung von Null auf Hundert, er sah zur Uhr und wählte Niklas' Nummer und vernahm das vertraute und lang gezogene „Ja". „Was ist los?", bellte Oliver in den Hörer. „Du glaubst nicht, wie mich Oswald unter Beobachtung stellt. Ich habe schon den Eindruck, dass er einen Detektiv angesetzt hat. Unsere Putzfrau kommt jetzt täglich. Ich glaube, die hat er auch instruiert. Aber es gibt Hoffnung und gute Neuigkeiten!" „Was denn?", fragte Oli ungeduldig. „Oh Scheiße, Oswald kommt, ich muss aufhören, melde mich heute Abend!" Mit diesen Worten hängte Niklas ab. Das „Hoffentlich", das Oliver erwiderte, hörte er schon nicht mehr. Er stand auf, ging zum Fenster und atmete tief durch. „Was ein Anruf, eine Stimme so alles ausmacht!", kicherte Conni im Hintergrund. Oli hatte keine Lust darauf zu reagieren und setzte sich wieder an seinen Schreibtisch. Die Arbeit ging ihm jetzt etwas leichter von der Hand, trotzdem war er froh, dass er gegen achtzehn Uhr das Büro verlassen konnte.

Der Abend war für Anfang August mild und er überlegte einen Moment Alex anzurufen, um mit ihm noch etwas trinken zu gehen, verwarf den Gedanken aber gleich wieder, da ja Niklas sein Telefonat angekündigt hatte. Es war schon fast einundzwanzig Uhr als das Telefon klingelte und tatsächlich sein Freund dran war. Ein Glücksgefühl durchfuhr seinen Körper. Scherzhaft meldete er sich dieses Mal mit dem lang gezogenen „Ja". Aus Niklas ergoss sich ein Redeschwall, den Oli bis dahin nicht kannte. Minutenlang beschrieb er seine häusliche Situation, die er als goldenen Käfig empfand. Olivers Glücksgefühl wich einem leichten Unwohlsein bei den Ausführungen. Im Geiste sah er alle Hoffnungen schwinden. In einer Redepause seines Freundes warf er ein: „Und wie geht das jetzt weiter mit uns?" Sofort nahm Niklas die Fäden wieder auf: „Ich fahre morgen zu meiner Familie nach Leipzig und bleibe ungefähr zehn Tage dort. Es wäre schön, wenn du am übernächsten Wochenende auch kommen würdest, dann fahren wir für zwei Tage nach Prag!" Oliver glaubte sich verhört zu haben: „Was, wie stellst du dir das vor?" „Du nimmst am nächsten Freitag ein Hotel in der Stadt und ich hole dich Samstagmorgen dort ab und dann geht es ab nach Tschechien, es sind nur zirka zweieinhalb Stunden Fahrt." Olivers Gefühlsleben geriet aus den Fugen und er machte einen Luftsprung. „Großartig, das sind schöne Aussichten, zwei Tage totales Glück!", rief er in den Hörer. Er hörte Niklas tief atmen. „Ich rufe dich, so oft ich kann, aus Leipzig an, ich vermisse dich täglich mehr!" „Ist Oswald nicht da?" „Nein, der bleibt hier in Goslar, ich fahre natürlich allein zu meiner Familie!", entgegnete Niklas. „Du Schaf, ich meine jetzt gerade!", lachte Oliver. „Nee, irgendeine Sitzung, er kommt erst sehr spät." Die beiden sprachen über eine Stunde miteinander. Auch Niklas wollte viel wissen, wie es Oliver in den letzten Tagen ergangen war. Während Oli seine Situation und seine Gefühle erklärte lief die Zeit noch einmal wie ein Film vor ihm ab. Gegen halb elf war das Gespräch beendet. Oliver fühlte sich rundum wohl, er sprang unter die Dusche und fiel anschließend trunken vor Glück ins Bett.

Der Freitagmorgen tauchte nicht nur die Stadt in schönstes Sonnenlicht, sondern auch Olivers Gemüt. Beschwingt betrat er sein Büro und lächelte Blühmchen vielversprechend an. Sie grinste zurück denn ihr war klar, was passiert war. „Morgen, Ihr Lieben und, wie war es?", kam Beate Rabe fröhlich auf ihn zu. Oliver erzählte kurz von den Plänen des nächsten Wochenendes. Beate klatschte in die Hände und hätte ihm am liebsten einen Kuss gegeben: „Ich hab's doch gewusst!" und applaudierte wieder. „Glückwunsch!", lächelte ihn auch Conni an. Die Arbeit verlief an diesem Tag wie von selbst, alles flutschte. Selbst der Besuch bei seinem Vater am Sonntag lag plötzlich nicht mehr schwer im Magen. Josef Lauenstein hatte angekündigt, dass er ihm jemanden vorstellen wollte. Im Augenblick interessierte das Oliver aber wenig.

Den überwiegenden Teil des Sonnabends verbrachte Oliver mit Hausarbeit, die er hasste. Aber selbst das machte ihm nichts aus. Niklas hatte sich schon zweimal gemeldet und hielt ihn auf dem Laufenden, was er in Leipzig tat. Für den Abend hatte sich Oli mit Alex verabredet, worauf er sich freute. Die Aussicht auf zwei Tage Prag mit Niklas ließ immer wieder eine Glückslawine durch seinen Körper rollen.

Am Sonntagmorgen wurde Oli um sieben Uhr durch das Telefon geweckt. Mürrisch griff er zum Hörer und vernahm Niklas' Stimme. Seine Stimmung und leichte Verkaterung vom Vorabend war wie weggeblasen. „Sorry, dass ich so früh anrufe, aber hier schlafen noch alle und ich hatte Sehnsucht nach dir!" „Schöööööön!", entgegnete Oliver und lauschte den Ausführungen seines Freundes. Es hatte sich noch keine Möglichkeit ergeben, dass er mit seiner Mutter über sich und Oliver gesprochen hatte. „Na, ja das wird schon noch, ihr habt ja noch ein paar Tage!", tröstete ihn Oli. „Es macht mir aber zu schaffen, ich weiß noch nicht wie ich es angehen soll.", klang Niklas leicht betrübt. „Wenn du nicht kannst ist es nicht schlimm, du hast es dir vorgenommen und wirst es irgendwann tun, sei zuversichtlich!", beruhigte ihn Oliver. Er fühlte sich ganz wohlig in diesem Moment, lag in seinem Bett, die Morgensonne warf Streifen durch die Jalousie auf seine Haut und er hatte das Gefühl Niklas läge direkt neben ihm. Sein Wecker zeigte halb neun als sie das Gespräch beendeten. Fast schwebend ging er ins Bad und duschte minutenlang. Oliver war glücklich, noch konnte er nicht ahnen, dass diese Wochen zu den ausgefülltesten Zeiten mit Niklas gehören sollten, obwohl sie doch räumlich getrennt waren.

Um fünfzehn Uhr war es dann soweit. Oliver klingelte in der Dr.-Nieper-Straße sechzehn bei seinem Vater. Es dauerte nicht lange bis er öffnete und ihn in einem merkwürdig aufgeräumten Zustand begrüßte. Selbst Josefs Stimme und die Wahl seiner Worte waren Oliver fremd. „Hallo Papa!", sagte Oli knapp. „Schön, dass du da bist, wir haben schon den Kaffeetisch gedeckt!", mit diesem Satz schob er seinen Sohn ins Wohnzimmer. „Das ist Johanna!", stellte er eine fremde Frau vor. Oliver schaute ein wenig verdutzt. Eine brünette Dame, Anfang sechzig und äußerst gepflegt, streckte ihm ihre Hand entgegen und begrüßte ihn. „Ich habe schon viel von dir gehört!", lächelte sie den Gast an. „Warum duzt die mich?", fuhr es Oli durch den Kopf. Sogleich ging sie schnellen Schrittes in die Küche, um die Kaffeekanne zu holen. „Wie findest du sie?", fragte Josef kaum hörbar. Oliver sagte nichts, setzte sich an den Tisch und griff nach einem Stück Käsekuchen. Johanna kehrte samt Kaffee zurück und bediente Vater und Sohn damit. Die beiden Alten machten auf Oliver einen sehr vertrauten Eindruck. Ihm war es Recht, dass nicht viele Fragen gestellt wurden und sie sich überwiegend miteinander unterhielten. „Wo habt ihr euch kennen gelernt?", patzte Oli plötzlich dazwischen. Johanna und Josef sahen Oliver an und schwiegen. Unversehens fing sie an zu kichern: „Über eine Anzeige in deiner Zeitung!" Jetzt musste auch Oliver lachen. „So so, mein Vater wandelt also auf Freiersfüßen!", spöttelte er. Die Unterhaltung lief ganz gut, Johanna hatte die Gabe keine toten Punkte oder Langeweile aufkommen zu lassen und plapperte eigentlich die ganze Zeit. Als Oliver gegen halb sechs aufbrach stellte er fest, dass er das sich selbst auferlegte Zeitlimit um eine Stunde überschritten hatte, aber es war ihm egal. Irgendwie freute er sich auch für seinen Vater wieder Anschluss ans Leben gefunden zu haben, dank Johanna. Außerdem dachte er nicht ganz uneigennützig: „Dann ist er ja wieder beschäftigt und lässt mich in Ruhe." Bei der Verabschiedung nahm ihn Josef noch einmal kurz zur Seite und sagte leise, dass er unbedingt die Meinung seines Sohnes hören wolle und ihn in den nächsten Tagen anrufen werde.

33. Ein Traum zerplatzt

Die Aussicht auf Niklas und Prag beflügelte Oliver. Er war wieder der Alte. Die Arbeit in der Redaktion ging ihm leicht von der Hand. Er führte mindestens ein Telefonat mit Niklas und hatte inzwischen sogar die Nummer seiner Eltern in Leipzig bekommen. „Für alle Fälle!", wie sein Freund ihm versichert hatte. Frau Beil-Landauer und Herr Brasse waren noch immer unterwegs. Am Donnerstagmorgen sorgte deren Abwesenheit allerdings für unfreiwillige Komik. Wie der Redaktion von der Polizei per Fax in Goslar mitgeteilt wurde, wurde gestern Abend in Ilsenburg Alarm ausgelöst. Angeblich war die dortige Redaktionsetage am Mittwochabend gegen zwanzig Uhr menschenleer, angeblich. Im dortigen Polizeirevier allerdings ging ein Einbruchsalarm aus dem Büro ein. Die sofort aufgescheuchten Beamten stellten dann allerdings fest, dass sich doch zwei Personen in den Räumlichkeiten befanden: Charlotte und Lutz! Wie die Assistentin des Ilsenburger Büroleiters Beate am Telefon mitteilte, erwischte man die beiden aber nur leicht beziehungsweise gar nicht bekleidet auf einem der Schreibtische. Beate Rabe hatte nichts Besseres zu tun als die Neuigkeiten auszuposaunen. Ortrud Saubermann kommentierte das das nur mit hochgezogenen Augenbrauen und Kopfschütteln: „Ich sagte ja schon, die ist mir zu sexistisch!" „Und eine Schlampe ist sie obendrein!", bestärkte Blühmchen Frau Saubermann. „Ihr ist eben auch nichts Menschliches fremd!", versuchte Oliver Ordnung ins allgemeine Amüsement zu bringen. „Ja, ja, du wieder mit deinem Faible für sie!", fuhr ihn Beate an. Frau Wang, die im Türrahmen stand hatte eine finstere Mine aufgesetzt und ermahnte die Anwesenden doch unverzüglich wieder an die Arbeit zu gehen und Stillschweigen zu bewahren, es wäre schließlich nichts bewiesen.

Gegen elf Uhr hatte Oliver einen Gesprächstermin in der Redaktion. Ein Regisseur des *Norddeutschen Rundfunks* plante ein Porträt über Goslar und die ansässige Zeitung sollte kooperieren. Er setzte sich mit einem Herrn Schack ins Konferenzzimmer, um den Rahmen der Zusammenarbeit zu erarbeiten. Sie unterhielten sich schon über eine Stunde als eines der Telefone klingelt und Blühmchen zaghaft fragte, ob sie stören dürfe. „Nein!", sagte Oliver unfreundlich. „Aber dein Freund ist dran und sagt es sei dringend!" „Ich komme!". Oli bat Herrn Schack um eine Pause und verließ den Raum, um in sein Büro zu eilen. Conni hatte das Gespräch auf seinen Apparat gelegt und der Redakteur griff zum Hörer. „Ja?", fragte er eine Spur zu geschäftlich. Oliver vernahm nur ein Schluchzen und fragte sanft, was denn los sei. „Ich muss unser Wochenende absagen, meine Eltern haben ein Familientreffen anberaumt, es geht leider nicht, dass du kommst!", erklärte ihm Niklas mit tränenerstickter Stimme. „Scheiße!", sagte Oli laut in den Raum. Er spürte jetzt selbst einen Kloß im Hals und ein ungutes Gefühl in der Magengegend. „Lass uns heute Abend weitersprechen, ich bin in einem wichtigen Gespräch!", teilte er Niklas mit und legte auf. „Bad News?", fragte Conni. „Kann man so sagen, Prag fällt aus!" Blühmchen verstand nichts aber wollte auch nichts hinterfragen. Oliver hatte Mühe seine Tränen zurückzuhalten und sagte zu der Praktikantin: „Wie soll ich jetzt mit Schack weitermachen?" „Ich gehe kurz zu ihm und sage, dass du in einer Viertelstunde wieder da bist!", bot Cornelia an. Oliver nahm den Vorschlag dankend an und ging hinunter auf den Hof. Hier ließ er seinen Tränen freien Lauf.

Als er sich halbwegs gefangen hatte ging er erneut in sein Büro. Wieder klingelte das Telefon. Instinktiv und trotz wartendem Herrn Schack nahm er das Gespräch an. „Hier ist dein Vater, ich wollte endlich mal wissen, wie dir Johanna gefallen hat!" Oliver explodierte: „Lasst mich jetzt alle mit eurem Scheiß in Ruhe!" Er knallte den Hörer auf lief zur Toilette und ließ sich kaltes Wasser übers Gesicht laufen. Danach nahm er den zweiten Anlauf für das Gespräch mit dem Regisseur. Da Oli nicht in der Lage war, sich Notizen zu machen und auch nicht zuhören konnte, brach Herr Schack nach einer Stunde das Gespräch ab und meinte zu seinem Gegenüber: „Na, junger Mann heute ist wohl nicht ihr Tag, lassen sie uns morgen weitermachen!" Oliver war froh darüber. Die beiden Herren verabschiedeten sich. Anschließend teilte Oliver Frau Wang mit, dass er sich nicht wohl fühle und jetzt nach Hause gehen möchte. Ihr unverschämtes „Wenn's unbedingt sein muss" überhörte er.

Als Oliver in seiner Wohnung ankam schmiss er sich aufs Bett und heulte Rotz und Wasser. Irgendwann schlief er vor Erschöpfung ein. Er musste den ganzen Nachmittag geschlafen haben als ihn gegen achtzehn Uhr das Klingeln seines Telefons weckte. Niklas war dran. Oli war nicht in der Lage ein Wort zu sagen. „Ich wollte dir alles erklären", begann Niklas zaghaft. Der Angerufene sprach immer noch nicht. „Bist du enttäuscht?" „Nein, nur sehr traurig, aber ich verstehe deine dortige Situation auch!" Oliver bemühte sich nicht wieder zu weinen. Niklas nahm das Gespräch wieder auf und erklärte umständlich, was dieses Familientreffen für ihn bedeutete. Oliver begann nach und nach zu begreifen, was sein Freund in Goslar vermisste und wie sehr er doch, trotz seines Nicht-Outings, die Auspolsterung seiner Familie brauchte. Langsam kehrte Ruhe in das Gespräch und beide versuchten wieder normal miteinander zu sprechen. „Ich komme Montag zurück!" „Gut!", fiel Oli ein Stein von der Seele. Danach beendeten sie die Unterhaltung.

Wieder liefen Tränen über Olivers Gesicht. Er griff erneut zum Apparat und rief Alex an mit der Bitte vorbeikommen zu dürfen. Leider erreichte er nur wieder den Anrufbeantworter sprach aber sein Anliegen darauf. Es dauerte nur ein paar Sekunden bis Alex zurückrief und einwilligte. Oli zog sich aus und stellte sich minutenlang unter die Dusche. Er wünschte sich, dass das ungute Gefühl an sich genauso abperlte wie die Wassertropfen auf seiner Haut.

Gegen zwanzig Uhr traf er bei Alex ein, der ihm öffnete, nichts sagte und ihn nur in die Arme nahm. Oliver fühlte sich plötzlich unendlich geborgen. Als sie sich im Wohnzimmer gegenübersaßen, schauten sie sich lange schweigend an. Dann brach es aus Alex heraus: „Und das lässt du dir bieten?" „Was soll ich tun, alles aufgeben, was wir zusammen erlebt und durchgemacht haben?", zweifelte Oliver. „Ich bekomme langsam den Eindruck, dass du ausgenutzt wirst", sagte Alex scharf, „und dafür bist du zu schade!" „Aber ..." „Nichts aber, schau dich doch mal an, du wirst immer dünner, immer durchsichtiger, richtest dich nur noch nach den Launen und Bedürfnissen dieses Herrn Stolzers, richtest dein komplettes Leben auf ihn ein mit einer vagen Hoffnung auf Zukunft!", entgegnete der Freund. „Aber ich liebe ihn!" „Und er – liebt er dich auch?" Oliver weinte wieder und zuckte mit den Achseln. In diesem Moment erschien Alex Oliver ganz klein und hilflos, was seinen Unmut und seine Wut noch steigerte: „Sei dir darüber im Klaren, wenn Niklas wieder ganz genesen ist braucht er dich nicht mehr!" Jetzt begann Oli laut zu schluchzen. „Ich gönne dir ja den Spaß und das Glück mit ihm, aber, überleg mal, was er wirklich für dich tut. Ich habe den Eindruck, da kommt nichts. Du hast ihn mir ja nicht einmal vorgestellt bis heute!", blaffte Alex ihn an. „Er muss vorsichtig sein, wir können uns nicht gemeinsam in der Stadt zeigen oder bei irgendjemandem!", versuchte Oliver eine Entschuldigung. „Ach, ich bin also Mister Irgendwer, toll!", gab Alex patzig zurück. „Nein, bist du nicht!" „Dann nenn mich auch nicht so!" Wieder schwiegen sich beide minutenlang an. Oliver stand auf und ging auf den Balkon, um zu rauchen. Wenig später spürte er Alex' hinter sich der ihn umarmte. „Ich mache mir nur Sorgen um dich, mehr wollte ich dir gar nicht vermitteln!", sagte der Freund jetzt wieder ganz ruhig. Beide lehnten über der Balkonbrüstung und starrten ins Grüne. „Ich fühle mich jetzt ein bisschen besser und bin ganz froh, dass du so ehrlich zu mir bist!", bedankte sich Oliver und machte einen tiefen Lungenzug an seiner Zigarette. „Lass erst mal alles sacken und versucht ab Montag nach vorn zu schauen, gemeinsam!", empfahl Alex seinem Freund. „Okay, schön, dass es dich gibt!" Oliver ging zurück ins Wohnzimmer und griff nach seinem Schlüsselbund. „Ich muss jetzt los, danke noch mal!". Draußen im Auto überkam ihn noch einmal ein Weinkrampf, dieses Mal schienen die Tränen aber nicht mehr trüb zu sein.

34. Die rebellische Alte

„Das wäre mein Anreisetag nach Leipzig gewesen!", war der erste Gedanke als Oliver erwachte. Er spürte, dass ihm das Gespräch mit Alex gutgetan hatte. Zwar fand er sich längst noch nicht wieder ganz beisammen, aber er wollte heute wieder ins Büro gehen und wenn es sein musste, auch einen Wochenenddienst dranhängen.

Zuversichtlich betrat er gegen neun Uhr die Redaktion. Charlotte Beil-Landauer begegnete ihm auf dem Flur und begrüßte ihn ungewöhnlich freundlich. „Können Sie gleich mal in mein Büro kommen?", bat sie. Oli folgte ihr eiligen Schrittes und beobachtete sie von hinten. „Wieder alles perfekt!", dachte er als er die wohlgeformten Beine auf Stilettos vor sich gekonnt sich bewegen sah. „Nehmen Sie Platz, Herr Lauenstein!" „Hier war ja wohl gestern einiges los, wie ich hörte!" Oliver verstand nicht so recht und dachte: „Woher weiß die von Niklas' Absage?" „Ich meine den Vorgang in Ilsenburg, da wurde Alarm ausgelöst. Herr Brasse und ich hatten noch eine Besprechung wegen Frau Blühmchen, die ja ab November dort arbeitet." „Ich weiß nicht", stotterte der Redakteur etwas konfus. „Es war lediglich eine Besprechung", versicherte Charlotte noch einmal eindringlich, „nur, dass hier keine Gerüchte aufkommen!" „Ja, ist ja nicht mein Ressort, die Personalpolitik!", entgegnete der Verdatterte. „Ich meine ja nur", beendete die Chefin das Gespräch süffisant lächelnd. Als er die Tür zu ihrem Büro hinter sich schloss dachte er: „Und was sollte das jetzt?"

Auf seinem Schreibtisch sichtete er die nicht verrichtete gestrige Arbeit und machte sich ans Werk. Blühmchen, Beate und selbst Ortrud standen auf dem Flur zusammen und tratschten immer noch über die Ilsenburger Vorkommnisse. Oli schüttelte nur den Kopf als er das bemerkte, ließ sich aber nicht stören. Nachdem das Palaver draußen beendet war kam Beate kurz zu ihm und wollte wissen, wie es ihm geht. Oli wollte sich nicht groß äußern wofür die Kollegin Verständnis zeigte und schnell wieder ging. Jetzt konnte der Tag laufen. Für dreizehn Uhr war das zweite Gespräch mit Herrn Schack angesagt, er hatte dafür zirka drei Stunden eingeplant. Bis dahin hoffte Oliver, seinen Schreibtisch bewältigt zu haben.

Vertieft in seine Arbeit schreckte Oli plötzlich hoch als er das Knallen eines Gehstocks auf Blühmchens Schreibtisch hörte. „Wo ist das Dreckstück!", keifte eine ungefähr achtzig Jahre elegant gekleidete Dame. „Wer sind Sie und was wollen Sie hier!", schrie Oliver sie an. Cornelia war mit ihrem Stuhl instinktiv aus der Reichweite des Stockes gerollt und verschanzte sich hinter dem vertrockneten Ficus. „Ich bin Agathe von Szagözi-Landauer und will dieses Dreckstück sprechen, das sich meine Tochter nennt!", fuhr ihn die Alte wieder an und fuchtelte dabei gefährlich mit ihrem Stock. Als reine Vorsichtsmaßnahme zog Oliver den Kopf ein und ging einen Schritt zurück. „Moment, ich melde Sie an!", beschwichtigte der Redakteur die Frau und rief Frau Wang an, um den Besuch anzukündigen. „Sie werden gleich abgeholt!", teilte Oli Charlottes Mutter mit. „Und behandelt sie euch hier auch alle wie ein Stück Mist?", krächzte die Alte in Richtung Conni. Sie schaute immer noch verängstigt, kam aber hinter der sterbenden Grünpflanze hervor. „Och, das kann man so nicht sagen", räusperte sich Cornelia vorsichtig. „Mach mir doch nichts vor Mädchen, die sieht doch nur ihren eigenen Vorteil, alle anderen sind ihr egal, jetzt versucht die tatsächlich, mir das Erbe ihres Vaters, also meines verstorbenen Mannes, streitig zu machen!" In diesem Moment betrat Hedwig Wang den Raum und erblickte Frau von Szagözi-Landauer. Sogleich setzte sie ein katzenfreundliches Gesicht auf: „Ach Frau von Szagözi-Landauer, schön Sie einmal kennen zu lernen, kommen Sie, ich bringe Sie zu Ihrer Tochter." „Wird auch Zeit, dass Sie endlich da sind!", fauchte die Alte die Assistentin an. Ohne sich zu verabschieden drehte sich die alte Rebellin um und verschwand.

Ortrud und Beate kamen angerannt und fragten wie aus einem Munde: „Wer war das denn?" „Die Mutter unserer Chefin!", gab Oli Auskunft. „Tststs, kein Wunder, unterste Schublade!", echauffierte sich Frau Saubermann und verschwand. „Ach du Scheiße, die fällt ja schon wieder auf und das unangenehm!", kicherte Beate. „Ach Leute lasst mich jetzt einfach arbeiten!", bat Oli und widmete sich wieder seinen Aufgaben. Wenig später blickte Oliver noch einmal von seinem Schreibtisch auf und sah, wie Frau Beil-Landauer ihre Mutter hinauskomplimentierte. Sie hatte alle Hände voll damit zu tun, die Alte fuhrwerkte gefährlich mit ihrem Spazierstock durch die Luft und schrie ihrer Tochter Ausdrücke wie Schlampe und Flittchen entgegen. Als sei nichts passiert, ging Charlotte ein paar Minuten später aufrecht zurück in ihr Büro. „Die hat den richtigen Namen Beil-Landauer, ich nenne sie jetzt Hackebeil!", beschloss Conni.

35. Niklas' Rückkehr

Irgendwie hatte Oliver die letzten Tage überstanden, wie wusste er selbst nicht. Kurzerhand hatte er das vergangene Wochenende einen kompletten Dienst übernommen und Beate damit glücklich gemacht. Bei seinem Vater hatte er sich entschuldigt, allerdings ohne den wirklichen Grund für seinen Unmut zu nennen. Sie waren wieder im Reinen miteinander. Oli gefiel sogar die Vorstellung, Josef jetzt wieder etwas behüteter zu sehen durch diese Johanna, die er nett fand. Gespräche mit Alex halfen ebenfalls, um abgelenkt zu werden. Bereits Montagmittag hatte Niklas im Büro angerufen und versprochen direkt auf der Rückfahrt bei ihm vorbeizukommen. Wenn auch die Begegnung nur kurz ausfallen würde, konnten sie sich doch sehen und spüren. Der Nachmittag verlief ohne große Mühe, Oli schaffte viel Papierkram vom Tisch und wollte um siebzehn Uhr gehen, da in der Wohnung noch halbwegs klar Schiff gemacht werden musste. Sein Freund hatte sein Ankommen für zirka neunzehn Uhr angesagt.

Oliver war gerade dabei das Badezimmer zu putzen als es klingelte. Verdutzt schaute er zur Uhr, es war kurz nach sechs. Ohne weiter zu überlegen streifte er die Gummihandschuhe ab und öffnete die Wohnungstür. „Unten war offen!", strahlte ihn Niklas an und fiel ihm um den Hals. Oliver hatte in diesem Moment den Eindruck als würden tonnenschwere Lasten von ihm abfallen. Er fand zunächst keine Worte, sprachlos zog er Niklas ins Wohnzimmer und beide sanken auf der Couch nieder. Das Wiedersehen tat so unglaublich gut, dass sie überhaupt nicht voneinander lassen konnten. Eng umschlungen wälzten sie sich auf dem dafür viel zu kleinen Sitzmöbel.

Als Oliver erwachte sah er Niklas neben sich schlummern. Stumm beobachtete er ihn und strich ihm immer wieder übers Haar bis dieser die Augen aufschlug und ihn anlächelte. „Wie spät ist es?" „Kurz vor neun!", entgegnete Oliver. „Oh, Mist ich muss weg, Oswald weiß, dass ich am frühen Nachmittag losgefahren bin!" Blitzschnell sprang er auf und suchte nach seinen Klamotten. Es dauerte nur Sekunden bis er angezogen war. „Tut mir leid, dass ich jetzt so überstürzt aufbrechen muss, aber du weißt ja ….!" „Ja, ja, ich weiß, ich verstehe schon!", sagte Oliver traurig. „Oswald hat diese Woche viele Abendtermine und am nächsten Wochenende ist er komplett weg, da haben wir jede Menge Zeit uns zu sehen!", versicherte er. Oli warf ihm einen ungläubigen, aber lächelnden Blick zu. Wenig später verabschiedeten sie sich mit einem: „Bis gleich!". Noch völlig von der Situation gefangen ließ er sich nackt mit einer Zigarette auf dem Balkon nieder. Es war ihm egal, ob man ihn so sehen konnte. Er trug ein Gefühl von Nähe und Weite gleichzeitig in sich und fand keine Erklärung dafür.

Am Dienstagmorgen fühlte sich Oliver innerlich aufgeräumt und verbreitete diese Stimmung auch im Büro. Beim zweiten Frühstück erzählte er Beate fast alle Einßzelheiten des gestrigen Abends und teilte ihr mit, dass er wahrscheinlich am kommenden Freitag frei nehmen würde. „Ach, das sind ja schöne Aussichten, dann habt ihr endlich mal Zeit zwei Tage am Stück zusammen zu sein!", lächelte ihn die Kollegin an. „Wollen wir hoffen, dass alles klappt!", zweifelte er. „Wird schon schiefgehen!", bestärkte ihn Beate. Auch Cornelia fiel die gute Stimmung Olivers auf und so fragte sie unvermittelt, ob alles im grünen Bereich sei. „Ich denke ja!", entgegnete er. „Aber so ganz traust du dem Frieden nicht, oder?" „Lass uns guter Dinge sein oder es zumindest versuchen!", beendete Oli das Gespräch.

Am frühen Nachmittag meldete sich Niklas und teilte seinem Freund mit, dass Oswald bereits am Donnerstagmittag beruflich nach Sindelfingen muss, aber leider schon Samstag zurück sei. Oliver war glücklich und gab sofort eine Urlaubsmeldung für den kommenden Freitag bei Frau Wang ab. Als er abends nach Hause kam fand er ein kleines rotes Papierherz in seinem Briefkasten, worauf N und O geschrieben stand. Oliver drückte es an sein Herz und ein Glücksschauer durchfuhr seinen Körper und verursachte Gänsehaut. Als Niklas kurz darauf noch anrief war der Abend gerettet. Er lud Oliver für den kommenden Donnerstagabend zu sich nach Hause ein und wollte für ihn kochen. „So viel Glück auf einmal!", staunte er. Beschwingt lief er hinunter ins Erdgeschoss und klingelte bei Peter und Linda, um ihnen die Neuigkeiten mitzuteilen. Sein Herz quoll über, dass er Peters skeptischen Blick gar nicht wahrnahm. Linda öffnete eine Flasche Sekt und stieß mit ihm auf eine glückliche Zukunft an. Wie üblich sagte ihr Mann fast wieder nichts. Sein gelegentlicher Einwand „Ja aber ...." wurde ständig von seiner Frau unterbrochen, die Oliver immer wieder zuprostete und auf das Glück von Oliver anstieß.

36. Ein Abend, der dann doch länger dauerte

Der Mittwoch lief bestens für Oliver, er fühlte sich wie auf Wolken. Niklas meldete sich mittags aus einer Telefonzelle in der Stadt und fragte, ob sie zusammen die Pause verbringen wollen. Oli machte einen Freudensprung, den zufällig Ortrud Saubermann mitbekam und nur die Augenbrauen hochzog. Auf einer kaum einsehbaren Parkbank am Judenteich trafen sich die beiden. „Ich bin so glücklich, dass du morgen Abend zu mir kommst, kann es kaum noch abwarten!", lächelte ihn Niklas an. Oliver nickte und küsste ihn. Sie hielten sich einfach nur aneinander fest wie zwei Ertrinkende und wollten sich nicht lösen. Eine alte Frau kam mit ihrem Dackel vorbei und grüßte. „Kennst du die?", wollte Oliver wissen. „Nein, aber wie sie uns angeschaut hat, gönnt sie uns wohl unser Glück!", entgegnete Niklas. Zufällig sah er zur Uhr und stellte fest, dass es bereits vierzehn Uhr war. „Ich muss los, Oswald kommt heute um drei nach Hause und will sein Essen haben!". Nervös sprang Niklas auf. Oli zog ihn zurück und küsste ihn zum Abschied: „Dann lauf, wir sehen uns morgen um halb acht!" Blitzschnell war Niklas verschwunden. Oliver verweilte noch einen Augenblick auf der Bank und dachte: „Diese Angst in seinen Augen, wenn der Name Oswald fällt!" Er spürte ein leichtes Unbehagen, hatte aber keine Lust weiter darüber nachzudenken.

Der Nachmittag wurde überwiegend mit Telefonaten verbracht. Cornelia entwickelte sich mehr und mehr zu einer Art Assistentin. Sie arbeitete inzwischen sehr selbstständig und wenn sie etwas Neues zugeteilt bekam erklärte ihr Oli die Einzelheiten. „Zu schade, dass du nach Ilsenburg musst!", sagte Oliver, als sich ihre Blicke trafen. „Ja, scheiße, aber das Hackebeil besteht darauf, sonst bekomme ich im nächsten Jahr überhaupt keinen Vertrag. Sie hat mir jetzt ein Zimmer in einer WG gemietet und ich muss dafür sogar noch dankbar sein!", erzählte sie traurig. „Du, das wird schon, zwei Kollegen dort sind ganz nett und vielleicht bist du schneller wieder hier als du denkst!", ermutigte er sie. Da Freitag der Urlaubstag geplant war, verließ Oliver das Büro erst gegen halb acht und hatte sich vorgenommen morgen nicht lange zu bleiben, da er sich mental auf den Abend mit Niklas einstimmen wollte. Zu Hause lag nichts an, was noch hätte erledigt werden müssen. Also zog er sich in die milde Abendsonne auf seinem Balkon zurück. Gegen halb neun rief Niklas noch mal an. Beide waren in heller Vorfreude auf die gemeinsame Zeit und malten sich diesen in den herrlichsten Farben aus.

Der Donnerstag schlich langsam dahin, Oliver war unkonzentriert und ungeduldig und schaute permanent zur Uhr. Selbst in einem Gespräch mit Frau Beil-Landauer, der Olis freier Tag nicht passte, konnte er sich nicht verkneifen immer wieder auf sein Handgelenk zu sehen. „Ist irgendwas oder geht es Ihnen nicht schnell genug!", fragte sie gereizt. „Nein, alles okay, ich habe nur morgen frei und muss heute relativ früh gehen!" „Ja, ist denn der Tag morgen unumgänglich, muss das jetzt sein?" „Ja, es muss, es duldet keinen Aufschub, eine wichtige familiäre Angelegenheit, die ich schon zu lange vor mir herschiebe!", konterte er leicht wütend und hätte fast mit der Faust auf den Schreibtisch geschlagen. „Ach ja, Familie, na, Sie werden Ihre Gründe haben!", meinte sie herablassend und ihre Miene ähnelte die der Saubermann.

„Endlich!", seufzte Oliver laut als er kurz danach pfeifend gegen siebzehn Uhr das Büro verließ. Cornelia rief ihm noch ein „Viel Spaß" hinterher. Sie strahlte dabei über das ganze Gesicht, als wartete auch ein Traumprinz auf sie. „Danke, werden wir haben!", erwiderte Oli. Im Nu saß er in seinem alten R4 und fuhr nach Hause.

Obwohl er weder verschwitzt noch ermüdet war steuerte er direkt das Badezimmer an, zog sich aus und duschte. Der lauwarme Schauer aus dem Brausekopf versetzte ihm Glücksgefühle. Er fing an seinen Schwanz zu massieren sofort wurde dieser dick hart wie ein altes Baguette. „Bist du verrückt!", schoss es ihm durch den Kopf, „diese Stange kriege ich nie wieder klein, hier helfen nur Eis und Schmerzen!" Er drehte den Temperaturregler auf eiskalt und nahm sein scharfes Rasierblatt in Augenschein, das auf der Ablage lag. Sofort sank alles in sich zusammen und er konnte erleichtert, aber auch gequält aufseufzen. „Hoffentlich werde ich diese Fantasie wieder los!", schmunzelt er vor sich hin. Kurz darauf stand er vor seinem Kleiderschrank und warf wahllos einige Hemden und Hosen aufs Bett. Nachdem er sich dreimal an- und ausgezogen hatte entschied er sich für eine ausgewaschene Jeans und ein blaugestreiftes Hemd, lässig zog er ein braunes Wildledersakko darüber und betrachtete sich vor dem Spiegel. Was er sah gefiel ihm. Er grinste sein eigenes Gegenüber an und dachte: „Was hat Niklas doch für einen gutaussehenden Freund!" Bei dem Gedanken brach er in schallendes Gelächter aus.

Auf dem Balkon versuchte sich Oliver zu entspannen. Auf den obligatorischen Prosecco verzichtete er, da Niklas, nach seiner Operation, noch striktes Alkoholverbot hatte und Oli wollte in seiner Gegenwart auf keinen Fall nach Sprit riechen. Ihm gingen die herrlichsten Gedanken durch den Kopf. Plötzlich fiel ihm ein, dass beide überhaupt nicht darüber gesprochen hatten, wie der Abend verlaufen beziehungsweise enden könnte. „Wenn wir nun ....!", schoss es Oli durch den Kopf, „wenn ich heute dort übernachte!" Ihm wurde etwas mulmig. Die Vorstellung, dass er und Niklas sich in dem Bett vergnügen würden, das er sonst mit Brummer teilt, bereitete ihm Unbehagen. Trotzdem ging er ins Bad und packte alles Notwendige in seine Kulturtasche, die er in einem Stoffbeutel verstaute.

Kurz nach sieben verließ er, mit Stoffbeutel bewaffnet, seine Wohnung und fuhr zu Niklas. Auf der gegenüberliegenden Seite des Hauses im Jürgenweg parkte er seinen Wagen. Ein letzter Blick in den Rückspiegel zeigte ihm einen glücklich aussehenden Oliver. Punkt halb acht klingelte er an der Haustür. Es dauerte nur ein paar Sekunden bis Niklas öffnete. Überglücklich fiel er Oli um den Hals und küsste ihn. „Vorsicht, die Nachbarn!", zischte ihn Oliver an. „Ist mir scheißegal, du bist da, ich bin glücklich!", entgegnete der Gastgeber. Nachdem die Tür ins Schloss gefallen war lagen sich beide minutenlang in den Armen und küssten sich. Es kam ihnen vor als würde dieses sich Spüren gar nicht mehr enden können. Gierig fing Niklas an die Knöpfe von Olis Hemd zu öffnen. „Stop, stop, stop, nicht so schnell junger Mann!", wehrte sich Oliver. Niklas lächelte ihn mit einem Hundeblick an, der Oli dahinschmelzen ließ. „Ich habe etwas zu essen für uns vorbereitet, komm lass uns in die Küche gehen!" Beide trotteten Hand in Hand durchs Haus. Den Gast befremdete die gediegene Eleganz und der zur Schau gestellte Protz etwas, aber er hielt den Mund. Die Küche sah aus wie ein Schlachtfeld. Niklas hatte den ganzen Nachmittag gekocht. „Kommen noch mehr Gäste?", frotzelte Oliver. „Warum, ich wusste nicht so richtig, was du magst und da habe ich von allem ein wenig vorbereitet!", entschuldigte sich Niklas fast. Oli konnte nicht anders als seinen Freund wieder an sich zu ziehen und zu küssen. „Aber das Aufräumen und den Abwasch machen wir nachher zusammen!", beschloss er rigide. „Das macht Uschi morgen früh, sie kommt zweimal pro Woche und putzt!", entgegnete Niklas verschmitzt. „Lass uns erst mal etwas zur Stärkung zu uns nehmen, der Abend wird noch lang!", grinste ihn Niklas erneut an. Kurz darauf saßen die beiden an einem alten bretonischen Esstisch, an dem mindestens zwölf Personen Platz gefunden hätten und ließen sich die Köstlichkeiten schmecken. „Ich muss dir etwas sagen!", meinte Niklas plötzlich mit sehr ernster Miene. Oliver erschrak: „Was ist denn los?" „Ich kann gar nicht kochen, habe heute Nachmittag alles beim Partyservice Schmalz gekauft und nur arrangiert!" Oli lachte laut auf, der eben getrunkene Schluck Mineralwasser stieg in seine Nase und er prustete laut. Niklas sprang auf und schlug ihm auf den Rücken. Oli kam wieder zu sich. Nach einer weiteren ausgelassenen halben Stunde schlug

Niklas vor auf die Terrasse zu gehen, um dort den Abend ausklingen zu lassen. Oliver gefiel die Idee. Händchenhaltend saßen sie bis zum Einbruch der Dunkelheit dort und genossen die gemeinsame Nähe. Ab und zu versuchte Oliver die Sterne zu erklären, obwohl er davon überhaupt keine Ahnung hatte. Niklas sagte fast nichts streichelte aber seinen Freund immer wieder und wollte nicht von ihm ablassen. Je länger der Abend dauerte je unsicher und nervöser wurde Oliver. Als er wirklich zufällig zur Uhr schaute war es bereits halb elf. „Oh, schon halb elf, ich muss irgendwann gehen!", fuhr es aus ihm heraus. Niklas sah ihn fassungslos und enttäuscht an: „Bleib doch einfach hier." „Wo?", fragte Oli wie in Trance. „Hier bei mir bis morgen!", entgegnete Niklas forsch. Der Redakteur schmolz dahin kam sich aber gleichzeitig vor, als würde ihm der Boden unter den Füßen weggezogen werden. „Ich habe das Bett frisch bezogen!" „Darum geht es nicht!", sagte Oli. „Sondern?" „Du schläfst da sonst mit deinem Freund und jetzt mit mir ...!", seine Stimme versagte bei diesen Worten. „Mach dir keine Gedanken, ich weiß nicht, wo Oswald diese Nacht tatsächlich verbringt und auch nicht mit wem.", antwortete Niklas. Die Aussicht auf eine zweite ganze Nacht mit Niklas machte Oliver glücklich. Niklas lehnte sich an ihn und fing erneut an ihn mit Küssen zu bedecken. „Ich habe eine Notausstattung im Auto also Zahnbürste und so weiter!", erklärte der Geküsste. „Dann hol die Notausstattung!", befahl Niklas. Blitzschnell sprang Oliver auf und lief zu seinem Wagen. Kurz darauf erschien er wieder ihm Haus. Niklas griff seine Hand und führte ihn nach oben. „Dort ist das Bad!", erklärte er Oliver mit einer Handbewegung. Wieder ziemlich benommen folgte Oli der Weisung und schloss die Tür hinter sich.

Minutenlang starrte er sich im großen Spiegel über dem Waschbecken an. „Was passiert hier gerade?", fragte er sein Spiegelbild und musste grinsen. Er packte seine Habseligkeiten aus und putzte sich die Zähne, spritzte sich kaltes Wasser ins Gesicht und sagte: „Jetzt!" Als er ins Schlafzimmer trat lag Niklas bereits auf dem großen Doppelbett und hob eine Seite der Bettdecke in die Höhe. Fast mit einem Luftsprung folgte Oliver der Einladung. Minutenlang lagen sie sich in den Armen und streichelten ihre Körper. Wieder einmal hatte Oli das Gefühl, dass sie ineinander versinken und nie mehr auftauchen würden. Alles erschien ihm in diesem Moment richtig, da war kein Zweifel. Niklas' Küsse hatten etwas unglaublich Forderndes und Oliver war so bereit ihm das alles zu geben. Nachdem sie ihre erste Gier befriedigt hatten lagen sie erschöpft und glücklich nebeneinander und hielten sich an den Händen. „Das ist wohl jetzt der Moment für die Zigarette danach", spöttelte Niklas. „Du rauchst doch gar nicht!", antwortete Oli skeptisch. „Wenn du magst tu dir keinen Zwang an!" „Was brauche ich den blauen Dunst, ich habe dich.", seufzte Oliver und fing wieder an Niklas leidenschaftlich zu küssen. Nicht nur mit ihren Händen entglitten beide in die Sphären der lasziven Erotik. Niklas schien unersättlich. Seine Geilheit war so aufgeheizt, dass er sich fast ungeschützt auf Olis Schwanz gesetzt hätte. „Stop, stop, stop, ich zieh mir schnell was über!", stöhnte er laut auf. Niklas rollte das Kondom mit seinen Lippen über Olivers Schwanz. Jetzt kannte ihre Begierde keine Grenzen mehr. Treffsicher setzte sich Niklas nun auf diese Herrlichkeit und jaulte dabei laut auf. „Fick mich tief!", schrie er Oli an, der von unten heftig nachschob. Ihre Ekstase ließ sie alles um sie herum vergessen. Kurz darauf waren ihre Körper nicht nur von der Hitze der Nacht feucht und klebten aneinander. Es kam ihnen vor wie Stunden als sie sich lösten und in einen erfüllten Schlaf sanken.

Gegen sechs Uhr morgens wurde Oliver von der Sonne geweckt. Niklas schien noch tief und fest zu schlafen. Der eben Erwachte konnte seinen Blick des schlummernden Freunds nicht abwenden. „Wann war ich das letzte Mal so glücklich?", fragte er sich. Zufrieden sank er auf sein Kopfkissen zurück und kraulte Niklas das Haar. Dieser schien zu träumen, denn er gab komische Laute vor sich. Oli wurde wieder schläfrig und schlummerte ein. Zwei Stunden später saß Niklas mit einer Tasse Kaffee neben ihm und küsste ihn wach. „Gut geschlafen, der Herr? Guten Morgen, schön!", begrüßte er Oliver. „Wunderbar!", gähnte er zurück. „Ich fahre mal schnell zum Bäcker, hast du spezielle Wünsche?" „Nur dich und das für immer!", tat Oli verklärt kund. Niklas lächelte und schwang sich in seine Klamotten. Kurz darauf hörte der Zurückgelassene seinen Freund vom Hof fahren.

Eine halbe Stunde später saßen beide am Frühstückstisch. Zögernd begann Niklas zu reden: „Oswald kommt erst morgen Mittag wieder und ich habe heute nichts vor." Oliver strahlte ihn an: „Worauf hättest du denn Lust heute?" Die Antwort kam spontan: „Nur auf dich und das immer wieder!" Oli stand auf und gab ihm einen langen Kuss. „Wir müssen uns ein bisschen beeilen, Uschi kommt in einer Stunde!" „Okay, dann fahre ich jetzt nach Hause, ziehe mich um und dann können wir zum Bummeln nach Braunschweig fahren, wenn du magst." Niklas fand den Vorschlag großartig und beide waren in heller Vorfreude auf den geschenkten Tag.

„Herrlich, hier keinen zu kennen, sich ganz frei bewegen zu können!", freute sich Niklas als er mit Oliver durchs Braunschweiger Magniviertel schlenderte. Oli zuckte bei diesem Satz ein wenig zusammen in ihm kam wieder dieser Verdacht auf, dass sein Freund gefangen, verängstigt und unglücklich ist. Er ließ sich aber nichts anmerken, wollte die schöne Stimmung einfach nicht gefährden. In einer Galerie entdeckten sie ein Aquarell, das eine weiße Lilie darstellte. Niklas gefiel dieses Bild ausnehmend gut. Oliver fiel das natürlich auf, ohne zu ahnen, dass gerade dieses Gemälde noch eine Bedeutung bekommen sollte. Gegen Mittag kehrten Sie bei einem Italiener am Botanischen Garten ein. Nachdem sie bestellt hatten genossen beide die warmen Sonnenstrahlen und lächelten sich minutenlang schweigend an. Nur ab und zu vernahm Oliver das Getuschel am Nachbartisch von drei älteren Damen, denen das Liebespaar wohl aufgefallen war. Plötzlich drehte er sich zu ihnen um und meinte ganz laut: „Wir leben im Jahre 1998!" Die Grazien liefen rot an und verstummten. Niklas brach in schallendes Gelächter aus, was die Damen mit einem Kopfschütteln quittierten. Das eigentliche Essen gestaltete sich etwas schwierig. Niklas und Oli fühlten sich ständig beobachtet, sahen aber nicht ein ihr Verliebtsein zu verstecken. „Ich hätte gern ein Foto von dir!, hörte sich Oliver plötzlich sagen. Sein Freund sah ihn verdutzt an und meinte: „Ich habe kein aktuelles Bild von mir!" „Schau mal, was ich bei mir habe!" Oliver zog eine kleine Kamera aus seiner Tasche und richtete diese auf sein gegenüber. Niklas lächelte. „Wenn es fertig ist, rahme ich es und stelle es neben mein Bett!", versicherte er. „Ich kann kein Bild von dir aufstellen.", erwiderte der eben noch Lächelnde mit betrübter Mine. „Die Zeit wird kommen!", versicherte Oli und griff nach Niklas' Hand. Es wurde Zeit sich auf den Heimweg zu machen. Niklas hatte ein paar Mal vorsichtig angedeutet, dass Oswald sich heute noch melden wollte. Gegen siebzehn Uhr parkte Oliver seinen R4 vor seiner Wohnung. Schweigend saßen die beiden noch einen Augenblick nebeneinander. „Können wir uns nachher noch sehen?", fragte Niklas wieder mit bedrückter Stimme. Olivers Antwort war ein langer Kuss. Kurz darauf fuhr Niklas nach Hause. Sie hatten sich für den Abend in einem Café auf dem Marktplatz verabredet, weitere Planungen traute sich Niklas nicht zu machen. Als Oliver seine Wohnung betrat überfiel ihn plötzlich die Angst alles nur geträumt zu haben, was in den letzten vierundzwanzig Stunden passiert war. „Und wenn er doch nicht …", kam ihm in den Sinn, aber er wollte sich nicht davon einschüchtern lassen, setzte sich in die milde Abendsonne auf dem Balkon und fing an zu träumen. Er war ein wenig eingenickt als er um kurz vor acht durch das Telefon zurück ins Leben gerissen wurde. Niklas teilte ihm mit, dass er jetzt losfahren würde.

Punkt zwanzig Uhr saßen sie im Biergarten des Cafés und freuten sich, auch noch den Abend zusammen zu haben. „War das gestern die erste Nacht der Ewigkeit?", fragte Oliver zärtlich. „Nein, die zweite!", lachte ihn Niklas an. Nach anfänglichen Spötteleien bekam der Abend dann doch eine ernste Note. Niklas sprach viel über seine Ängste, die überstandene Operation und die Beziehung zu seiner Mutter, die ja angeblich immer noch keinen Schimmer hatte wie ihr Sohn lebt. Oliver hörte interessiert zu, ohne etwas zu kommentieren. Doch Niklas' Angst übertrug sich auch mehr und mehr auf ihn. „Warum versteckst du dich?", hörte er sich plötzlich fragen. Niklas sah ihn wieder mit diesem Blick an, der Selbstsicherheit darstellen sollte aber weit davon entfernt war. Antworten konnte er nicht. Stattdessen vernahm er ein „Ja, aber ...", das aber versiegte. Oli hatte den Eindruck, dass Niklas anfangen würde zu weinen, er wurde ganz still. Nach ein paar Minuten des sich Anschweigens ergriff Oli wieder das Wort: „Ich werde nicht drängeln und ich zu nichts zwingen!" Er griff dabei nach Niklas' Hand. Mehr war hier in der Goslarer Öffentlichkeit nicht möglich, obwohl er ihn gern an sich gedrückt hätte. Langsam entspannte sich die Situation wieder und sie fanden fast zu der Leichtigkeit des zurückliegenden Tages zurück. Gegen elf schaute Niklas zur Uhr und erschrak. „Oh, schon so spät. Oswald hatte vorhin noch nicht angerufen. Ich muss ihm jetzt irgendwas erzählen wo ich war. Ich werde einfach sagen, dass ich mich hier mit zwei Kommilitonen getroffen habe, das ist wirklich schon ein paar Mal passiert." Oliver verdrängte diese Bemerkung, ihm ging dieser Brummer inzwischen gehörig auf den Sack. Stattdessen behielt er Haltung und bezahlte die Rechnung. Auf dem Weg zu ihren Autos berührten sich ihre Hände ab und zu wie zufällig. Auf dem Parkplatz vor der Kaiserpfalz war es nun Zeit, sich zu verabschieden. Unter einer Platane zog Niklas Oli an sich und küsste ihn. „Komm doch morgen zum Frühstück zu mir!", bat Oliver. „Hm, Oswald kommt erst nachmittags zurück, oh ja, das wäre toll, so gegen halb zehn wäre perfekt!", freute sich Niklas. Bevor jeder in seinen Wagen stieg streichelte Niklas noch einmal über Olis Kopf: „Ich werde heute Nacht ausschließlich von dir träumen!", versicherte Niklas. „Von wem auch sonst!", frotzelte Oliver. Dann trennten sie sich.

Als Oliver kurz darauf zu Hause war ließ er sich wieder auf seinem Balkon nieder. Der Anrufbeantworter leuchtete und er hörte ihn ab. Roland und Gerd, ein befreundetes Paar aus Embsen nahe Lüneburg, erinnerte Oli daran, dass sie ihn an diesem Samstag zu Rolands Geburtstag eingeladen hatten. „Ach du Scheiße, das habe ich total vergessen!", ärgerte sich Oliver, dachte dann aber, dass es ganz gut sei am Nachmittag dorthin zu fahren, da sonst am Wochenende nichts weiter anlag. Außerdem war Maja auch eingeladen, die er seit seiner Rückfahrt von der Ostsee nicht mehr gesehen hatte. Er begann sich zu freuen.

Pünktlich am Samstagmorgen halb zehn stand Niklas mit einer Tüte Brötchen vor der Tür und strahlte Oliver an, der gerade aus der Dusche kam und nur ein Handtuch um seine Hüften geschwungen hatte. Die Wohnungstür fiel ins Schloss und Niklas riss Oli den Frotteestoff vom Leib. Der Entblößte ließ sich nicht lange bitten und begann sich ebenfalls an den Klamotten von Niklas zu schaffen zu machen. Ehe sie sich versahen lagen sie engumschlungen auf dem Fußboden und konnten nicht mehr voneinander lassen. In Niklas Mund wuchs sein Schwanz und war kurz davor zu explodieren. „Nicht so heftig, ich komme sonst zu schnell!", stöhnte Oliver wohlig auf. Niklas ließ ab und schrie: „Ich will deine Sahne, rotz mich voll!" „Ich will deine Zauberflöte auch schmecken!", keuchte Oli zurück. Blitzschnell wechselte Niklas die Stellung und ließ sich nun sein gutes Stück verwöhnen. „Mehr, tiefer, oh ich komme!", ächzte Niklas und zog seinen Schwanz aus Olivers Mund. Sein perlweißes Sperma ergoss sich auf Olis Brust, der in diesem Moment ebenfalls ejakulierte und sein Sperma auf Niklas' Sack verrieb. Bewegungslos lagen sie einige Minuten auf dem Fußboden bis Oliver Niklas aufforderte gemeinsam zu duschen. Erschöpft, erhitzt und derangiert erhoben sie sich und gingen ins Bad.

Kurz darauf stärkten sich beide bei einem Frühstück auf dem Balkon. „Oswald war vielleicht sauer gestern Abend, dass er mich den ganzen Tag nicht erreichen konnte!", erzählte Niklas etwas kleinlaut. „Nicht schon wieder dieses Thema!", dachte Oli. „Er kommt heute erst gegen siebzehn Uhr zurück." „Da bin ich schon in Embsen!", entgegnete Oliver knapp. Niklas sah ihn irritiert an. „Ein kleiner Ort bei Lüneburg", fuhr Oli fort, „Freunde von mir haben mich eingeladen, um den Geburtstag des einen zu feiern." Niklas verstand immer noch nicht so richtig und fragte, was das für Freunde wären. „Keine Sexpartner, wenn du das meinst!", bekräftigte Oliver. „Das meinte ich nicht, du hast nur gar nichts davon erzählt." „Ich hatte die Einladung vergessen und wurde gestern Abend daran erinnert. Ich breche aber erst um fünfzehn Uhr auf, wir haben also noch genug Zeit." „Der Tag gestern mit dir war sehr schön!" Niklas sah ihn dabei verklärt an. „Mit uns!", korrigierte ihn Oli. „Ja, wäre schön, wenn wir das häufiger machen könnten!" „Noch besser immer!", bestärkte Oliver Niklas' Satz, der lächelte. Der Vormittag verging wie im Fluge. Mittags verabschiedete sich Niklas damit, dass er noch einkaufen müsse. Beim Verlassen der Wohnung sah Niklas betrübt aus, eine Stimmung, die sich auch in Oliver breitmachte. Als sich die Wohnungstür hinter Niklas schloss sank Oliver zu Boden und schluchzte.

37. Niklas peu à peu

Der Sonntag schlich dahin. Oliver hatte es vorgezogen nicht bei Roland und Gerd zu übernachten und war morgens um zwei wieder in Goslar. Rückblickend war der Abend gar nicht so öde wie er ihn sich vorher ausgemalt hatte. Okay, mit den Nachbarn und Freunden der beiden konnte er nicht viel anfangen aber Majas Anwesenheit tat ihm gut. Sie blödelten fast den ganzen Abend und machten sich über die Gäste lustig. Sie waren erstaunt wie konsequent hässlich einige Frauen aus den heterosexuellen Kreisen der Freunde waren. „Gerd fürchtet wohl die Konkurrenz!", spottete Maja mehr als einmal worauf Oliver sie erst einmal aufklären musste, dass auch Schwule durchaus mal mit einer Frau schlafen können. Es kam aber auch zu ernsten Momenten in denen sich Maja nach Olis Befinden und den Fortschritten mit Niklas erkundigte.

Jetzt war es bereits zwanzig Uhr und die Tagesschau begann. Von Niklas hatte er seit gestern kein Lebenszeichen erfahren, was ihn missmutig werden ließ. „Heute Abend meldet er sich bestimmt nicht mehr, muss wahrscheinlich seinem Oswald das Händchen halten oder dem Fettsack den Arsch abwischen.", fuhr es ihm durch den Kopf. „Jetzt reiß dich mal zusammen!", schrie er plötzlich und erschrak fast über seine eigene Stimme. Die Nachrichten waren vorbei und der sonntägliche *Tatort* begann. Oli warf sich auf sein Sofa und schaute ziemlich desinteressiert in die Glotze. Er fing an zu gähnen und wurde so müde, dass er einschlief.

Gegen Mitternacht erwachte er, schaltete den Fernseher aus und torkelte ins Bett.

In den nächsten Tagen ereignete sich nichts Besonderes. Der Job lief ganz gut, selbst Ortrud Saubermann schien erträglich. Es ging sogar soweit, dass sie ihn Mittwochmittag bat mit ihr zum Essen zu gehen. Oliver war so perplex, dass ihm keine Ausrede einfiel, ihr einen Korb zu geben. Beim Italiener in der Fischemäkerstraße wurde ihm aber schnell klar, was die Kollegin wollte. Sie war berühmtberüchtigt für ihre speziellen Interviews mit Kollegen. Irgendwas war Ortrud zu Ohren gekommen, dass Oliver jetzt wohl liiert sei und da musste sie natürlich nachbohren. „Neugierig ist sie ja nicht, sie muss nur immer alles wissen!", war Beate Rabes häufiger Kommentar dazu. Und richtig, kaum saßen sie am Tisch begann Frau Saubermann umständlich über Ehe und Beziehung zu reden. Ganz langsam und sensibel webte sie ein Netz, dem man nur schwer entkam. Und dann stach sie zu. „Wie ist denn ihr derzeitiger Beziehungsstatus, Herr Lauenstein?", fragte sie unumwunden. Oliver glaubte sich verhört zu haben bewahrte aber Haltung. „Ich lebe allein und bin sehr zufrieden damit!", entgegnete er geistesgegenwärtig. „Ach so, man hört ja so dieses und jenes und es ist doch eigentlich so schade, dass man so wenig über nette Kollegen weiß!", säuselte sie, die Oliver natürlich nicht glaubte. „Ich trenne Berufliches und Privates strikt!", versuchte er das Thema zu beenden. Doch die Gouvernante ließ nicht locker. Jetzt wurde es Oli zu bunt. Er schlug die Faust auf den Tisch und schrie: „Es ist mir scheißegal, was sie abends mit Ihrem Hans-Werner im Schlafzimmer treiben und ob Viola Christin vielleicht frühreif ist. Das Mittagessen ist beendet!" Dann sprang er auf uns ließ seine Kollegin einfach stehen. Es dauerte Wochen bis Ortrud ihn wenigstens wieder grüßte.

Der Kontakt zu Niklas beschränkte sich in den folgenden drei Wochen auf ein paar Telefonate. Irgendwie war Vorsicht geboten. Niklas meinte oft, dass er den Eindruck habe, dass Oswald etwas gemerkt habe. Aus seiner Stimme sprach oft Angst, was Oliver erschreckte. Aber er konnte sich noch keinen rechten Reim darauf machen. Stundenlange Gespräche mit Alex halfen auch nicht wirklich weiter, obwohl auch er Oli bestärkte dran zu bleiben und selbst nicht zu drängen. Der Redakteur betäubte sich mit Arbeit, leistete drei Wochenenddienste hintereinander. Glücklich war er nicht, er aß wenig, trank manchmal zu viel und in klaren Momenten brach er urplötzlich in Tränen aus.

Mitte September rief Niklas an und bat Oliver um ein Gespräch. Im ersten Moment ging Oli das Herz auf, doch dann besann er sich und fragte worüber er so dringend mit ihm sprechen möchte. „Das geht nicht am Telefon!", bekundete Niklas etwas barsch. Bei diesen Worten und diesem Ton kam in Oliver ein Verdacht auf, den er aber sofort weit von sich schob. Niklas versprach am Mittwochabend zu Oli zu kommen. „Das sind noch zwei Tage ohne dich!", stöhnte der Redakteur in den Hörer. „Das müssen wir aushalten, ich genauso wie du!", tröstete ihn Niklas. Dieser Satz und die plötzlich wiedergekehrte Wärme in seiner Stimme trösteten Oli wirklich.

Zwei Tage später stand Niklas, wie versprochen, vor Olis Haustür. Oliver hatte versucht zu meditieren, er fühlte sich aufgewühlt und nervös. Als er die Wohnungstür öffnete und Niklas sah war dieser Zustand wie weggeblasen. Die Begrüßung fiel von beiden Seiten stürmischer aus als üblich, sie lagen sich minutenlang in den Armen. „Können wir reden?", fragte Niklas scheu. „Deshalb sind wir doch hier, komm, lass uns ins Wohnzimmer gehen." Kurz darauf lehnten beide eng aneinander auf der Couch. „Mir ist in den letzten drei Wochen viel durch den Kopf gegangen.", begann Niklas zaghaft das Gespräch. „Hm, dann erzähl mal!" Niklas fuhr fort: „Du weißt ja, welche Position Oswald hier in der Stadt hat. Jetzt hat er ein Angebot bekommen zu einer Bank nach Stuttgart zu wechseln. Er verlangt, dass ich hier alles abbreche und mit ihm dorthin gehe. Ich weiß nicht, ob ich das kann und will. Mir ist aber klargeworden, dass ich den Luxus, in dem ich lebe, genieße. Dass mir die Vorzüge wichtig sind, trotz des Versteckspiels. Ich weiß auch nicht, ob ich die Kraft habe hier alles allein zu stemmen. Natürlich wärst du da, aber wir kennen uns erst seit kurzer Zeit und ich bin manchmal unsicher. Weißt du, ich fühle mich bei dir und mit dir sehr wohl und ich liebe dich, aber reicht das?" Oliver saß stumm neben ihm und war nicht in der Lage etwas zu sagen. Sein Kopf war nach unten geneigt und Tränen liefen über sein Gesicht. Niklas nahm es in beide Hände und küsste ihn. Jetzt erst merkte Oli, dass auch Niklas Augen feucht waren. Als er seine Sprache wiederfand sagte er kaum hörbar: „Das ist das Ende!" „Nein, nein, nein!"; schrie Niklas, „ich will dich, wenn Oswald nach Stuttgart geht, ist das unsere Chance." „Weißt du, was du da sagst!", fuhr Oli ihn scharf an, „du lässt dich von dem weiter aushalten und wir vergnügen uns hier auf seine Kosten, das ist richtig scheiße!" „Ich erwäge die Trennung von Oswald in allen Bereichen, ich weiß nur noch nicht wie. Hilfst du mir dabei?" „Wenn du es wirklich willst helfe ich dir natürlich!" Im weiteren Verlauf des Gespräches wurden Möglichkeiten erörtert, wie das sich von Brummer lösen von Statten gehen sollte. Oliver wurde den Verdacht nicht los, dass Niklas die Entscheidung jemand – vielleicht er – abnehmen muss. „Es ist zunächst nur ein Angebot, Oswald fährt nächste Woche nach Stuttgart und will sich dann entscheiden und danach sage ich es ihm!" „Was sagst du ihm?" „Dass ich mich trennen will!" „Auch, wenn Stuttgart verpuffen sollte und er hier in Goslar bleibt, du weißt, dass auch die Möglichkeit besteht!", fuhr ihn Oliver wieder scharf an. „Lass uns konkret darüber sprechen und handeln, wenn wir verbindlich wissen, was mit Dicki passiert!" „Allein, dass du ihn in meiner Gegenwart Dicki nennst macht mich wütend!", fauchte Oli. „Es tut mir so leid, die Macht der Gewohnheit!" „Ja, ja, schon gut, wir kommen hier und jetzt zu keiner Lösung!", beendete Oliver das Thema. „Bist du mir jetzt böse, ich wollte nur ehrlich zu dir sein!", entschuldigte sich Niklas. „Sei erst mal ehrlich zu dir. Es geht hier nicht um mich, sondern ausschließlich um dich. Nein, böse bin ich nicht, eher hilflos!", sagte Oliver ganz sachlich. „Weißt du, wie sehr ich dich liebe, das wird mir helfen das Richtige zu tun!", versicherte er Oliver. Dann zog Niklas seinen Freund wieder an sich und küsste ihn. Die Zeit war vorangeschritten und Niklas musste aufbrechen. „Am Sonntag habe ich Geburtstag, kommst du?", fragte er beim Rausgehen. Oliver meinte sich verhört zu haben und war irritiert: „Was, wie soll das denn gehen?" „Oswald ist Sonntag erst nachmittags zu Hause, es

wäre schön, wenn du morgens zu mir kommen würdest!",
bat Niklas. Oli zögerte einen Moment ehe er antwortete:
„Wenn das absolut sicher ist, komme ich gern!" Wieder
machte sich dieses Strahlen auf Niklas' Gesicht breit. Ein
letzter Kuss beendete die Begegnung. Als Niklas gegangen
war fuhren Olis Gedanken Achterbahn, er ging auf den Balkon und starrte ins Leere.

38. Niklas' Geburtstag

Auch wenn der Mittwochabend keine Klarheit gebracht hatte und Olivers Gefühlsleben noch mehr in Aufruhr versetzte machte er sich Gedanken, was er Niklas schenken sollte. Ihm fiel der Ausflug nach Braunschweig ein, die Galerie und das Aquarell. Freitag verließ er am frühen Nachmittag das Büro und verabschiedete sich ins Wochenende. Er fuhr direkt von seiner Arbeitsstelle nach Braunschweig, um die Galerie im Magniviertel aufzusuchen. Leider hing das Bild nicht mehr an seinem damaligen Platz und Oli befürchtete schon umsonst gekommen zu sein und vor Niklas mit leeren Händen zu stehen. Die Galeristin konnte seine Zweifel aber schnell zerstreuen und holte das Werk aus dem Lager. „Junge Junge, dreihundert Mark, nicht wenig für die Lilie, aber gut so!", dachte Oli als er den Laden samt Bild verließ. Nach und nach machte sich richtig Freude in ihm breit. Immer wieder stellte er sich vor wie verliebt Niklas damals in das Aquarell war und was würde er erst sagen, wenn er es in den Händen hielt. Außerdem hoffte Oliver auch, dass das Bild, das Plakatausmaße hatte, Niklas' Entscheidung beeinflussen könnte. So ein Format muss er irgendwo aufbewahren und es lässt sich nicht so leicht verstecken, eventuell stolpert Brummer sogar darüber. Doch diesen fast heimtückischen Gedanken ließ er ganz schnell wieder fallen.

Am Sonntagmorgen fuhr Oliver gegen halb zehn zu Brummers Haus, nicht ohne sich vorher telefonisch rückversichert zu haben, dass der Hausherr tatsächlich auswärts weilte. Als

Oliver das Haus betrat überkam ihn eine Art Ehrfurcht, ein Gefühl, das ihm eigentlich fremd war. Er konnte sich nicht erinnern, dass er das bei seinem ersten Besuch vor ein paar Wochen auch erlebt hatte. Niklas wirkte gelöst und entspannt und freute sich sichtlich, dass sein Freund gekommen war. Die Gratulation Olivers war herzlich, aber in dieser Umgebung eben doch ein wenig distanziert. „Und das ist mein Geschenk für dich!", verkündete Oli stolz dabei hielt er Niklas das aufwendig verpackte Geschenk hin, „aber vorsichtig auspacken, Achtung zerbrechlich!" Behutsam löste Niklas die Schleifen und riss das bunt gestreifte Papier auf. „Das ist ja …!", ihm fehlten die Worte. „Eine Erinnerung an unseren Besuch in Braunschweig!", flocht Oli fast beiläufig ein. Niklas war völlig außer sich vor Freude und fiel Oliver um den Hals. Als sich die erste Euphorie gelegt hatte blickte Niklas etwas traurig drein: „Schade, dass ich es nicht aufhängen kann!" „Warum?", fragte Oli, obwohl er den Grund natürlich genau kannte. „Wegen Oswald, du weißt doch …!" „Ach so, ja, dann sieh es als Prunkstück für deine eigene Wohnung!", lächelte ihn Oliver an. Dann hielt ihm Oliver noch einen kleinen roten Umschlag hin. „Hier das ist auch noch für dich!" Vorsichtig riss Niklas das Kuvert auf. „Oh, eine Konzertkarte für Gardy Moos!", sagte er überrascht. „Ich dachte mir, du solltest sie auch kennen lernen, ihre Musik magst du doch, oder?", entgegnete Oliver. „Ja schon, aber …!" „Nichts aber, das Konzert ist erst im April nächsten Jahres bis dahin hast du deine Prüfung hinter dir!" Niklas ließ das Argument wortlos stehen. Kurz darauf saßen sie auf der Terrasse des Brummer-Anwesens und genossen die frühherbstliche Stimmung. „Feierst du heute noch mit deiner Familie?" „Nein, ich fahre in zwei Wochen nach

Leipzig, heute Abend gehe ich nur mit Oswald essen." „Oh, ich bin in zwei Wochen bei Bettina und Mike in Halle, mal sehen, vielleicht besteht eine Möglichkeit, dass wir uns auf der Rückreise sehen können!", erwiderte Oli. „Das wäre ein Traum! Sind das Freunde von dir?", wollte Niklas wissen. „Oh ja, Bettina arbeitet für den Dresdner Stadtanzeiger in Halle und Mike ist Redakteur beim ZDF, sie haben sich einen Traum erfüllt und leben auf einem Resthof bei Halle, die würden dir gefallen!" „Ich werde vermutlich drei bis vier Tage bei meinen Eltern bleiben, fahre aber an dem Sonntagnachmittag zurück, dann könnte ich dich bei deinen Freunden abholen!", schlug Niklas vor. „Lass uns das kurz vorher klären, du kannst mich ja anrufen, wenn du in Leipzig startest, ich gebe dir dann die Nummer, wo ich erreichbar bin." Oliver hatte keine Lust eine Vorfreude aufzubauen, die dann womöglich kurz vor dem Ziel verpufft. „Wie bist du denn auf das Bild mit der Lilie gekommen?", fragte Niklas unvermittelt. „Du, ich habe Augen und Ohren und sensible Antennen, erinnerte mich noch genau an den Nachmittag in Braunschweig, als du dich in das Bild verliebtest und was lag da näher als es dir zu schenken." Niklas griff nach Olivers Hand, schaute ihm in die Augen und küsste ihn. „Du liebst mich wirklich!", brach es aus ihm heraus. „Wäre ich sonst hier und hätten die letzten Monate dann wirklich so stattgefunden?", antwortete Oli. Niklas lächelte. Die leicht gedrückte Stimmung vom vergangenen Mittwoch schien entschwunden. Oliver war zwar glücklich mit Niklas zusammen sein zu können, trotzdem trieb ihn an diesem Vormittag eine Unruhe. Er fühlte sich nicht wirklich wohl in dieser Umgebung, hatte sogar Angst hier von Brummer entdeckt zu werden und danach den Kontakt zu Niklas für immer zu verlieren. Die Zärtlichkeitsbekundungen seines Freundes ließ er über sich ergehen, anders ließ sich das nicht beschreiben. Auch Niklas merkte, dass Oli nicht wie sonst war und sagte: „Du brauchst keine Bedenken zu haben, Oswald ist bis zum Nachmittag unterwegs, wir können ja nach unten in mein Zimmer gehen!" Das war zu viel für ihn. Oli war nicht imstande jetzt Sex mit Niklas zu haben und wurde fast wütend. „Auf keinen Fall, ich kann das nicht wieder in diesem Haus!", zischte er scharf. Niklas zuckte etwas zusammen. Beide schwiegen sich einige Minuten an. Oliver unterbrach die Stille und teilte mit, dass er morgen drei Tage nach Bad Bevensen zu einem Seminar fahren würde und überhaupt keine Lust dazu habe. Niklas quittierte das lediglich mit einem „sag doch ab", worauf Oliver nur grinste und meinte: „Du hast Vorstellungen!" Gegen dreizehn Uhr war die kleine Feier vorbei. Die Stimmung hatte sich an diesem Vormittag nicht wirklich entspannt. Oli stieg in seinen R4 und fuhr Richtung Innenstadt. Dort angekommen war er über das Treiben erstaunt. Er hatte komplett vergessen, dass heute verkaufsoffener Sonntag war. Witziger Weise hatte er am Donnerstag noch einen Artikel darüber verfasst, was er aber auch verdrängt hatte. Leicht apathisch bummelte er durch die Fußgängerzone. Ihm gingen die verrücktesten Gedanken durch den Kopf. Immer wieder dachte er an den Vormittag mit Niklas. „Ob das wirklich eine Zukunft hat, Niklas lebt in einer Art goldenem Käfig und scheint das auch zu genießen. Wie soll er sich entscheiden? Wie soll ich ihn da jemals rausholen?", zweifelte er. In einem Straßencafé am Markt sah er Elsa sitzen, die ihm freudig zuwinkte und aufforderte sich zu ihr zu setzen. Oli grüßte nur zurück und ging wortlos weiter. Auf diese Gesellschaft hatte er nun gar keine Lust. Ziellos irrte er umher bis er sich gegen achtzehn Uhr in seiner Wohnung wiederfand. „Jetzt sitzt Niklas schon mit dem Alten irgendwo beim Essen!", sagte er traurig vor sich hin. Ihm fiel das morgen beginnende Seminar wieder ein und er begann seine Sachen dafür zu packen. Kurz nach acht schaltete er den Fernseher ein, konnte sich aber auf kein Programm konzentrieren. Ein Versuch Alex telefonisch zu erreichen scheiterte auch. Schlecht gelaunt ging er früh ins Bett. „Ich will nicht mehr!", schrie er laut.

39. Das war ja zu erwarten

Wider Erwarten fühlte sich Oliver in Bad Bevensen ganz gut. Er war am Montag zeitig aus Goslar gestartet und erreichte den Kurort am Vormittag. Die Kollegen kannte er zum Teil. Es war nur eine kleine Gruppe von zehn Leuten, die die nächsten zweieinhalb Tage miteinander verbringen sollte. In einzelnen Arbeitsgruppen wurde das Thema Layout ausgiebig erörtert. Oli ertappte sich immer wieder dabei seinen Pragmatismus auszuleben, indem er schnell handelte und Begriffe an die Tafel schrieb, die die anderen noch gar nicht ausdiskutiert hatten. Eine ältliche Kollegin aus Osnabrück bemerkte das und rief barsch: „Können Sie vielleicht erst einmal nachdenken und uns zu Wort kommen lassen bevor Sie hier tätig werden und uns Ergebnisse präsentieren, die wir nicht erarbeitet haben!" Oliver fühlte sich ertappt und entschuldigte sich. Das Seminarhotel war sehr komfortabel und hatte sogar einen Wellnessbereich. Nach dem ersten Schulungstag entschloss sich Oli abends zu saunieren. Im Souterrain des Hauses gab es Trainingsgeräte, ein kleines Schwimmbad und eben diese Trockensauna. Er war verwundert, dass er der einzige Gast hier unten war. Mit seinem Badetuch bewaffnet betrat er die Sauna, breitete erst das Handtuch und dann sich darauf aus. Nach zwei Minuten traten erste Schweißperlen auf seiner Stirn aus. „Ach könnten diese Perlen doch Gedanken sein, die meinen Kopf verlassen!", sinnierte Oliver, denn hier zu einer vordergründigen Ruhe gekommen, merkte er, dass sein Herz und Kopf schon wieder bei Niklas waren. Er ergab sich diesen Luftschlössern und flüchtete sich damit in Niklas' Arme. War es nun ein subjektives Empfinden oder tatsächlich die Hitze des Holzraumes, denn als er an sich herunterblickte hatte er einen steifen Schwanz, der ihn aus seinen Träumen riss. „Oh, scheiße, wenn jetzt jemand reinkommt!" Blitzschnell setzte er sich auf und verweilte noch ein paar Minuten in der Hitze bis sich alles wieder auf Normalgröße reguliert hatte. Nach kurzen Ruhephasen auf der Liege wiederholte er den Schwitzvorgang noch zweimal und ging danach entspannt auf sein Zimmer. Oliver fühlte sich schläfrig und bett-schwer, putzte sich die Zähne und versank danach in Tief-schlaf.

Die Sonne weckte ihn am Dienstagmorgen. Nach einer aus-giebigen Dusche betrat er gutgelaunt den Frühstücksraum. Marion Meiners, die Kollegin aus Osnabrück, winkte ihn zu sich und bat ihn an ihrem Tisch Platz zu nehmen. „Ich wollte Ihnen gestern nicht zu nahetreten!", entschuldigte sie sich. „Kein Problem, ich weiß, dass das manchmal meine Schwä-chen sind, aber ich arbeite dran!" Oliver empfand ihre Ge-sellschaft jetzt als ganz angenehm, außerdem gefiel ihm die Auswahl des Frühstücksbuffets. Wer ihn besser kannte, wusste, dass Oli ein ausgesprochener Frühstücksmensch war und diese Mahlzeit liebte, solange er sich die nicht selbst zubereiten musste. Das Gespräch mit dieser Frau Meiners begrenzte sich auf berufliche Dinge, was ihm recht war. Um neun Uhr begann dann der Seminartag. Ab und zu entglit-ten Oliver die Gedanken, denn er sah dem Telefonat am Abend mit Niklas, nicht ohne Angst, entgegen. Sein Freund wollte ihm mitteilen, ob Brummer nun nach Stuttgart geht und, vor allem, wie er sich selbst entschieden hat. Immer wieder musste sich Oli am Riemen reißen, um dem Tagesprogramm zu folgen. Dem Referenten fiel das auf und er ermahnte ihn, sich doch bitte auf das Thema zu konzentrieren. Um achtzehn Uhr war das Tagwerk vollbracht. Die Kollegen wollten abends noch einen Kneipenbummel durch den Ort machen. Oliver lehnte dankend ab mit der Entschuldigung, dass er sich Arbeit aus Goslar mitgenommen hatte, die unbedingt noch zu erledigen sei. Er ging in sein Zimmer und legte sich aufs Bett. Der Tag hatte Spuren hinterlassen denn Oliver schlief ein. Als er erwachte fiel sein Blick auf den Wecker, der zwanzig Uhr acht anzeigte. Wie von der Tarantel gestochen sprang Oli auf: „Scheiße, ich sollte doch um acht Niklas anrufen!" Gesagt getan! Für Angstgedanken und Zweifel war jetzt keine Zeit mehr. Beherzt griff er zum Telefon und wählte Niklas' Nummer. Nach dreimaligem Tuten vernahm er das inzwischen vertraute lang gezogene „Ja". „Sorry, ist etwas später geworden, der Tag war endlos!", entschuldigte er sich. „Macht nichts, schön, dass du anrufst und ich dich hören kann.", säuselte Niklas ein wenig zu süß in die Muschel, was Oli leicht zusammenzucken ließ. „Und wie ist es gelaufen, wie wurde entschieden?", preschte Oliver vor. Niklas druckste ein wenig herum. „Was ist?", unterbrach Oliver ihn scharf. „Oswald geht nicht nach Stuttgart, die konnten sich finanziell nicht einigen!" Oli fielen Felsstücke vom Herzen und es herrschte einige Sekunden Schweigen zwischen beiden. „Schade, das wäre unsere Chance gewesen!", beendete Niklas die Stille. „Ich verstehe nicht, wie meinst du das?", fragte Oli irritiert. „Na ja …", holte sein Freund vorsichtig aus, „wenn er nach Baden-Württemberg gegangen wäre, wäre ich hiergeblieben, das habe ich ihm auch gesag." „Immerhin ein Schritt nach vorn, wenn auch noch nicht die Lösung. Und jetzt?", wollte Oliver wissen. „Ich brauche noch Zeit, kann hier nicht alles so einfach abbrechen und ausziehen, wüsste auch so schnell gar nicht wohin.", antwortete Niklas vorsichtig. „Dann bleibt also alles beim Alten!", hörte sich Oli leicht beleidigt sagen. „Ja und nein, ich will mich vorsichtig lösen und Pläne machen, Pläne mit dir, mit uns", versicherte er, „gib mir bitte Zeit dazu!" „Alle Zeit der Welt, aber ich habe auch Gefühle und meine Geduld ist nicht unendlich!", Oliver war bei diesem Satz selbst erschrocken über seine Ehrlichkeit. „Es wird einen Weg geben, da bin ich mir ganz sicher!", versicherte Niklas mit Nachdruck. Wieder stellte sich sekundenlanges Schweigen ein. „Bist du noch da?", fragte Oli und vernahm ein leichtes Schluchzen am anderen Ende der Leitung. „Weinst du?" Es kam keine Antwort. „Hey, was ist los?" „Ich hab dich lieb!", hörte Oliver die gebrochene Stimme von Niklas sagen. „Ich dich auch, nein Quatsch, ich liebe dich!" Niklas atmete tief durch, was deutlich zu vernehmen war. „Lass uns jetzt erst mal schließen, ich kann am Mittwochabend zu dir kommen und dann sehen wir weiter.", bat Niklas. „Gut, ich bin ab zirka achtzehn Uhr zu Hause und freue mich auf dich. Ich bin jetzt todmüde und werde dich in meine Träume einschließen, schlaf auch schön, gute Nacht!" Niklas stöhnte noch einmal laut auf und verabschiedete sich ebenfalls. Nachdem er aufgelegt hatte ging Oli ins Bad, putzte sich die Zähne und ging wieder ins Bett.

Der dritte Tag in Bad Bevensen endete um dreizehn Uhr. Nach einem gemeinsamen Mittagessen ging die Gruppe auseinander und jeder trat den Heimweg an. Oliver erreichte Goslar am späten Nachmittag. In seiner Wohnung angekommen sah er sich um und stellte fest, dass noch aufgeräumt werden musste. Ohne Umschweife begann er damit, duschte danach und dann klingelte es auch schon an der Wohnungstür und Niklas strahlte ihn an. Sie fielen sich um den Hals und verharrten minutenlang in dieser Position, das war jetzt schon ein Ritual. Keiner konnte den anderen loslassen. Endlich griff Niklas nach Olivers Hand und zog ihn ins Wohnzimmer, beide ließen sich auf die Couch fallen und küssten sich weiter. Nachdem die Begrüßungszeremonie beendet war setzte sich Niklas aufrecht und fing an zu reden. „Ich habe deine Stimmung und Reaktion gestern Abend am Telefon bemerkt!", dabei sah er seinem Freund direkt in die Augen. „So, was hast du denn bemerkt?" „Na ja, du möchtest, glaube ich, dass wir so schnell wie möglich zusammenziehen, oder?" „Falsch, ich möchte, dass du eine Entscheidung triffst!", entgegnete Oli leicht vorwurfsvoll, „ob wir gleich zusammenziehen steht dabei nicht zur Debatte, ich möchte zunächst mal Entschiedenheit und, dass das Versteckspiel aufhört, mehr nicht!" „Das verstehe ich, wäre es okay, wenn ich noch bis zum Ende der Ausbildung in Göttingen bei Oswald bleibe, das wären nur noch vier Monate?", fragte Niklas zaghaft. „Du, ich habe jetzt so lange gewartet und stillgehalten, gelitten, geliebt, gelebt, da kommt es auf die Zeit auch nicht mehr an. Wenn du es so willst, ist es okay, aber auch schwer für mich, das solltest du wissen!", entgegnete Oliver. „Ich versuche so viel Zeit wie möglich für uns zu haben, das verspreche ich dir!" Niklas griff bei diesem Satz nach Olis Händen. Danach wanderten seine Hände zu den Knöpfen des Hemdes seines Freundes, die er langsam öffnete. Oli ließ es gern über sich ergehen. Es dauerte nicht lange bis beide nackt auf dem Sofa lagen. Das

Liebesspiel fiel zärtlicher aus als üblich. Oli hatte den Eindruck, dass diese Zärtlichkeit der Situation zwischen den beiden angemessen erschien. Arm in Arm schliefen sie halbsitzend halb liegend ein. Oliver erwachte als Erster und genoss den Anblick des schlafenden Freundes, was er sehr liebte. Er konnte sich nicht sattsehen und mochte den Träumenden nicht wecken tat es aber einige Minuten später, da es bereits kurz vor zweiundzwanzig Uhr war. Sanft rüttelte er Niklas wach: „Na, schön geträumt?" „Hm, ja von uns und ich hoffe, dass der Träumer, der uns träumt, niemals erwacht!", lächelte ihn der eben Erwachte an. „Ist das nicht aus dem *Doppeladler* von Cocteau?", staunte Oliver über das Wissen seines Freundes. Niklas wusste es nicht genau und meinte den Satz mal in einem Theaterstück gehört zu haben. „Wie spät ist es?", fragte er verschlafen. „Gleich zehn!" „Oh, dann muss ich mich sputen, weiß nicht genau wann Oswald wieder da ist!" „Wie immer!", dachte Oli, „Hektik, Oswald, Oswald, Oswald … ich kann den Namen nicht mehr hören!" Ehe sich Oliver versah war Niklas angezogen und zum Aufbruch bereit. Noch ein heftiger Kuss an der Wohnungstür und dann war er weg. In Oli stieg wieder dieses schale Gefühl auf. Aber es sollte noch schlimmer kommen.

40. So ein Aufwand für zwei Stunden

Die nächsten Tage schlichen dahin. Cornelia war inzwischen nach Ilsenburg versetzt worden. Es verging aber kein Tag an dem sie nicht mit Oliver telefonierte. Er war jedes Mal erfreut, wenn er ihre Stimme hörte. Langsam hatte sich so etwas wie eine Freundschaft zwischen den beiden entwickelt. Ortrud, die ja sowieso immer alles mitbekam runzelte immer nur die Stirn und zog die Mundwinkel nach unten, wenn sie ihren Kollegen mit der Praktikantin telefonieren sah. Mittwochs war sie generell schlecht gelaunt, da ihr Göttergatte Hans-Werner festgelegt hatte, dass seine Frau an diesem Tag nichts essen darf. Das waren Situationen, da störte sie schon die Fliege an der Wand. Es fiel auch auf, dass sie an diesen Tagen sogar ihre besten Freundinnen abwimmelte, mit denen sie sonst ausschweifend telefonierte. In dieser Woche war sie an ihrem Nulldiättag besonders gereizt. Als sie kurz nach acht das Büro betrat erwischte sie Oliver, der auf der Fensterbank saß und rauchte. „Sie wissen ja wohl, dass das hier drinnen verboten ist!", keifte sie ihn an, ohne zu grüßen: „Ich finde ihr Verhalten asozial!", schob sie biestig nach. Dann steuerte sie direkt auf das Zimmer von Frau Wang zu. „Ach du Scheiße, die ist ja heute wieder drauf!", begrüßte ihn Beate, die alles mitbekommen hatte, „jetzt kann sie ja wieder voll die Gouvernante ausleben, blöde Kuh!" „Wie läuft es denn mit euch?", erkundigte sich die Kollegin. Oli, der gerade einen Rauchring pustete, war erstaunt, war doch in letzter Zeit der Draht zu Frau Rabe etwas eingeschlafen. „Danke, dass du fragst, es geht so. Ich sehe Niklas immer, wenn er mal frei hat." „Klingt komisch!", antwortete sie. „Ist komisch!", konterte Oliver,

„wirklich glücklich bin ich nicht damit!" „Scheißsituation, hoffentlich geht diese Entwicklung nicht ins Gegenteil, am optimalsten wäre es …." Oliver musste laut lachen. „Was ist, warum lachst du?", fragte Beate überrascht. „Sorry, ich amüsiere mich über dich." „Warum?" Oli grinste und meinte: „Deine Artikel sind wirklich gut, aber es gibt zwei Worte, die du nicht richtig benutzt!" Die Rabe stand mit offenem Mund da und konnte nichts sagen. „Was bedeutet jede Entwicklung geht ins Gegenteil? Und eine Steigerung von optimal habe ich noch nie gehört!" Beate fand ihre Sprache wieder, leicht beschämt meinte sie: „Ich plappere manchmal einfach los, du kennst mich doch!" „Ja eben!", grinste Oliver zurück. Dann erzählte er seiner Kollegin die Geschehnisse der letzten drei Wochen mit Niklas. „Und du fährst übernächstes Wochenende extra nach Halle mit dem Zug, um abends zwei Stunden mit deinem Niklas im Auto zu verbringen …. tststs, das muss wohl Liebe sein!", warf sie ein. „Ja, ist es wohl!" Bei diesen Worten wurde Oliver leicht rot. Plötzlich stand Hedwig Wang in der Tür: „Herr Lauenstein, Sie sollen sofort zu unserer Chefin kommen!" „Danke, Frau Saubermann fürs Anscheißen!", brach es laut aus Oliver heraus. Wortlos trottete er hinter Hedwig Wang hinterher und ließ sich in Frau Beil-Landauers Büro schieben. „Guten Morgen Herr Lauenstein, muss das denn wirklich sein?" „Hallo Frau Beil-Landauer, was muss wirklich sein?" „Dass Sie im Büro rauchen. Ich meine mich stört es ja nicht, habe selbst mal geraucht. Aber nehmen Sie doch Rücksicht auf andere Kollegen!" „Vor allem auf Frau Saubermann, meinen Sie?", fragte Oliver forsch. Charlotte verdrehte die Augen: „Ja, Sie wissen doch, dass die Kollegin etwas schwierig ist, provozieren Sie sie nicht immer, bitte!" Dann lächelten sich beide fast verschmitzt an. „Ich wusste gar nicht, dass wir so auf einer Wellenlänge sind!", schoss es Oliver durch den Kopf. Charlotte Beil-Landauer stand auf und gab ihm die Hand: „So dann haben wir uns ja verstanden und nun machen Sie weiter. Oliver der sich ebenfalls erhoben hatte lächelte und verließ den Raum. Bevor er die Tür hinter sich schloss drehte er sich noch einmal um und erhaschte einen letzten Blick auf seine Chefin. „Hm, wenn ich nicht schwul wäre, die ist nicht schlecht. Wie sie da sitzt mit übergeschlagenen Beinen in ihrem blauen Lederkostüm. Trägt bestimmt nichts drunter. Immer für Brasse bereit!", fiel ihm ein. Er ging den Flur entlang zu seinem Büro. Als er an Ortruds Zimmer vorbeikam warf diese ihm einen verächtlichen Blick entgegen, sagte aber nichts. Oliver grinste einfach zurück.

„Na, was wollte die Alte?", fragte Beate angriffslustig. „Es ging mal wieder ums Rauchen, bla bla bla!", entgegnete Oliver einsilbig. „Oh je, Frau Saubermann hat doch früher selbst wie ein Schlot geraucht, bis es ihr ihr Hans-Werner verboten hat. Aber ehemalige Raucher sind immer am intolerantesten!", sagte sie laut auflachend. „Was ist, worüber amüsierst du dich?" „Ich habe gerade überlegt, ob es das Wort intolerantesten wirklich gibt!", gluckste sie. Oliver schüttelte den Kopf. „Los, lass uns anfangen, der Schreibtisch liegt voll!" Beate drehte sich um und kicherte immer noch.

Der Mittwoch sah aus wie der Dienstag, der Donnerstag ähnelte dem Freitag. In der Redaktion war viel zu tun. Frau Schnäutz-Mauer war seit geraumer Zeit krank, das heißt nicht sie war krank, sondern ihr Mann. Vor drei Wochen hatte er einen Schlaganfall erlitten und war seitdem halbseitig gelähmt. Die Freelancerin hatte kurzerhand unbezahlten Urlaub genommen, was verständlich war. Es zeigte sich aber auch, dass die Arbeit der Kollegin mitübernommen werden musste. Frau Wang hatte einen genauen Plan erstellt. Keiner der Mitarbeiter war begeistert darüber, aber das Schicksal der Kollegin ging einigen doch nahe. Außerdem fehlte Blühmchen an allen Ecken und Enden. Oliver war ganz froh mit Arbeit ausgelastet zu sein, so blieb ihm zu viel Grübelei bezüglich Niklas erspart. Jetzt hatten sie sich schon über eine Woche nicht gesehen. Die abendlichen Telefongespräche der beiden taten Oli zwar gut, ersetzen konnten sie die Nähe aber nicht. Am Mittwoch der folgenden Woche reiste sein Freund zu seinen Eltern nach Leipzig. Es war die erste große Autofahrt seit der Operation und Niklas machte auf Oliver einen ängstlichen Eindruck. Am Tag zuvor hatten beide noch lange telefoniert und die Einzelheiten wegen des Abholens am Sonntag in Halle besprochen. „Was ist mit dir, du wirkst so bedrückt?", fragte ihn Oli immer wieder. „Ach …", zögerte Niklas, „ich habe mir ja vorgenommen mit meiner Mutter über mich und uns zu sprechen, weiß aber nicht, ob ich das hinkriege." „Deine Mama weiß doch sowieso Bescheid!", versuchte ihn Oli zu beruhigen, „so wie du mir euer Verhältnis immer beschrieben hast, bin ich sicher. Und die Idee mit der Wohngemeinschaft beim Bankdirektor Brummer nimmt dir eh keiner ab!" Niklas musste lachen und wirkte plötzlich ein bisschen zuversichtlicher: „Ja, das stimmt, ich fand das von Anfang an nicht so gut, aber Oswald wollte das so. Aber jetzt, wo ich dich gefunden habe und dich liebe, rückt das alles in ein anderes

Licht!" Die Unterhaltung plätscherte danach noch eine Zeit-lang vor sich hin. Ganz war es Oliver nicht gelungen Niklas aus seinem Tief zu holen. Er versprach, am Sonntagnachmit-tag bei Mike und Bettina anzurufen, wenn er in Leipzig star-ten würde. „Ist ja maximal eine halbe Stunde mit dem Auto, ich denke, dass ich gegen achtzehn Uhr auflaufen werde, um dich abzuholen!" Oli freute sich: „Dann haben wir zwei ungestörte Stunden, wenn auch fahrend in deinem Wagen." „Moment, leg noch nicht auf!", rief Niklas plötzlich in die Muschel. „Ja, was ist denn noch?" Zögernd fragte der eben noch Rufende, ob er Oliver jederzeit anrufen könnte. „Na-türlich, ich freue mich doch, wenn ich dich wenigstens höre!", säuselte Oli. Er legte auf und fühlte sich irgendwie befreit aber auch unsicher. Langsam trank er die Neige Weißwein aus, ging ins Bad und duschte. Als er kurz darauf in sein Bett fiel war das eben geführte Gespräch wieder völ-lig gegenwärtig. Oliver wälzte sich auf die linke Seite, dann auf die rechte Seite des Schlaflagers, sein Blick fiel immer wieder auf die Digitalanzeige des Weckers. Er nahm das Rot der Zahlen flackernd wahr. Gegen Mitternacht stand er wie-der auf und setzte sich im Bademantel auf den Balkon. Auch dort hielt er es nicht lange aus, die erste herbstliche Kälte war unangenehm. Er ging zurück ins Wohnzimmer, legte sich eine Wolldecke um und ging zum zweiten Mal an die-sem Abend ins Bett. Still auf dem Rücken liegend versuchte er jetzt an andere Dinge zu denken und musste plötzlich grinsen bei dem Gedanken mit wie vielen Männern er sich vor Niklas hier vergnügt hatte. Allzu viele waren es nicht, aber von den meisten fielen ihm nicht mal mehr die Namen ein. Das Nachdenken über diese Nichtigkeiten machte ihn müde und er schlief ein.

Der Rest der Woche war wieder arbeitsreich im Büro. „Frau Schnäutz-Mauer fällt für mehrere Monate aus.", verkündete Charlotte Beil-Landauer emotionslos auf der Redaktionssitzung am Freitag, „Sie kennen ja den Grund." Olivers Schreibtisch lag so voll mit Papieren und Notizen, dass er beschloss am Samstagvormittag zu arbeiten. Er wollte sich einfach ablenken. Freitagabend meldete sich ein entspannter Niklas am Telefon. „Du klingst anders, hast du deine Beichte abgelegt?", preschte Oli vor. „Nein, es gab noch keine Möglichkeit, außerdem fühle ich mich hier doch sehr heimisch, es geht mir ganz gut. Ich habe zwei alte Freunde getroffen und wir haben einen Ausflug nach Markkleeberg gemacht, das war sehr schön. Denen habe ich übrigens alles erzählt!", verkündigte er stolz. „Na, siehst du, das ist ein Anfang. Wie war die Reaktion?" „Gut, positiv, es hat sich überhaupt nichts verändert zwischen Hannes, Jenny und mir. Aber ob ich es noch schaffe mit meiner Mutter zu reden, weiß ich nicht!" Beide waren in Vorfreude auf den Sonntagabend, das Gespräch schien erstmals seit Wochen angstfrei.

Am Sonntagmorgen stand Oliver bereits um halb sieben auf. Mit der Bahn brauchte man rund zwei Stunden, um Halle zu erreichen. Sein Zug ging um neun Uhr. Bei einer Tasse Kaffee und einem aufgewärmten Brötchen dachte er, dass es doch ziemlich schwachsinnig sei, trotz vorhandenem alten R4, mit dem Zug zu fahren. Aber was tut man nicht alles aus Verliebtheit.

Bevor er die Wohnung verließ rief er noch einmal bei Bettina an und teilte seine definitive Ankunftszeit mit. „Ich freue mich, hole dich natürlich vom Bahnhof ab!", tat sie kund.

Pünktlich um zwei Minuten nach elf hielt der Regionalexpress in Halle. Schon von weitem sah er Bettina winken. Oliver rannte auf sie zu und umarmte sie. „Du siehst abgespannt aus!", stellte sie unumwunden fest. „Das Leben und die Liebe zehren!", spöttelte Oli. „Na, ich glaube die Themen werden uns heute wohl nicht ausgehen!", scherzte sie auf der kurzen Autofahrt nach Dölbau. Zu Hause angekommen empfing ihn Mike im Bademantel: „Tach Herr Lauenstein, schön, dass du da bist, wir haben uns ja ewig nicht gesehen. Entschuldige meinen Aufzug, aber wir sind doch entre nous." „Du, tu dir keinen Zwang an, ich breche ja in euren Sonntag ein!", antwortete Oliver. Kurz darauf saßen die drei bei einem späten Frühstück am Küchentisch und schwatzten. Jedes Mal, wenn er die beiden sah oder besuchte, hatte Oliver das Gefühl zu Hause zu sein. Bettina war ein pragmatisches Ostmädchen mit einem unglaublich großen Herz. Natürlich war Oli klar, dass er in erster Linie mit ihr befreundet war, aber sein Kontakt zu Mike hatte sich in den letzten Jahren doch sehr positiv entwickelt. Hier am Tisch und in dieser Umgebung brauchte keiner dem anderen etwas vorzumachen, Oliver liebte das. Nach einer Stunde stand Mike auf und entschuldigte sich noch arbeiten zu müssen. Bettina rückte etwas näher an Oli heran: „So und nun mal Butter bei die Fische, erzähl!" Obwohl sie insgesamt über Olivers verrücktes Leben der letzten Monate informiert war, wollte die Freundin alles noch einmal ganz genau wissen. Oli hielt einen nicht enden wollenden Monolog und eine Lobhudelei über Niklas. „Muss ja ein wahrer Traumprinz sein!", unterbrach ihn Bettina barsch. „Oh ja, das ist Niklas!", gab er mit viel Melancholie in der Stimme zurück.

„Du musst mir versprechen, mir zu sagen, wie du ihn findest, wenn ich dich morgen anrufe!", fuhr Oliver fort. „Ehrensache, wird gemacht. Hoffentlich haben wir heute Nachmittag etwas Zeit, wenn er kommt, dass ich mit ihm reden kann." „Ja, das hoffe ich auch. Niklas ist etwas scheu. Hauptsache er bleibt nicht im Auto sitzen und hupt, das wäre richtig scheiße!", erklärte Oli, „weißt du, für mich ist das auch ein wenig ein Test, wie er auf meine Freunde wirkt und wie er euch annimmt." Bettina sah ihn verdutzt an: „Kennt ihn denn keiner deiner Freunde in Goslar, nicht mal Alex?" „Wir kennen uns ja kaum selbst und hatten bisher nie Möglichkeiten mit meinen Leuten etwas zusammen zu unternehmen. Außerdem liegt ja über allem noch der Mantel der Diskretion!" „Verstehe. Und das tut dir gut oder hältst du es nur aus?", bohrte die Freundin weiter. „Ja und nein, manche Momente sind schon zum die Wände hochgehen!" „Mach klare Ansagen ihm gegenüber und vor allem vernachlässige nicht dein sonstiges Privatleben. Ich will ja nicht meckern, aber so selten wie du in den letzten Monaten angerufen hast, habe ich schon Bedenken. Und wenn wir gesprochen haben fing jeder Satz mit Ich oder wir an. Nach mir hast du dich fast gar nicht erkundigt. Ich nehme dir das nicht übel. Natürlich ist es eine schöne Sache verliebt zu sein, aber du vernachlässigst dich selbst!" Oliver blickte Bettina leicht beschämt ins Gesicht: „Ja, wie Recht du hast! Aber ich kann im Moment nicht anders." Dann saßen sie sich einige Minuten schweigend gegenüber bis Bettina vorschlug einen Spaziergang zu machen. Kurz darauf schlenderten sie durch den Vorort von Halle. Die frische Herbstluft tat gut. Oliver fiel auf, dass er sich noch überhaupt nicht nach Bettinas beruflichen Aussichten erkundigt hatte und brach ihren Vortrag über die scheinbaren Sehenswürdigkeiten des Dorfes ab. „Wie sieht es bei dir jetzt eigentlich beruflich aus?" „Schön, dass du fragst, ich überlege zu kündigen und mich selbständig zu machen mit einer Agentur im Kulturbereich." Oli horchte auf. Sie erzählte von Mobbingversuchen in der Hallensischen Redaktion ihr gegenüber und ständigen Überstunden und Sonntagsdiensten, die einfach schlecht bezahlt wurden. In den vergangenen Wochen hatte sie immer wieder Leute getroffen, die ihr Mut machten, diesen Schritt zu gehen. „Kontakte und Verbindungen dürften sich ja genug aufgebaut haben", flocht Oliver ein. „Du das ist nicht das Thema, ich habe nur noch nie selbständig gearbeitet und etwas Schiss davor", kam als Antwort. Oli hatte überhaupt keine Zweifel, dass seine Freundin das schaffen würde. „Wer dreißig Jahre DDR überlebt hat, dem dürfte nichts fremd sein, mach es, liebe Bettina!" Sie lächelte ihn an.

Gegen fünfzehn Uhr waren sie wieder zu Hause. Mike hatte bereits den Kaffeetisch gedeckt. Mit fast unverschämter Gier machte sich Oliver über Bettinas selbstgemachte Käsetorte her und ließ es sich schmecken. „Wann kommt Niklas?", wollte Mike wissen. „Ich denke, er wird zwischen fünf und sechs hier sein." Dann wechselten sie das Thema. Mike erzählte, dass er in zwei Wochen für eine Dokumentation nach Schottland reisen müsse, wozu er überhaupt keine Lust hatte. Bettina hüllte sich weitestgehend in Schweigen und überließ den beiden Männern die Unterhaltung. Kurz darauf zog sie sich zurück, um ein kleines Nachmittagsschläfchen zu machen. Auch Oli war davon angetan und bat um Zugang ins Gästezimmer. Um fünf wollten sich alle wieder vor dem Kamin treffen. Oliver schlief tief und fest und wusste erst gar nicht wo er war, als Mike ihn weckte. „Eben hat Niklas angerufen, er ist in einer guten halben Stunde hier, also auf auf!", stachelte ihn Bettinas Mann an. Oliver hörte nur den Namen seines Freundes und war sofort hellwach. Als er die Treppe herunter kam hatte es sich Bettina schon mit einem Glas Rotwein vor dem Kamin gemütlich gemacht und rauchte eine Zigarette. „Möchtest du auch ein Glas?", fragte sie. „Oh ja, gern … ach nein, dann rieche ich nach Alkohol, wenn Niklas kommt!" Bettina meinte sich verhört zu haben. „Denkst du bitte mal daran worüber wir heute Vormittag gesprochen haben", sagte sie scharf. Sie stand auf und holte ihm ein Glas, das sie mit dem herrlichen Trollinger füllte und hielt es Oliver mit einem „Prost" hin. Die Atmosphäre entspannte sich sehr schnell wieder, die Stimmung wurde fast etwas träge, was wohl dem Wein zuzuschreiben war.

Kurz vor sechs klingelte es an der Haustür. Bettina stand auf, um zu öffnen. Niklas stand vor ihr und lächelte. Sie wollte ihm die Hand geben, aber er zog sie an sich und umarmte sie. „Du musst Bettina sein, ich bin Niklas!", strahlte er sie an. „Komm erst mal rein, wir sitzen noch vor dem Kamin, ein wenig Zeit wirst du ja wohl mitgebracht haben!", entschied sie eigenmächtig. Niklas zögerte einen kurzen Moment folgte dann aber der Aufforderung. Als beide das Wohnzimmer erreicht hatten stellte Bettina ihren Mann vor. Niklas gab ihm die Hand, dann begrüßte er Oliver, ebenfalls mit einem Handschlag. „Merkwürdige Begrüßung!", dachte Bettina, sagte aber nichts. Niklas lehnte den ihm angebotenen Wein ab, da er noch fahren müsse und bat um ein Mineralwasser. Eine gemeinsame Unterhaltung aller vier kam nicht zustande. Oliver fachsimpelte mit Mike und seine Frau versuchte Niklas etwas zu entlocken, der bereitwillig Auskunft gab und tatsächlich entspannt schien. Kurz vor sieben war es Zeit aufzubrechen. Oliver und Bettina umarmten sich lange, auch Niklas verabschiedete sich von ihr wie er sie begrüßt hatte. Oliver vernahm das mit Wohlwollen. Mit dem Versprechen auf ein baldiges Wiedersehen in Goslar fuhr Niklas vom Hof. Er machte eine kurze Handbewegung als er die Zurückgebliebenen noch einmal winkend im Rückspiegel erspähte.

Eine Zeit lang saßen beide schweigend nebeneinander bis Niklas plötzlich freudig sagte: „Die sind ja nett!" „Ja, kannst du häufiger haben!", grinste Oli. „Ich habe ja sonst niemanden in Goslar und vor Oswalds Leuten muss ich mich ja quasi immer verstecken!" Olivers sagte nichts darauf. Wieder herrschte Schweigen. An einer Raststätte auf der Autobahn bat Oliver Niklas anzuhalten. „Okay!", antwortete er knapp. Als das pinkfarbene Vehikel seine Parkposition eingenommen hatte löste Oliver den Sicherheitsgurt, riss Niklas an sich und küsste ihn leidenschaftlich. „Das musste jetzt einfach sein!", grinste er. „Ich habe mich vorhin nicht getraut vor deinen Freunden!", entschuldigte sich der Geküsste, „obwohl ich dir am liebsten die Klamotten vom Leib gerissen hätte!" Oliver musste lachen: „Dann jetzt hier und sofort im Auto!" Niklas sah ihn erschrocken an. „War nur ein Spaß, wart mal kurz ich gehe noch schnell zur Toilette!" Dann stieg Oli aus dem Wagen. Nach ein paar Minuten ging die Fahrt weiter. Jetzt war das Eis gebrochen und die Unterhaltung floss wieder. „Wie war es denn nun mit deiner Mutter?", fragte Oliver zaghaft. „Es ist nicht zu einer Aussprache gekommen, habe ihr aber gesagt, dass ich ihr etwas sagen muss. Ich fahre in ungefähr vier Wochen noch mal hin." „Hattest du denn den Eindruck, dass sie etwas bemerkt hat?" „Ich glaube schon, ja. Zumal Oswald ja zweimal angerufen hat und sie wissen wollte, wer das gewesen ist." „Was hast du gesagt?" „Dass es sich um den Mitbewohner der WG handelt, gut habe ich mich nicht dabei gefühlt!", erklärte Niklas. „Klingt auch nicht wirklich gut.", erwiderte Oliver. „Um noch mal auf deine Freunde zurückzukommen, ich fand die wirklich nett und das Haus ist klasse, ich mag solche alten Gemäuer, sehr gemütlich!" Oli freute sich als wäre es sein Haus, von dem Niklas schwärmte. „Die haben sich auch jahrelang krumm machen müssen dafür, teilweise untervermietet, weil das Gehalt von Mike nicht ausreichte. Bettina ist momentan etwas genervt von ihrer Arbeit, sie überlegt den Zeitungsjob hinzuschmeißen und sich selbständig zu machen." „Dann hast du ja bald zwei Leute an der Backe, die auf Jobsuche sind.", schob Niklas ein. „Wieso zwei?" „Weil ich ab Frühjahr auch suchen muss. Die Ausbildung ist dann vorbei und ich würde natürlich gern in der Nähe von Goslar bleiben!", versicherte Niklas, „ab übernächster Woche muss ich ein Praktikum machen, habe aber noch keine Stelle gefunden, wo ich das ableisten kann." „Das dürfte kein Problem sein, mein Freund Alex kennt Erwin Lathemann, der hat das größte zahntechnische Labor in Goslar, ich werde ihn nachher mal anrufen, ob sich da kurzfristig etwas arrangieren lässt.", versprach Oliver. „Das Labor kenne ich, wäre super, wenn das klappen würde, damit hätte ich ein paar Probleme weniger. Ist dieser Lathemann auch schwul?" Oli lachte: „Nein, ich glaube nicht, Schwule haben nicht nur schwule Bekannte und Freunde!" Niklas blickte etwas verschämt zur Seite. Da der Verkehr immer dichter wurde musste er sich aufs Fahren konzentrieren und war teilweise nicht ansprechbar. Später auf der Landstraße fragte Oliver: „Was wollte denn dein Freund von dir?" „Ach, er plant über Weihnachten eine Ferienreise und hat mir Vorschläge gemacht wohin wir fahren könnten." Niklas glaubte sich verhört zu haben. „Was?", brüllte er, „du willst mit dem verreisen, ich denke, du beabsichtigst dich von ihm zu trennen. Wenn du mir jetzt erzählt hättest, dass du zu deinen Eltern übers Fest fährst hätte ich jedes Verständnis gehabt, aber das finde ich unmöglich!" „Ich habe auch keine Lust mit Oswald zu verreisen, würde wirklich lieber nach Leipzig fahren, aber ich muss eben noch aushalten bis zum Ende der Ausbildung.", erwiderte Niklas kleinlaut. „Du musst gar nichts, du musst du sein oder du werden und das tun, was du willst!", fauchte ihn Oli wieder an. „Ich habe ihm nichts zugesagt, habe ihn vertröstet. Ich will mit Oswald darüber sprechen, wenn ich wieder daheim bin." Mit einem Schlag war die Stimmung umgeschlagen. Oliver verstummte für den Rest der Fahrt. Als Niklas Oliver vor seinem Haus absetzte, stieg dieser grußlos aus dem Wagen und verschwand hinter der Haustür. Niklas war nicht in der Lage weiterzufahren. Sein Kopf fiel auf das Lenkrad, er fühlte sich fix und fertig und in die Enge getrieben.

41. Wie von Sinnen

Missmutig, unausgeschlafen und schlecht gelaunt erschien Oliver am nächsten Morgen im Büro. Beate Rabe brachte es auf den Punkt: „Du siehst aus wie Scheiße auf Reis, hat wohl alles nicht geklappt, wie du es Dir vorgestellt hast?" Oli sah zu ihr auf und zündete sich eine Zigarette an. „Los erzähl!", forderte ihn die Kollegin auf. Er erzählte detailgenau wie der Sonntag abgelaufen war und natürlich von Niklas' etwaigen Weihnachtsreiseplänen mit Brummer. „Das darf doch wohl nicht wahr sein!", schrie Beate, „zeig ihm die Stirn, zeig ihm, dass er das nicht mit dir machen kann!" Oliver war nicht in der Lage zu antworten, stöhnte laut auf und begann zu weinen. „Oh, Scheiße, dir geht es ja wirklich schlecht, am besten du gehst zum Arzt und lässt dich ein paar Tage aus dem Verkehr ziehen." „Nein, es geht schon wieder, ich gehe mal auf die Toilette und lasse Wasser über mein Gesicht laufen.", antwortete er mit fast erstickter Stimme. „Was ist denn hier los?", Herr Brasse steckte seinen Kopf in die Tür. „Herr Lauenstein hat sich verschluckt!", log Beate Rabe geistesgegenwärtig. Oli rannte unterdessen an ihm vorbei und steuerte auf das Klo zu. Das Wenige, was er gestern gegessen, hatte landete dort sofort in der Schüssel. Ihm war speiübel und er übergab sich. „Alles okay?", rief Brasse von draußen, der ihm gefolgt war. „Ja, geht gleich wieder!", stöhnte Oliver zurück. Als er wenige Minuten später wieder in seinem Büro saß, kam Frau Beil-Landauer auf ihn zu: „Herr Brasse sagte mir eben, dass es Ihnen nicht gut geht, gehen Sie doch nach Hause und ruhen Sie sich aus!" Oliver versuchte zu lächeln: „Ich muss mir den Magen verdorben haben, denke aber, dass es morgen wieder gehen wird, danke!" „Schon gut, bessern Sie sich!", verabschiedete sie ihn und sah ihn fast mitleidig an. Oli packte seine Sachen und fuhr nach Hause. Dort angekommen überfiel ihn eine Schwere und Müdigkeit. Ohne sich auszuziehen fiel er aufs Bett und schlief ein.

Gegen fünf weckte ihn das Läuten des Telefons. Oliver war immer noch ein wenig benommen als er zum Hörer griff. „Hallo, hier ist Niklas.", hörte er ihn vorsichtig sagen. „Was ist?", antwortete Oli scharf. Niklas schwieg. Nach einigen Sekunden fragte er Oliver, ob er morgen Abend vorbeikommen könnte. Zu jedem anderen Zeitpunkt hätte Oliver über den Vorschlag gejubelt, jetzt entsprang ihm nur ein monotones „Ja". Sie verabredeten sich für Dienstagabend um achtzehn Uhr. „Ob er sich entschieden hat?", spekulierte Oli nachdem er den Hörer aufgelegt hatte, aber er war immer noch zu erschöpft, um seine Gedanken jetzt ausschweifen zu lassen. Zerknirscht ging er wieder ins Bett und schlief weiter. Am Dienstagmorgen wachte er erst gegen halb zehn auf und fühlte sich besser. Trotzdem rief er Frau Wang an und meldete sich krank, teilte aber mit, dass es morgen wieder gehen würde. Irgendwie erschien ihm die Dame verständnisvoller als sonst, aber er wollte daran jetzt keinen Gedanken verschwenden. Nach einer Dusche und mehreren Tassen Kaffee blickte er sich in seiner Wohnung um und fand, dass es Zeit wäre aufzuräumen und zu putzen. Er setzte die Idee sofort in die Tat um. Nachmittags fuhr er an den Niklassee und ging dort spazieren. Die frische Luft tat ihm gut, er fühlte sich ein wenig befreit vom gestrigen Abend und fing an sich auf den Besuch von Niklas zu freuen. „So leicht mache ich es ihm aber nicht!", sinnierte er auf der Heimfahrt und grinste.

Um achtzehn Uhr klingelte Niklas zaghaft an Olis Wohnungstür. Da die Haustür offen stand hatte er sich beim Gang durchs Treppenhaus Zeit gelassen. Ihm war überhaupt nicht klar, wie ihn Oliver empfangen würde. Angst machte sich breit. Oli öffnete und Niklas strahlte ihn an. Wortlos fielen sie sich in die Arme und konnten sich nicht mehr loslassen. „Ich konnte es nicht erwarten, dich zu sehen!", flüsterte er Oliver ins Ohr. Der griff nach seiner Hand und führte ihn ins Wohnzimmer. Jetzt saßen beide stumm nebeneinander. Jeder hatte den Eindruck, dass jedes Wort, das jetzt gesagt werden würde, falsch sein könnte. Plötzlich schmiegte sich Niklas an ihn. „Soll ich etwas Musik auflegen, vielleicht Klassik, die Zauberflöte von Mozart?", fragte er unbeholfen. Niklas lächelte: „Deine Zauberflöte wäre mir jetzt lieber!" Mit einem Satz schmiss er sich auf Oliver und küsste ihn, der erwiderte die Zärtlichkeit heftig. „Lass uns ins Schlafzimmer gehen!", forderte ihn Oli auf. Halb angezogen, halb nackt wälzten sie sich auf dem Bett. Oliver kam es vor wie beim ersten Mal. Gegen zwanzig Uhr erwachte Oli und schaute Niklas wieder beim Schlafen zu. „Wenn ich ihn jetzt nicht wecke, schläft er vielleicht durch und dann haben wir morgen früh eine Entscheidung!", fuhr es ihm durch den Kopf. Doch so vermessen war Oliver nicht, zärtlich streichelte er Niklas' Wange bis er die Augen aufschlug. „Es ist acht Uhr, wieviel Zeit hast du noch?", fragte Oliver. „Muss gegen neun zu Hause sein, also keine Hektik." Dann stand er auf und ging ins Bad, das er kurz darauf angezogen verließ. Oliver lag noch im Bademantel auf dem Bett. Als er

Niklas sah war er erstaunt, dass er schon seine Sachen anhatte. „Wir machen es ohne Hektik, ich fahre jetzt gemütlich nach Hause.", lächelte ihn Niklas an. „Okay, es war schön mit dir!", entgegnete Oli. Ein langer Kuss im Flur beendete den Abend. Beim Hinausgehen drehte sich Niklas noch einmal um und sagte unvermittelt: „Wir haben uns übrigens entschieden, Oswald hat über Weihnachten Zypern für uns gebucht!" Oliver war geschockt, er konnte unmöglich glauben, was er eben gehört hatte. Mit versteinerter Miene sah er Niklas davoneilen. Langsam bewegte er sich in die Küche und griff nach einer Cognacflasche, die er sich an den Mund hielt. Er trank einen so heftigen Schluck, dass er husten musste. Sein Hals brannte, da er harte Sachen nicht gewöhnt war. „Dieses Arschloch!", schrie er laut, „diese Drecksau! Ich scheine hier nur für ein bisschen Abwechslung da zu sein und sein Leben lebt er mit diesem Brummer!" In Windeseile zog er sich an, griff nach seinem Autoschlüssel und rannte auf die Straße. Wütend stieg er in sein Auto und brauste wie von Sinnen davon. Zehn Minuten später parkte er vor Brummers Haus. Entschlossen stieg er aus und ging durch den Vorgarten direkt auf die Haustür zu. Er klingelte Sturm! Ein erschrockener Niklas öffnete ihm. „Es ist mir scheißegal, ob dein Dicki jetzt da ist oder nicht, von mir aus kann er alles hören, dann sieht er endlich, was du für ein Spiel mit uns treibst!", brüllte er Niklas an. Der blieb ganz ruhig und sagte: „Komm rein!" „Ach, ist der Herr des Hauses noch nicht da, na dann ist ja alles in bester Ordnung!", Oli konnte sich überhaupt nicht abregen. Er gestikulierte wild und warf üble Schimpfwörter um sich. Dann sank er auf die Knie und heulte vor sich hin. Niklas stand ratlos neben ihm. Auch er war völlig überfordert mit der Situation.

Draußen fuhr ein Auto vorbei und Niklas sagte leise: „Oswald kommt!" Oli reagierte nicht. Er war eines klaren Gedankens nicht mächtig, nicht mal aufzustehen war ihm möglich. Niklas packte ihn an den Armen und zog ihn hoch. „Wage es nicht, mich jetzt zu küssen!", brach es voller Hass aus ihm heraus. Er wurde von seinem Freund zur Haustür geschoben der ihm mitteilte, dass Oliver jetzt gehen soll. Heulend und wie in Trance ließ sich Oliver rausschmeißen. Niklas stand im Türrahmen und rief ihm hinterher, dass Oli seine Entscheidungen zu akzeptieren hätte. Irgendwie gelangte er an sein Auto, stieg ein, war aber nicht in der Lage den Zündschlüssel umzudrehen und wegzufahren. In den nächsten Minuten fuhr wirklich Brummers Wagen auf das Grundstück. Oli überlegte einen Augenblick ob er auf ihn zugehen solle, um ihm alles zu erzählen. Doch auch dazu wäre er nicht fähig gewesen. Es dauerte ungefähr eine Stunde bis er sich endlich gefangen hatte und fahren konnte. An der nächsten Straßenecke sah er eine Telefonzelle. „Ich weiß nicht wohin jetzt, möchte zu Alex!", fuhr es ihm durch den Kopf. Kurzum rief er seinen Seelentröster an und erreichte nur den Anrufbeantworter. Wieder erstickte seine Stimme, er heulte einfach aus Band. Langsam ging er zu seinem R4 zurück, setzte sich hinein und fuhr nach Hause. „Das ist also das Ende, so schnell!", jaulte er auf als er sich mit der Cognacflasche bewaffnet aus Sofa setzte. Nach und nach wurde der edle Tropfen in der Flasche weniger. Irgendwann kippte er zur Seite und schlief ein.

Völlig verkatert erwachte er man nächsten Morgen gegen halb elf. Er hatte keinen Plan, was er jetzt noch tun konnte. Nach einiger Zeit der Besinnung rief er Frau Wang an und entschuldigte sich weiterhin wegen Krankheit. „Aber das ärztliche Attest muss heute noch vorgelegt werden!", hörte er sie in ihrer unerschöpflichen Unfreundlichkeit keifen. Dann legte er auf. Er ging ins Bad und stellte sich unter die Dusche, die ihm guttat. Danach rief er seinen Hausarzt Dr. Schröter an und bat um einen dringenden Termin, den man ihm für zwölf Uhr zusagte. Langsam zog er sich an und machte sich für den Arztbesuch fertig. Pünktlich erschien er in der Praxis. Seinem Hausarzt machte er nur vage Angaben über seinen Zustand, aber der attestierte ihm eine völlige körperliche Erschöpfung und zog ihn zehn Tage aus dem Verkehr. Die Bestätigung des Arztes warf er danach in den Hausbriefkasten der Zeitungsredaktion und teilte Frau Wang das telefonisch mit, die das nur mit einem „Na ja" kommentierte.

Die nächsten Tage verkroch sich Oliver in seiner Wohnung, ging nicht ans Telefon, hatte keinen Appetit und sah irgendwie alles verschwommen. Am darauffolgenden Wochenende rief er Niklas noch einmal an. Klar, sachlich und ohne Emotionen teilte er ihm mit, dass er das Aquarell und die Konzertkarte gern zurückhätte. Niklas hatte dagegen nichts einzuwenden und erklärte ihm, dass er die Sachen in der nächsten Woche vorbeibringen werde oder sie mit der Post schickt. Dann legte Oli einfach grußlos den Hörer auf.

Am Montag der übernächsten Woche ging er wieder ins Büro und war halbwegs wiederhergestellt. Als er abends nach Hause kam lag vor seiner Wohnungstür eine große weiße Plastiktüte mit der Aufschrift LAUHENSTEIN. Oli schaute hinein und erblickte das Aquarell und die Konzert-karte. „Nicht mal meinen Namen kann der Idiot richtig schreiben!", grinste er.

Epilog

Ein paar Jahre später hatte ein neues Forum, der Chat im Internet, die Welt erobert. Oliver war zu einem begeisterten Chatter geworden und hatte in dem schwulen Forum *Pinksearching* ein Profil eröffnet. Die Konversationen mit den Usern zielten oft auf Sextreffen ab. Gelegentlich griff er darauf sogar zurück, aber meistens waren es nur ganz flüchtige Begegnungen, die einen schlechten Geschmack im Mund und ein mulmiges Gefühl im Bauch hinterließen. Eines Tages schrieb er mit einem Typen, der den Nickname *Libidor* hatte, hin und her. Man wurde sich schnell einig, allerdings nicht für ein Schäferstündchen. *Libidor* und sein Freund wollten sich mit Oli im *Tiffany* am Markt auf ein Bier treffen. Oli dachte: „Warum nicht, wer weiß, was sich daraus ergibt!" An einem schönen Juliabend trafen sich die drei User und waren sich von Anfang an sympathisch. Es blieb nicht bei einem Bier, der Abend wurde feuchtfröhlich und sie plapperten und plauderten bis nach Mitternacht. Rainer und Mark hießen die beiden. Rainer schien im Gegensatz zum Chat eher still und zurückhaltend und warf nur ab und zu etwas ein, was aber zur Unterhaltung zwischen Mark und Oli nicht viel beitrug. Natürlich waren die Erfahrungen mit dem Chat das ganz große Thema des Abends. Oliver merkte schnell, dass er sich ein Abenteuer mit den beiden nicht vorstellen konnte. Kurz vor dem Ende des Treffens erzählte Mark von einem Niklas, mit dem er vor ein paar Jahren mal eine Zeit lang zusammengelebt hatte, was aber nicht funktionierte, da dieser Niklas zu oft auf Freiersfüßen wandelte und Mark betrog. Oliver glaubte seinen Ohren nicht zu trauen, was er da hörte und musste laut lachen. „So klein ist die Welt!", warf er in die Runde und erzählte von seinen Erfahrungen mit Niklas. Obwohl das Drama jetzt schon ein paar Jahre zurückgelegen hatte, lag immer noch etwas Wehmut in den Erzählungen Olivers, trotzdem mussten alle drei über die Anekdoten aus der Affäre lachen. Der Kreis hatte sich geschlossen.

Autor:

Hans-Peter Schmidt-Treptow studierte Betriebswirtschafts-
lehre und arbeitete in verschiedenen Banken. Nebenher ist
er seit 1990 journalistisch tätig. Außerdem lieferte er Beiträge für die Bücher "L'Allemagne deux points" und "Ein
Lied kann eine Brücke sein". Seit 2010 wirkt er auch als Boo-
ker im Musikgeschäft. Jetzt stellt er mit "Erzwungene Liebe"
seinen ersten Roman vor.

Danke!

Mein Dank gilt besonders Carsten, Eco, Sandra, Meike, Ulf,
Katrin, Carolin, Annegret, die mich immer wieder ermutigt
haben weiterzuschreiben und in vielen Situationen unter-
stützend mit mir waren. Und Dierk, der alles noch einmal
zurechtgerückt hat!

FSC
www.fsc.org
MIX
Papier | Fördert
gute Waldnutzung
FSC® C083411

Zeitfracht Medien GmbH
Ferdinand-Jühlke-Straße 7
99095 Erfurt, Deutschland
produktsicherheit@kolibri360.de